천하일색 김태희

천하일색
김태희

김범 장편소설

네오
픽션

차례

1

엉덩이에 손.

살짝 고개를 돌려본다. 두 남자가 서 있다. 하나는 좀 더러운 인상이지만 나름 옷매무새가 말끔하고 다른 하나는 순하게 생긴 대신 수염이 덥수룩하고 지저분하다. 둘 중 누군지 판단이 안 선다.

혹시 내가 너무 예민한 걸까? 우연히 스칠 수도 있으니까, 뭐.

손길은 잊기로 한다.

목요일 아침 7시 반, 7호선 전철 출근길. 실내는 사람으로 가득하고 덥고 습하다. 폭 쉰 김치 냄새와 싸구려 향수 향이 환풍기 바람을 타고 떠다니고 반대편 좌석을 몽땅 차지한 아줌마 부대는 엄청난 소음을 뿜어낸다.

자기는 어제 몇 구좌 텄어? 박 사장 그 새끼 아직 못 잡았지? 김 여사네 신상품 나왔는데 이번엔 진짜래. 골드만 따면 월에 천은 보장한대.

엄마도 저 꿈을 꾼 적이 있다. 때문에 난 원하던 대학에 진학할 수 없었다. 그런데도 엄마는 지금껏 그것에 대해 내게 사과는커녕 단 한 번 유감의 눈빛도 보여준 적이 없다. 수천이 넘는 돈을 날리고 3일 동안 집에서 쫓겨나는 굴욕을 당하고서도 엄마는 아직도 틈만 나면 이른바 네트워크 비즈니스, 그 아사리판을 기웃거린다.

짜증나고 우울할 땐 음악이 최고다. 이어폰을 끼고 노래를 검색한다. 옆에 선 오십대 아줌마가 내 폰을 들여다본다. 손으로 살짝 폰을 가린다. 커다란 얼굴이 더 가까이 다가온다. 마늘 냄새. 불쾌하다.

출퇴근 만원 전철에서 벗어나는 길은? 있다. 자가운전.

유학 후 복직을 하자 아빠는 당신이 타시던 소형차를 내게 선물했다. 3년 된 중고라고 해도 아빠가 애지중지하며 관리하던 차라서 새 차와 다를 바 없었다.

엄마는 입에 거품을 물었다. 식구 넷이 타는 차를 따로 사는 내게 줘버리면 장은 어떻게 보러 다니고 계모임엔 어떻게 가느냐며 아무 잘못도 없는 내게 눈을 흘겼다. 동생은 아무 말 없었으나 그 아무 말 없음으로 불만이 많다는 걸 표시했다.

기분이 상했다. 몹시 상했다. 아빠라면 몰라도 엄마나 동생이 내게 이렇게 해도 되는 것인지. 4년 장학생이었으면서도 동생 학비를 지원하기 위해 대학 시절 내내 과외를 했다. 내가 번 돈으로 동생은 학원을 다녀 미대에 진학했다. 지금 학원 강사 일을 해서 푼돈이라도 만지는 건 솔직히 내 덕이 컸다.

난 섭섭했다. 특히 태준에겐 몹시. 난 저한테 뭘 해줘도 하나도 아깝지 않은데.

처음부터 아빠 차를 받을 생각은 없었다. 엄마나 동생보다도 차는 관절염으로 한쪽 다리가 불편한 아빠에게 꼭 필요한 교통수단이었다. 그런데도 괜히 엄마와 동생에게 뿔이 나서 나도 입을 닫아버렸다.

다음 날 술 한잔을 걸치고 늦게 귀가한 아빠가 좁은 거실 바닥에 주저앉아 애창곡 '궂은비 내리는 날 그야말로 옛날식 다방에 앉아'를 구성지게 뽑더니 나를 불렀다.

새 차를 사주지 못해 미안하구나.

아빠, 저는 정말 차가 필요하지 않아요.

아빠가 못나서 정말 미안하구나.

그런 말씀 마세요. 제겐 언제나 일등 아빠예요.

명색이 아빠라면서 이제까지 해준 게 하나도 없으니.

방송국 직원은 신용대출이란 걸 받을 수 있었다. 우연히 엄마와의 통화를 듣고 사정을 알게 된 박 선배가 고맙게도 손수 전화를 걸어 알아봐줬다. 어떻게 할까 하다가 대출을 조금 받고 할부를 껴 새 차를 구입해 아빠에게 드렸다. 홀가분한 마음으로 아빠차 키를 받았다. 엄마는 이제야 딸년을 키운 보람을 느낀다며 함박웃음을 지었고 동생도 활짝 웃으며 좋아했지만 아빠는 얼굴을 붉히며 화를 냈다.

빚까지 얻어가면서, 내가 왜 금쪽같은 내 딸 등골을 빼먹는단 말이냐?

월급으로 충분히 갚을 수 있어요. 걱정 마세요.

절대로 받을 수 없다.

이래야 제 마음이 편해요.

아빠는 새 차를 한 달 동안 타지 않았다. 그동안 엄마가 차 뒤 유리창에 '초보운전. 당황하면 후진함' 딱지를 붙이고 신나게 새 차를 끌고 다녔다.

하지만 출퇴근 때 차를 끌고 다니는 건 아무래도 무리였다. 조금 내렸다고 해도 기름값이 장난이 아니었고 가다 서다를 반복해야 하는 운전도 내키지 않았다. 여자 운전자만 보면 노골적으로 끼어드는 얌체족들. 뒤에서 괜히 빵빵대는 못난이들. 화물차들, 버스들.

엉덩이에 손.

이번엔 노골적이다. 엉덩이에 손을 대곤 손가락을 꼼지락댄다. 바퀴벌레가 기어가는 느낌. 주변에 알리고 놈을 잡아 응징하고 싶지만 그러기엔 여러 가지 문제가 있다. 같은 칸에 탄 것이 확실한 기술팀 송 기사. 증거가 없는 상황에서 벌어질지도 모를 시시비비. 그리고 과거 이런 문제가 딱 한 번 일어났을 때 변태 놈이 뱉었던 한마디, '못생긴 게 웃겨'.

고개를 휙 돌린다. 둘 중 말끔한 옷매무새가 틀림없다. 뻔뻔한 놈을 쩨려본다. 놈은 눈을 내리깔고 내 시선을 피한다. 3초 정도 쩨려보다 다시 고개를 돌린다. 경고를 했으니 이젠 자제하겠지.

더러운 기분은 쉽게 지워지지 않는다. 딴생각을 하자. 회사 일을 생각하자.

신규 음악 프로 '미술을 듣는 밤' 진행 제의를 받았다. 아이돌이 라디오 음악방송을 점령한 현실에서 성우 10년 차에겐 쉽게 찾아오지 않는 기회였다. 해외유학 덕이 컸다. 원로들은 성우의 영역을 넓힐 수 있는 기회라면서 등을 두드려주었으나 선배나 동료들은 기분이 좀 그런 모양이었다. 그들의 눈치도 눈치였지만 나도 선뜻 '네, 감사합니다' 소리가 나오지 않았다. 가끔 출연해서 미술에 대해 떠드는 건 부담이 없었으나 아예 판을 깔고 본격적으로 진행을 맡는 것은 자신이 없었다. 밤 12시라는 시간도 그랬고 출연 중인 어린이 프로와 병행해야 하는 부담도 컸다.

'험한 산에 오르기 위해서는 처음에 천천히 걸어야 한다.'

셰익스피어의 명언.

그래, 천천히 가는 거야.

솔직히 욕심은 났다. 아는 피디 부탁으로 음악방송에 땜빵으로 출연해 딱 3회 미술에 대해 떠들었을 뿐인데 홈피에 과한 찬사가 난무하는 댓글이 쏟아졌다. 혼자서 낄낄대며 그걸 읽는 재미가 쏠쏠했다.

아니야, 욕심내지 말자.

오늘 사양 의사를 밝혀야겠다. 그렇다고 박 선배 말대로 고공주를 추천하고 싶진 않다. 비겁하다고 해도 좋고 치사하다고 해도 좋다.

엉덩이에 그것.

물컹한 그것이 느껴진다. 더럽게 생긴 놈이 더 추잡한 짓을 시

11

작한다. 몸을 앞으로 뺀다. 또 닿는다. 놈은 아랑곳하지 않고 들이대는 변태가 확실하다. 더 이상 참을 수 없다. 오른발을 30센티쯤 든다. 이제 놈의 발등을 사정없이 찍으면 된다.

"그만 좀 하세요."

맑고 높은 목소리. 그런데도 힘이 느껴지는 음성. 약간 떨리는. 주변 사람들이 힐끔댄다. 멀리 떨어진 이들도, 반대편 좌석 아줌마 부대도 고개를 빼고 귀를 기울인다.

앞자리에 앉은 남자다. 깔끔한 정장에 하얀 피부. 아주 잘생긴. 이십대 후반쯤?

"여자분이 괴로워하잖아요. 경찰 부를까요?"

물컹한 것이 떨어진다. 변태가 물러난다. 고맙다. 고맙긴 한데 그렇다고 고맙단 말을 하긴 좀 그렇다. 깔끔한 정장 쪽으로 살짝 고개만 숙인다. 남자도 아주 조금 고개를 까닥인다.

송 기사가 걸린다. 그는 굉장히 입이 싼 인간이다. 음담패설 전문가이기도 하다. 이 해프닝 주인공이 나란 걸 알게 된다면 편집되고 윤색된 스토리를 방송국 남자 모두에게 떠들어낼 능력자다. 떨어져 있으니 모르겠지? 모를 거야.

"이런 씨발."

변태가 욕을 한다. 처음엔 입안에서 웅얼대듯 하더니 점점 소리가 커진다. 쌍시옷 자가 들어간, 남성과 여성 성기에 관한 참으로 다양한 욕이 터져 나온다. 사람들이 다시 힐끔댄다. 변태들은 보통 소심하고 심약한 편이라는데 이 변태는 조금 다른 종류인 모양이다. 계속 듣고 있을 순 없다. 곱상한 외모로 볼 때 깔끔한 정장은 이런 변종 변태를 제압할 완력은 없어 보인다. 싸움을 하려고 배운 건 아니었으나 어쨌든 난 태권도 유단자다. 이젠 내가 나서야 한다.

눈에 힘을 바짝 주고 몸을 돌리는데 전철이 크게 덜컹거린다. 곡선 구간을 돌다가 급히 브레이크를 밟은 모양이다. 난 중심을 잃는다. 손을 휘저었지만 아무것도 잡히지 않는다. 몸이 뒤로 넘어간다. 손을 아래로 뻗는다. 무어라도 잡고 상체를 버티고 싶다. 손에 뭔가가 눌린다.

"아― 아."

남자의 비명 소리가 터진다.

신을 믿지는 않으나 이런 우연은 신의 장난이 분명하다. 급히 자리에서 일어나 고개를 숙인다. 연신 죄송하단 소릴 되풀이하지만 깔끔한 정장은 찡그린 눈을 뜨지 못한다. 미안하다는 마음보다 부끄러움이 크다. 하필이면 거길. 이 모든 상황에 화가 난다.

여기저기서 키득대는 소리가 들린다. 승객들은 그 짧은 시간에 볼 건 다 본 것 같다. 이제 변태는 아예 대놓고 낄낄댄다.

다음 역에 도착하려면 1분은 더 걸릴 것 같다. 문 앞으로 이동하려 해도 사람들 때문에 꼼짝할 수 없다. 할 수 없이 이 상태로 1분을 버텨야 한다.

변태가 한마디를 뱉는다.

"꼭 못생긴 것들이 더 밝혀."

이를 악물고 고개를 숙인 채 1분을 버틴다.

간신히 전철에서 내린다. 역 안에는 사람들이 가득하다. 인파

를 피해 플랫폼 끝으로 가서 의자에 앉는다. 회사까진 다섯 정거
장이 남아 있다. 의자 옆 자판기에서 커피를 뽑는다. 커피는 설
탕물 같다.

못생긴 것들이라.

언제부턴가 이 나라 대부분의 여성들은 다 날씬하고 예쁘고
매력적인 외모를 갖게 되었다. 대부분에 들지 못한 나 같은 여자
들은 참 살기 불편한 세상이다.

그런 것에 화를 낼 필요는 없다. 세상 꽃들은 다 다르게 생겼
고 각자의 향을 가지고 있다. 장미가 아무리 아름답다 해도 반드
시 이름 없는 들꽃보다 더 예쁘다고는 할 수 없다. 물론 내가 들
꽃이란 얘긴 아니다. 그냥 그렇단 거지 뭐.

사실 미에 대한 기준은 시대에 따라 크게 변해왔다. 지금의 미
인이 조선 시대에 태어났다면 박색 취급을 받을지도 모른다.

〈빌렌도르프의 비너스〉. 세계 최초 여인 입상이다. 오스트리
아 빈 자연사 박물관에서 소장 중이라고 한다. 직접 실물을 보진
못했다.

사진으로 볼 때 입상은 사람이라기보다는 동그란 돌덩이 같
다. 풍만한 가슴과 튀어나온 배, 과하게 살찐 모습은 풍요와 다
산을 바라는 옛사람들의 기원을 보여준다. 그땐 그런 모습이 매
력적이었을까? 모르겠다. 중요한 건 이제 남자들은 더 이상 풍
요나 다산에 목을 매진 않는다는 것. 아쉽다. 그 시대였다면 내
외모도 중간 이상은 될 수 있었을 텐데.

전철이 들어온다. 발가락에 힘을 바짝 주고 다시 꼿꼿이 선다.

시대를 잘못 타고난 건 내 잘못이 아니다. 내 외모가 중간 이상으로 대접받던 시절도 분명히 존재했다. 기원전 2만 년에서 5천 년 사이.

'괜찮아, 김태희.'

웃고 싶다. 양쪽 입술 끝을 올리며 미소를 지으려는 순간 굵은 눈물 한 줄기가 뺨을 타고 흘러내린다.

2

참 재수 없는 아침이다. 지상으로 나오니 갑자기 비가 쏟아진다. 예보가 전혀 없었기에 우산을 준비하지 못했다. 사람들은 가방으로 머리만 가리고 빗속으로 뛰어들어간다. 난 서두를 필요는 없다. 녹화까지 한 시간의 여유가 있다.

전철 출입구 난간에 기대 비를 감상한다. 빗줄기가 점점 더 굵어진다. 입가에 침이 돈다. 담배 생각이 간절하다. 대로에서 담배를 물긴 좀 그래서 참기로 한다.

빗물이 흩어지는 하늘은 우울하다. 목요일 아침, 하늘과 난 둘다 우울하다. 수요일엔 어땠지? 화요일엔?

유학을 끝내고 정산을 해보니 장학금이 2천 불 넘게 남았다. 되돌려줄 필요는 없었다. 알바비 남은 것을 합해 귀국 전 스페인 여행을 떠났다.

마드리드 프라도 미술관에서 봤던 고야의 그림, 〈아들을 먹어

치우는 사투르누스). 사투르누스는 권력을 뺏기기 싫어 자식이 태어날 때마다 잡아먹은 그리스 신, 크로노스의 로마식 이름이다.

권력과 종교에 염증을 느끼고 병의 후유증으로 청력을 잃은 고야는 점점 더 그로테스크한 그림에 매달렸다. 내가 봤던 고야 작품은 괴기스럽기보다는 슬펐다. 자식을 잡아먹는 것은 자신을 먹는 것이다. 자신을 먹는 추함. 그 슬픔. 고야의 속을 엿본 것 같아 한동안 그의 그림을 피했던 기억이 난다.

누군가 내 옆에 서서 헛기침을 한다. 나처럼 비를 피하는가 보다 하는데 시선이, 나를 보는 강한 시선이 느껴진다. 누군가 날 빤히 보면 난 몹시 불편하다. 어깨를 조금 돌려 시선을 피한다. 상대방은 상체를 조금 더 내밀고 계속 나를 쳐다본다. 이건 또 뭐지? 정말 기분 나쁜 아침이다.

혹시 아는 사람인가 해서 슬쩍 사내의 입 주위를 살핀다. 입과 목과 가슴이 눈에 들어온다. 깨끗하고 선명한 입술. 하얗고 긴 목. 말끔한 정장과 날씬한 몸매.

용기를 내서 상대를 쳐다본다. 전철 앞자리에 앉아 있던 정장이 맞다.

우연히 같은 역에서 내린 걸까? 난 다음 열차를 타서 도착 시간 간격이 있었는데? 처음부터 뒤를 따라 내렸었나?

남자는 활짝 웃고 있다. 남자의 미소가 아름답다.

"그렇게 가버리면 어떻게 해요?"

"네?"

"그냥 도망가버리면 어떻게 하느냔 말입니다."

"죄송합니다."

금전적 보상을 원하는 걸까? 이런 경우 도대체 얼마를 줘야 하는 걸까? 차량을 살짝 긁기만 해도 5만 원, 10만 원을 내야 하는 세상인데.

"말로만 죄송하다고 하면 다입니까?"

역시 금전인 것 같다. 빗줄기가 조금 가늘어진다. 비는 약간 기세가 꺾였으나 쉽게 그치진 않을 모양이다.

"제가 어떻게 해드릴까요?"

"만져주세요."

헐.

목소리가 약간 울리는 편이라 분명하게 들리진 않지만 만져 달라고 한 게 맞는 것 같다. 어디를 만져달란 건가? 또 다른 변태의 출현? 뭐 이런 경우가 다 있는지. 오늘은 정말 최악의 날이 분명하다.

어떻게 할까? 조인트를 확 걸어차줄까? 아니면 따귀를 연타로 날려줄까?

"딱 세 번."

미친 새끼. 구렁이 같은 새끼. 바퀴벌레 같은 새끼. 엄마에게 배운 모든 욕이 떠오른다. 조금 더 차진 욕을 모르는 게 아쉽다. 아, 있다. 이 사투르누스 같은 새끼.

"세 번 만나주는 게 힘들어요?"

돌이킬 수 없는 실수를 할 뻔했다. 조인트를 확 걸어차거나 따귀 연타를 날렸다면. 그런데 뭐라고? 세 번을 만나달라고?

남자가 양복 안주머니를 뒤지더니 짙은 밤색 지갑을 꺼낸다. 나 같은 문외한도 익히 아는 명품 브랜드다. 그러고 보니 양복도, 신발도, 혁대도, 손목에 찬 시계도 예사 제품이 아니다. 남자는 지갑에서 명함을 꺼낸다. 손이, 남자의 손이, 크지도 작지도 않은 딱 알맞은 크기의 손이, 강해 보이면서도 섬세한 긴 손가락과 깨끗한 손바닥이 너무 멋지다.

"찰스 리입니다."

웬 잉글리시? 하지만 찰스란 이름은 남자와 꽤 잘 어울린다. 영국 황태자 이름이 아닌가. 그 황태자님은 너무 늙었지만, 아무튼. 저 명품에, 저 외모에, 저 손길에 복길이나 철수는 굉장히 웃길 것 같다.

명함을 들여다본다. 찰스 리 클리닉 원장. 의사란 말인가?

석사과정 1년 차 겨울방학 때 잠시 귀국했다가 절친 현애 대타로 레지던트 2년 차와 맞선을 본 적이 있다. 부동산으로 몇백억을 모았다는 현애 부모는 현애의 가난한 애인을 인정하지 않았다. 실제로 대학 때 현애 머리를 빡빡 밀어버린 적도 있었다. 어쨌든 사람을 속이는 일인지라 화까지 내면서 거절을 했지만 결국 현애의 눈물에 마음이 흔들려 본의 아니게 맞선 사기극에 가담했다.

레지던트는 30분 늦게 나타났다. 늦게 와서는 사과 한마디 없이 손수건을 꺼내 이마의 땀만 닦았다. 괜찮다는데도 굳이 합석을 한 커플매니저, 즉 중매쟁이는 레지던트니까 30분 정도는 눈감아줘야 한다고 속삭였다.

중매쟁이가 서로를 상당히 과장되게 설명하는 동안 레지던트
는 내내 휴대전화만 들여다봤다. 내 외모가 마음에 들지 않아 그
런가 보다 했는데 세미나를 앞두고 있어서 동료들과 문자로 토
의를 하느라 그렇다면서 한참 후에야 양해를 구하곤 레지던트
는 또 폰을 들여다봤다.

중매쟁이가 간 후에도 레지던트는 고기를 썰면서 내내 문자
를 주고받았다. 스테이크를 절반쯤 썰어 먹고 먼저 자리에서 일
어났다. 레지던트가 눈을 깜빡였다. 바쁘신 것 같으니 이만 일
어나자고 하자 레지던트는 그제야 미안하단 소리를 반복하면서
커피는 마시고 가자고 했다. 다시 자리에 엉덩이를 붙였다. 하
지만 커피를 마시는 동안에도 레지던트는 전화기에서 해방되지
못했다. 헤어지기 전까지 그가 내게 물은 건 딱 두 가지였다.

하나, 결혼 후 신혼집은 어디에 장만할 것인지. 둘, 전문의가
되면 병원을 차릴 생각인데 함께 운영할 뜻이 있는지.

함께 운영한다는 게 구체적으로 뭘 의미하는지 물어보려다가
대타 주제에 더 엮이지 않는 게 좋을 것 같아 그냥 아무 대답도
하지 않았다.

"저를 몰라요?"

어디서 본 것 같기도 하고 아닌 것 같기도 하다.

"전철에도 붙어 있는데. 우리 병원 광고. 거기 내 사진도 크게
나왔는데."

전철에서 봤나?

"티브이에도 몇 번 나갔는데."

그런데? 그래서 뭐?

"언제 만날까요?"

하늘을 본다. 가늘어진 빗줄기에서 하얀 빛이 나는 것 같다. 잘못 봤겠지 했는데 다시 봐도 분명히 뭔가가 반짝거린다. 빗물을 바라보다가 비로소 전철에서 찰스 리 병원 광고를 본 기억이 난다. 이 남자가 왜 내게 이런 말도 안 되는 수작을 부리는지 감이 온다.

"성형외과 의사죠?"

"네, 그쪽에선 꽤 이름이 났는데."

"제게 성형을 권하려고 이러는 건가요?"

"네?"

찰스가 얼굴을 찡그린다. 찡그리는데도 잘생긴 얼굴은 처음 본 것 같다.

'그게 아닌가?'

찰스가 이번엔 빙긋 웃는다. 갑자기 몸에 한기가 일어난다. 찬바람 한 줌이 목을 스치고 지나간다. 행인들이 오가며 찰스와 나를 힐끗댄다.

"가봐야 하는데."

"만날 약속을 정해야 보내드려요. 그냥 가시면."

그냥 가면 뭐? 난 찰스의 눈부신 외모가 점점 더 불편해진다.

"병원비 청구할 겁니다. 아까 정말 아팠어요."

얼굴이 달아올라 화끈거린다.

'놀리는 거야. 지금 이 작자는 날 놀리는 게 분명해.'

정색을 하고 찰스를 쳐다본다. 딱딱한 목소리로 '장난치지 말
아요'라고 짧게 한마디만 하고 돌아서려는데 그의 아름다운 눈
을 보자 입이 떨어지지 않는다. 시선을 아래로 내린다. 손이 다
시 보인다. 찰스의 손이, 멋진 손이 가늘게 떨고 있다.

그런데 왜 그게 딱딱하게 서 있던 걸까? 젊은 남자들은 다 그
런 걸까?

"성형수술이라니. 무슨 그런 가당치 않은 말씀을. 이 상황을
잘 이해하지 못하겠지요? 앞뒤 다 자르고 얘기하자면 저는 첫눈
에 반한 여성에게 정말 큰 용기를 내서 만나자고 조르고 있는 겁
니다."

첫눈에 반하다. 헐.

"오늘이 10월 28일이지요? 평생 이날을 잊지 못할 겁니다."

첫눈에 반하다. 헐.

"지금 전 젖 먹던 힘까지 내고 있습니다. 굉장히 떨리네요."

첫눈에 반하다. 헐.

"주말에 시간 괜찮아요? 낮이 좋아요, 밤이 좋아요?"

첫눈에 반한 남자가 있었다. 초등학교 1학년 때, 옆자리에 앉
았던 남자애 때문에 수업 시간 내내 가슴이 콩콩거렸다. 학교 가
는 게 그렇게 행복할 수 없었다. 일주일 뒤에 짝이 바뀌었다. 젖
먹던 힘까지 내서 담임을 찾아가 물어봤다. 담임은 매우 난처한
표정을 지었다.

정우가 짝 바꿔달라고 매일 집에 가서 울고불고했다는구나.
정우는 슬기하고 꼭 짝을 하고 싶대.

담임은 큰 잘못을 했다. 공정함을 가르쳐야 할 1학년 교실에서 아이가 떼를 쓴다고 짝을 바꿔주다니. 담임은 그것보다 더 큰 잘못도 했다. 그걸 곧이곧대로 1학년 여자애에게 털어놓다니.

중학교 때엔 영어 선생에게 반했다. 선생의 하얀 이마를 보면 저절로 가을 하늘이 떠올랐고 선생이 유려한 발음으로 영어 문장을 읽으면 어디선가 국화 향이 내 몸에 스며들어 마음을 들뜨게 했다. 그 영어 선생은 한 학기를 버티지 못했다. 우리 학년에서 눈이 제일 크고 얼굴이 실제로 내 주먹만 했던 정슬기의 어깨를 주무르고 허벅지를 쓰다듬다가 불명예 퇴직을 당했다.

"알아요. 황당할 겁니다. 장난하는 것 같기도 하고. 제가 천천히 다 설명할게요. 세 번의 기회만 주세요."

이 남자는 정말 내게 첫눈에 반할 것일까? 그럴 가능성은 한여름에 함박눈이 내릴 확률보다 더 낮다. 그런 걸 믿기엔 난 내 자신을 너무도 잘 알고 있다.

그렇다면 꽤 유명하다는 이 성형외과 의사는, 만화에서나 나올 만큼 비현실적으로 잘생긴 남자는 도대체 내게 왜 이러는 걸까? 첫눈에 반했다는 거짓말까지 하면서 내게 원하는 게 뭘까?

"무엇 때문에 이러시는지는 잘 모르겠지만."

"첫눈에 반한 사람을 만난 것 외엔 아무 이유도 없습니다."

"어쨌든 저는 너무 불편하네요."

"저도 그렇습니다. 불편해요. 와, 진짜 힘드네요."

"그만하셨으면."

"이제 시작인데요?"

다시 남자의 손을 본다. 멋진 손은 여전히 가늘게 떨리고 있다.

"성형이 아니면 제게 뭘 원하시는지?"

"주말에 만나주세요. 주말에 바쁘시면 언제라도 상관없어요."

"저는 가볼게요. 그럼 이만."

고개를 꾸벅이고 돌아선다. 남자의 손이 내 손목을 잡는다. 그나저나 잘나가는 성형외과 의사가 자기 차는 어디에 두고 이른 아침 왜 복잡한 전철을 탔을까?

"그런데 이름이?"

난 창피하다. 그리고 화가 난다. 이름은 알아서 뭐하게?

"정말 왜 이래요?"

버럭 소리를 지르며 손을 뿌리치곤 고개를 돌린다. 남자가, 멀쩡한 남자가 다시 손을 잡고 매달린다. 멀쩡한 게 아니다. 그렇다. 이 남자는 미친 게 틀림없다.

3

오후에 음악 프로에서 연락이 왔다. 다른 사람이 진행을 맡게 되었다고 정말 죄송하다면서 담당 피디는 말끝을 흐렸다.

어차피 거절하려 했던 일이다. 어떻게 말을 꺼내나 고민 중이었는데 먼저 다른 이로 교체되었다는 통보를 받았으니 차라리 잘된 일이다. 깔끔하게 '네, 잘 알겠습니다. 아쉽지만 다음 기회가 있겠지요. 프로 잘되길 응원할게요'라고 정리하면 되는 일인데 난 그렇게 할 수가 없다. 누가 진행하게 되었는지 궁금하다. 혹시 고공주가 아닌지 알고 싶다. 그런 걸 물어보는 게 얼마나 없어 보이는지 잘 알면서도 난 결국 묻고 만다. 담당 피디는 아주 오랫동안 답을 하지 못한다. 그래서 내 입에서 그녀 이름이 나오고야 만다.

"혹시 고공주 씨인가요?"

담당 피디는 계속 침묵한다. 차라리 거짓말이라도 좀 하지.

전화를 끊고 내 자리에 앉아 대본 연습에 몰두한다.

"어린이 여러분, 안녕? 난 꿀꿀이 핑크예요. 살찌고 못생겼다고 다른 친구들이 놀리지만 사실 내 마음은 아주 예쁘고 날씬해요."

글자가 눈에 들어오지 않는다. 전화기가 또 울린다. 박 선배다. 지금은 선배와 통화하고 싶지 않다.

건물 옥상에 오른다. 사람들이 잘 찾지 않는 공간, 내 비밀 흡연실이다. 하늘을 보며 담배를 문다. 소나기를 뿌렸던 먹구름은 이미 모습을 감췄다. 하늘은 높고 푸르다. 제법 매운바람이 분다. 담배 연기를 날리면서 콧노래를 흥얼댄다.

'궂은비 내리는 날, 그야말로 옛날식 다방에 앉아 도라지 위스키 한잔에다.'

도라지 위스키란 술에 도라지를 넣은 것일까? 맛은 어떨까?

폰을 열고 검색해본다. 가짜다. 소주에 색소를 넣어 위스키인 척하는 것이다. 그 시절 남자들은 다방에서 그걸 마시며 양주 마시는 흉내를 낸 모양이다.

난 가짜가 싫다. 로코코가 싫다. 1700년대, 프랑스 상류사회에 기생한 로코코는 자연 그대로의 색이 너무 칙칙하다고 인공적으로 자연을 그려댔다. 분홍빛 환한 누드를 그리며 로코코 화가들은 만족한 미소를 지었고 귀족들은 열광했다. 아무리 화려하고 아름답다고 해도 가짜는 가짜일 뿐. 도라지 위스키는 위스키가 아닌 것이다.

피식 혼자 웃는다. 그래서 뭐?

담배를 끊어야 한다. 방송국에선 대대적으로 금연 운동을 전개하고 있다. 조만간 흡연하는 직원들에게 불이익을 주는 날이 닥칠 분위기다. 사내에서 내 흡연을 아는 이는 박 선배와 몇몇뿐이지만 소문이 나기 전에 용단을 내리는 편이 나을 것 같다. 하지만 이걸 어떻게 끊나?

고공주를 처음 만난 날을 아직도 생생하게 기억한다. 초겨울, 눈 대신 궂은비가 내리던 날 주로 어르신들이 드나드는 종로 2가 허름한 다방에서 그녀를 처음 봤다.

석사과정 1년 차 겨울방학에 귀국했을 때, 맞선 사기극에 공범으로 가담했던 날에, 호텔 커피숍에서 나오자마자 제일 먼저 박 선배에게 전화를 했다. 박 선배가 정한 약속 장소, 그야말로 옛날식 다방을 물어물어 찾아와 구석에 자릴 잡고 앉아 가운데에 두엇 앉아 있는 노인들 눈치를 보며 담배 두 대를 피우고 세 대째 물었을 때 박 선배가 앞자리에 앉으며 어깨를 때렸다.

이 골초, 여전하구나.

박 선배 옆에 동행이 있었다. 처음엔 마네킹인 줄 알았다. 진짜 마네킹 같았다. 깊은 쌍꺼풀, 서양인처럼 높은 코, 도톰한 분홍빛 입술, 노루처럼 긴 목, 날씬한 허리, 가느다란 다리 그리고 새하얀 피부. 사람이라면 저럴 수 없다는 생각을 할 때 마네킹이 입을 뗐다. 마네킹은 목소리도 맑고 높고 깨끗했다.

김태희 선배님이시죠? 말씀 많이 들었습니다. 해외에서 박사과정 중이시라고.

박사과정이 아니었다. 미국 예술사 연구재단에서 지급되는 장학금이 딱 2년 정해져 있어서 어떻게든 기한 내에 학위를 따기 위해 발버둥 치는 석사과정이었다.

국이 오빠와 제일 가까운 후배라면서요? 정말 뵙고 싶었어요.

박 선배와 제일 가까운 후배가 나라고? 금시초문이었다. 그런데 뭐? 국이 오빠?

마네킹은 말이 많았다. 박 선배가 몇 번 끊으려고 했으나 마네킹은 눈치가 없는 건지 원래 안하무인인 건지 끝없이 예쁜 목소리로 재잘대고 또 재잘댔다.

과일주스가 나오고 그녀가 그걸 마시려고 쌍꺼풀 진 큰 눈을 깜빡거리며 커다란 잔을 두 손으로 들었을 때에야 비로소 선배에게서 그녀가 올해 입사한 후배라는 것과 선배와 함께 〈제5공화국〉에 출연 중이란 얘기를 들을 수 있었다.

신입인데 벌써 드라마를?

난 마네킹이 불쾌했다. 느닷없는 등장도, 상대를 배려하지 않는 수다도, 잘못된 정보도, 박 선배를 국이 오빠라고 부르는 것도, 선배가 쩔쩔매는 것처럼 보이는 것도 그랬지만 무엇보다도 지나치게 화려한 외모와 자기 미모를 스스로 잘 알고 그것을 뽐내는 것이 영 마음에 들지 않았다.

고개만 까딱여주곤 박 선배를 보며 이런저런 얘기를 했다. 마네킹이 다시 끼어들었다. 끼어든 정도가 아니라 혼자 일방적으로 떠들기 시작했다.

그녀가 내게 질문을 던졌다. 주로 뉴욕에 대한 것이었다. 바보 같은 나는 기분이 상했으면서도 애써 미소를 지으며 답을 해주었다. 무려 30분이 넘도록 난 처음 본 그녀에게 뉴욕의 유행과 음식, 거리와 학교에 대해 설명해야 했고 전혀 관심도 없는 화장품과 패션, 서울의 고급 음식점 정보를 들어야 했다. 그녀가 다시 과일주스 잔을 들자 박 선배는 천치 같은 미소를 지으며 그녀도 조만간 미국 유학을 떠나려 한다면서 눈을 가늘게 뜨고 마네킹을 쳐다봤다.

박 선배에게 고공주는 뭘까? 굉장히 솔직한 편인 박 선배도 고공주에 대해선 내게 절대 속을 보여주지 않는다.

남자들은 그렇다. 빤히 보이는데도, 다 들켰는데도 남들은 모르는 줄 안다. 남자들은 말이라곤 귀로만 듣는 줄 알기에 자기가 아니라고 하면 다들 아니라고 믿는 줄 안다. 박 선배만 그런 게 아니다. 아빠도 동생도 마찬가지다.

전화기가 울린다. 동생이다. 헛기침 두어 번으로 목을 풀고 전화를 받는다.

— 왜?

— 어디야?

— 회사지 어디겠어. 왜?

— 밥은 먹었어?

오후 3시에 밥을 먹었느냐고 묻는 건 요즘 애들 말로 영혼 없는 질문이다. 동생이 이럴 땐 딱 한 가지 경우다. 저절로 이마에 주름이 잡힌다.

— 용건을 말해.

— 저기 누나, 한성이 알지?

동생이 사귀는 여자애 생일이 이때쯤이다. 동생은 여자친구

생일파티를 해주려고 고등학교 동창 이름을 팔며 내게 사기를 치려는 것 같다.

— 슬기 생일 때문에 그래?

동생 말문이 막힌다. 어떻게 할지 열심히 머리를 굴리는 소리가 들린다. 난 동생의 여자친구가 마음에 들지 않는다. 슬기라는 이름도 못마땅하다.

슬기가 왜 싫어?

두 살 차이뿐인데도 어릴 때부터 내 말이면 군소리 없이 따르던 동생이 여자친구 문제엔 눈을 부라리며 목소리를 높였다. 그게 너무 섭섭했다.

이유를 대려면 백 가지도 댈 수 있지만 생략할게. 한 가지만 얘기하자면.

괜찮아. 백 가지 다 대봐.

네 돈만 쓰잖아. 자기는 한 푼도 안 쓰고.

동생은 아니라고, 슬기도 꼬박꼬박 선물도 하고 가끔 커피도 산다고 억지를 부리며 씩씩댔다.

— 얼마나 필요해?

— 한 50만 원 정도면 될 것 같은데.

이마의 핏줄이 빳빳하게 서는 기분이다. 무슨 놈의 생일파티에. 난 슬기란 애가 이래서 싫다. 정말 동생을 좋아하긴 하는 걸까?

— 그렇게는 없어.

— 돈 오십이 없다고?

동생 목소리가 높아지기 시작한다. 자동적으로 내 목소리도 올라간다.

— 넌 내가 현금인출기인 줄 아냐?

— 얼마나 줬다고 참.

눈물이 난다. 분하고 억울해서 저절로 눈물이 흘러내린다.

여자가 생기면 남자들은 변한다. 연애를 한다는 건 분명 행복한 일일 텐데 남자들은 이상하게 민감해지고 급해지고 초조해한다. 남자에게 연애란 소유를 의미한다. 내 것이 생긴 것이다. 그것은 분명, 즐겁고 뿌듯한 일임에도 남자들은 그 기쁨을 즐기지 못한다. 소유했다고 믿는 그 순간부터 남자들은 그것이 어디론가 사라질까 봐, 누군가에게 뺏길까 봐 전전긍긍한다. 그래서 남자들에게 연애는 불행한 일이다. 가장 행복해야 할 시간에 불행하다니. 남자들은 참 불쌍한 동물이다.

그런 남자를 동생으로 둔 나도 불쌍한 동물이다. 지금은 괘씸해서 국물도 없다고 다짐하지만 난 결국 동생에게 50만 원을 입금할 것이다. 왜 그런 바보 같은 짓을 하느냐고 물으면 할 말은 없다. 다만 난 동생을 사랑하고 사랑하기 때문에 그 애가 돈이 없어서 친구들에게 쩔쩔매며 손을 벌리는 꼴을 볼 수가 없다.

다시 휴대전화가 울린다. 동생은 누나 기분이야 어떻든 돈 50만 원을 위해 최선을 다하고 싶은 것 같다.

— 또 왜?

— …….

동생이 아닌 것 같다. 혹시 예의를 갖춰야 할 사람이라면? 오늘은 정말 작은 악마가 등에 달라붙어 깐죽대는, 그런 날인 모양이다.

번호를 확인한다. 역시 동생이 아니다. 처음 보는 번호다. 그냥 끊어버릴까 하다가 그건 아니다 싶어 다시 전화기를 귀에 댄다.

— 여보세요?

— 찰스입니다.

아침에 그 성형외과. 도대체 내 번호는 어떻게 알아낸 걸까?

— 전화 끊을게요.

전화를 끊고 다시 담배를 문다. 알림이 울린다. 문자를 열어본다.

— 제가 전화번호 어떻게 알아냈는지 궁금하지 않아요?

궁금하다. 그렇다고 미친 인간의 수작에 놀아날 생각은 없다. 천천히 담배 연기를 올리며 마음을 가다듬는다.

고공주가 내 자리를 가로챘다. 처음 있는 일도 아니다. 세상은 실력은 인정받았지만 못생긴 노처녀보다는 머리는 비었으나 예쁜 외모를 환영한다. 하지만 라디온대? 마찬가지다. 1700년대나 지금이나 세상은 똑같다. 내가 아무리 악다구니를 써도 천박한 로코코는 변하지 않는다. 어쩔 수 없는 일이다.

'잊자. 원래 안 하려고 했던 자리잖아. 괜찮아, 태희야.'

또 알림이 울린다. 이번엔 카톡이다.

— 어릴 때 티브이에서 주말의 명화 〈닥터 지바고〉를 봤습니다. 거기서 라라를 보고 가슴이 쪼그러드는, 뭔가가 위로 치솟는 묘한 감정을 느꼈습니다. 제 33년 인생에 처음이자 마지막인 아주 특별한 경험이었지요. 그런데 당신을 보고 똑같은 감정을 느꼈습니다. 이것은 우연을 가장한 필연이 확실합니다. 저는 당신

을 절대로 놓치고 싶지 않습니다.

웃음이 새나온다. 21세기를 사는 젊은 친구가 1960년대에 만들어진 영화를 들먹이다니. 주말의 명화라니, 라라라니. 줄리 크리스티, 그 노배우에게 괜히 미안하다. 그래도 비비안이나 오드리가 아니어서 다행이다.

곧 녹화 시간이다. 담배를 끄고 크게 심호흡을 한다.

성형외과가 미친 건 사실인 것 같다. 그걸 알면서도 자꾸만 웃음이 새나온다.

'서른셋? 보기보단 나이가 들었네. 그런데 그 나이에 병원장이 될 수 있나?'

'우연을 가장한 필연? 와, 정보화 시대에 이런 신파를.'

'크크크. 미친놈이 확실해.'

4

토요일 오후 2시, 집 앞 카페에서 박 선배를 만나기로 했다. 지
난 이틀 동안 박 선배는 내게 다섯 번 전화를 했고 일곱 개의 문
자와 여덟 개의 카톡을 보냈다. 박 선배 입장에선 대단한 성의를
보인 것이었는데 내 마음은 전혀 풀리지 않았다. 지난 이틀 동안
성형외과는 열세 번 전화를 걸었고 스물두 개의 문자와 서른다
섯 개의 카톡을 보냈다. 비교할 수 없는 경우였으나 이상하게 비
교가 됐다.

카페 문을 열고 들어서자 박 선배가 반쯤 몸을 일으키고는 어
색하게 웃는다. 참 보기 싫은 웃음이다.

"점심은?"

"먹었어."

"이젠 좀 춥지? 겨울이 더 빨리 올 것 같아."

"일찍 들어가야 해."

"어. 그래."

박 선배는 고개를 숙이고 한참 동안 손가락을 까닥거린다. 그렇게 어려운 얘기인가?

창밖을 본다. 커다란 가로수에서 갈색 잎들이 떨어진다. 가을이 지나가고 있다. 어디론가 가고 싶다. 서울만 아니라면 어디든 상관없다.

"미술을 듣는 밤은."

"어차피 안 하려고 했어. 자신도 없고."

선배 얼굴이 밝아진다. 얄밉다. 못된 생각이, 선배를 괴롭히고 싶다는 감정이 마음 깊은 곳에서 꿈틀댄다. 마음을 꾹꾹 누른다. 어쨌든 선배 잘못은 아니다.

"그랬구나. 난 걱정했거든."

박진국. 성우학원과 방송국 2년 선배. 나이는 나보다 세 살 위다. 대학 졸업 후 유학이 연기되자 포기하고 취업전선에 뛰어들었다. 한 해 동안 무려 열세 번 대기업과 공기업 입사 시험에 실패한 후 내 저음이 매력적이라는 동아리 친구들 권유로 아무 생각 없이 성우학원 문을 두드렸을 때 거기에서 그를 만났다.

이미 성우가 되었으면서도 선배는 종종 학원을 찾아와 후배들에게 보석 같은 조언과 격려를 아끼지 않던 의리파였다. 이듬해 내가 같은 방송국 시험에 합격하자 뛸 듯이 기뻐하던 모습이 지금도 눈에 선하다. 성우 1년 차에 해외유학 장학금이 늦게 나와 마음을 정하지 못하고 갈팡질팡할 때도 과감히 도전하라며 선배는 내 등을 떠밀어주었다. 유학에서 돌아와 복직을 하고 모호한 서열 때문에 후배들과 불편해지자 선배가 또 나서서 입사 년도가 기준이라며 내 밥그릇을 확실하게 챙겨주었다. 마음이 넓고 성격이 원만하고 정직하고 성실해서 주변에 늘 선배, 친구, 후배들이 들끓는, 이름 그대로 어디서나 진국이라는 평을 듣는 그런 사람.

"공주가 직접 나선 건 아니었다더라."

이럴 줄 알았다. 고공주에 대한 변명. 박 선배와 난 서로 신뢰하고 아끼는 특별한 사이지만 늘 고공주가 문제다.

"그래도 내가 야단을 쳤다."

박 선배의 빤한 얘기가 계속되는 동안 난 창밖 가을을 보며 갈등을 한다.

엄마는 매일 전화로 결혼 타령이다. 여자는 그저 남자 품 안에 있어야 인생의 참맛을 아는 것이라면서, 서른 넘으면 한겨울에 치마 속으로 찬바람이 숭숭 들어간다면서 거의 테러 수준의 압력을 넣는다. 집을 나와 원룸에서 불편하게 사는 이유 중 엄마의 압박이 제일 크다.

반드시 결혼을 해야 한다면 난 친구 같은 남자와 결혼하고 싶다. 다른 것은 다 필요 없다. 그저 착한 사람이라면. 멀리서 찾지 않아도 된다. 바로 박진국이다. 선배가 내게 결혼하자고 한다면 난 긍정적으로 검토할 용의가 있었다. 나에 대한 변함없는 호의와 친절, 신뢰와 교감을 생각해보면 어쩌면 선배도 나와 같은 생각을 하고 있을지도 모른다고 믿었다. 그랬다. 난 오랫동안 선배의 고백을 기다려온 것 같다. 그리고 이젠 지쳤다. 마음을 정리

할 타임. 아쉬움은 없다. 이상하리만큼 담담하다.

"선배, 우리 이제."

"응?"

아마도 난 질투를 하고 있는지도 모른다. 겨우 질투 때문에 오랫동안 함께한 선배와 결별 비슷한 것을 한다는 게 올바른 판단인지. 나중에 크게 후회하진 않을지. 그러나 난 더 이상 박 선배와 고공주의 웃기는 관계를, 선배의 변명과 거짓말을 절대 신경 쓰고 싶지 않다.

"개인적으로는 보지 말자."

"응?"

선배 눈이 커진다. 그리고 내 눈도 커진다. 선배는 내 갑작스러운 절교 비슷한 선언에 놀라고 난 선배 뒤에 우뚝 선 성형외과를 보고 놀란다.

"어떻게 여기를?"

"오전 8시부터 집 앞에서 기다렸죠."

찰스가 활짝 웃는다. 하얀 치아가 환하게 드러난다. 어떻게 사람의 치아가 저렇게 빛날 수 있을까?

박 선배가 찰스와 나를 번갈아 보며 눈을 더 크게 뜬다. 찰스가 박 선배 옆자리에 앉으며 선배에게 손을 내민다.

"뒤에서 들으니 태희 씨 선배인 것 같은데요, 반갑습니다. 저는 태희 씨 남친 지망생입니다. 찰스 리라고 합니다."

선배는 찰스가 내민 손을 잡지 못하고 내 눈치를 본다. 매우 당황한 표정이다.

나도 당혹스럽다.

이 미친 인간이 우리 집은 어떻게 알아낸 걸까? 내 이름은 또 어떻게? 남친 지망생? 이건 스토킹이 아닌가? 정상이 아닌 인간이 점점 내 안으로 들어오는 느낌. 오싹한 기운. 그냥 무시한다고 해서 물러날 인간이 아니다. 어떤 조치가 필요하다.

"계속 이런 식이면 경찰을 부를 겁니다."

"내가 어떤 범죄를 저질렀나요?"

"내 전화번호를 알아내고 내 집을 알아내고 내 이름도."

"그렇군요. 그러면 부르세요."

이쯤에서 선배가 나서야 한다. 내가 이 정도로 눈을 부릅뜨고 목소리를 높이면 태희 씨 남친 지망생 어쩌고는 당연히 말도 안 되는 소리란 걸 알아챘을 것이고 이 작자가 내 신상을 캐고 있단 소리까지 했으니 이젠 박 선배가 나서서 놈의 멱살쯤은 잡아줘야 한다.

멱살을 잡는 대신 선배는 전화기 진동이 울리자 번호를 확인하고는 자리에서 일어난다. 고공주 전화라는 직감이 온다.

"잠깐만, 태희야."

이를 악문다. 이를 악물고 허리를 꼿꼿이 세우고 아랫배에 힘을 준다.

"딱 세 번만 기회를 달라는데 그게 그렇게 어려운 일인가요?"

"만나고 싶지 않아요, 난."

"그나저나 듣고 싶어서 들은 건 아니지만 음악 프로 맡으려다 잘못되었나요? 공주라는 친구가 태희 씨 자리를 가로챘나요?"

찰스가 휴대전화를 꺼내 든다.

"제가 도와드릴 수 있을 것 같은데. 어느 라디오인가요? 어떤 프로지요?"

뭘 하자는 수작인가? 이자는 자기가 뭘 할 수 있다고 전화기를 꺼내 들고 설치는가? 성형외과 의사가 국회의원이라도 된다는 듯. 아무튼 남자들이란. 그들의 허세가, 아무것도 아닌 것들이 마치 대단한 인물인양 으스대는 꼴이라니.

그가 어딘가에 전화를 건다.

"위원장님?"

풋. 웃음이 나온다. 세상에 널린 게 위원장님이다. 성우협회만해도 수많은 위원장님이 계시다. 비상대책 위원장, 처우개선 위원장, 협회발전 위원장, 대외협력 위원장, 복지 위원장. 위원장, 위원장, 심지어 창조적 혁신 위원장까지.

찰스가 무슨 짓거리를 하든지 난 관심이 없다. 내 시선은 오른발을 까닥이며 두 손으로 공손하게 전화를 받고 있는 선배의 뒷모습에 가 있다. 당장 자리를 박차고 일어나고 싶지만 어쨌든 선배와 하던 얘기를 끝내야 한다.

박 선배가 고공주의 전화를 받으며 쩔쩔매는 동안, 찰스가 이리저리 전화를 걸며 꼴값을 떠는 동안 나는 눈을 감고 내 인생을 생각한다.

어린 시절 예쁘지 않은 외모 때문에 수없이 많은 수모와 차별을 당했다. 놀리고 때리고 왕따시키고. 밖에서만 당한 것도 아니었다. 엄마도 계모임에 갈 땐 예쁘게 생긴 동생만 데리고 갔다.

보통 이런 무식한 차별은 성인이 되면 잦아들어야 정상인데 내 경우엔 달랐다.

대학에 들어갔을 때쯤 S대 출신 여신, 김태희가 등장했다. 그녀와 날 비교하는 유치하고 재미없는 유머가 남학생들 사이에 유행을 했다.

'그 태희가 웃으면 심장이 저리고 이 태희가 웃으면 똥꼬가 저린다.'

'그 태희는 여신 이 태희는 뚱신.'

밤늦은 시간 도서관을 나설 때면 대여섯이 벤치에 앉아 있다가 일제히 구호를 외치기도 했다.

'천. 하. 일. 색. 김. 태. 희!'

이런 종류의 폭력은 거의 상처로 남는다. 상처는 분노가 되어 몸속 어딘가에 깊이 박힌다. 결정적인 순간에 분노는 튀어나와 시퍼런 칼날이 되어 날뛴다. 그래서 분노를 담고 있는 사람은 뾰족하고 비합리적인 이상한 사람이 된다.

내 상처가 분노가 되어 마음에 스며들기 전에 그걸 녹여버리기 위해 필사적인 노력을 했다. 쉽지 않은 일이었으나, 딱딱한 버터처럼 굳어 마음에 딱 달라붙은 분노를 녹이는 건 정말 많은 땀을 필요로 하는 고된 작업이었으나, 그래도 못생긴 게 성격도 더럽단 소리는 진짜 듣고 싶지 않았다.

그러나 이젠 정말 지쳤다. 난 화를 내고 싶다. 시퍼런 칼날을 휘두르며 못된 남자들 똥꼬를 찢어버리고 진정한 뚱신의 위력을 발휘하고 싶다.

"다 되었어요."

얼마나 시간이 흘렀을까? 한 5분쯤 흘렀나? 고공주가 뭐라고 하는지 박 선배는 내내 쩔쩔매다가 날 한번 힐끗 쳐다보고는 카페 밖으로 나가 전화기에 대고 열심히 뭔가를 떠들어댄다.

이 미친 성형외과는 그 짧은 시간에 뭐가 다 되었다는 걸까? 한번 들어보고 싶다. 그래, 뭘 어떻게 했니?

"고공주는 프로 못 하게 되었어요. 태희 씨가 원한다면 다시 할 수 있어요."

눈을 깜빡이며 찰스를 빤히 쳐다본다.

이 작자가 지금 뭐라고 하는 건가?

5

월요일 오후 5시경, '미술을 듣는 밤' 담당 피디와 작가가 성
우실로 찾아왔다. 그들과 함께 식사를 하기로 한다. 내가 사겠다
고 했으나 피디는 손사래를 치며 자신이 미리 예약해둔 일식집
으로 차를 몬다.

방송국 인근에서 제일 고급으로 소문난 집이다. 피디는 1인분
에 15만 원 하는 코스를 주문한다. 예상보다 센 가격 때문에 마
음이 조금 불편하다. 정갈하고 맛깔스러운 음식들이 차례로 들
어온다. 피디가 따뜻한 정종을 내 잔에 따른다.

"사과가 너무 늦었습니다."

"이러지 않으셔도 되는데. 건배부터 하죠."

"아, 건배를 잊었군요."

비싼 음식은 비싼 만큼 입을 즐겁게 한다. 불편함은 희미해지
고 마음은 따뜻해진다. 여러 잔 정종을 비운 탓에 몸은 나른하고

머리는 약간 어지러우나 자리는 점점 더 편해진다. 중년의 피디는 노련하고 영리한 사람 같다. 연이은 덕담과 적절한 유머로 자리를 흥겹게 만들어준다. 통화로만 얘기했던 작가도 마음에 든다. 젊다는 것 빼고는 뭐. 외모도 말주변도 나와 비슷한 과다. 실로 오랜만에 긴장을 풀고 환하게 웃는다.

"도와주셔서 정말 감사합니다."

피디가 본론을 꺼낸다. 어떻게 할까? 할 말을 다 해버릴까? 반만 할까? 아니면 그냥 넘어갈까? 고민이 된다.

"잊지 않겠습니다. 반드시 보답하겠습니다."

말을 아끼기로 한다. 이미 끝난 일이다. 여기에 뭘 더 보태면 우스워진다.

"다음에 더 좋은 기회가 있겠지요. 그때 정말 재미있게 함께 일해요. '미술을 듣는 밤' 응원할게요."

응원은 못 할 것 같다. 저주하지 않으면 다행이다.

"꼭 기억하겠습니다. 다시 한 번 더 감사드립니다."

본론이 끝난 것 같다. 덥지도 않은데 피디가 손수건을 꺼내 이마를 닦는다. 힘들었겠지. 위에서 날 위로하라는 오더는 떨어졌을 테고. 과정이야 어찌 되었든 잘 얻어먹고 잘 끝낸 것 같다.

작가는 많이 취한 듯하다. 술이 약한 친구인 것 같다. 그녀 몸이 자꾸만 한쪽으로 쏠린다. 피디가 종업원을 불러 계산서를 요청한다. 자연스러운 마무리 타임에 작가가 갑자기 몸을 세운다. 그녀가 날 똑바로 쳐다보며 정색을 한다.

"전 정말 김태희 씨 팬이거든요."

"고마워요."

"이번에 정말 열받았어요. 고공주, 나쁜 년."

피디가 계산서를 떨어뜨린다. 깔끔한 마무리에 차질이 생긴다.

"황 작가, 취했네. 이제 일어나자."

"뒤집을 수 있는데 왜 포기했어요? 왜 그렇게 답답해요?"

"미안합니다. 이 친구가 취했네요."

"괜찮습니다."

피디는 어떻게든 작가의 입을 막고 싶은 모양이나 허리를 세운 작가는 피디의 손을 뿌리치고 하고 싶은 말을 뱉는다.

"고공주, 그 여자가 김태희 씨 자리 뺏었을 때 진짜 기분 더러웠어요. 그런데 주말에 그게 다시 뒤집혔더라고요. 얼마나 통쾌했는지. 왜 그런 대단한 빽을 두고도 그냥 포기했어요? 왜 바보같이 자기 것을 뺏겨요? 정말 화가 나요."

대단한 빽이라. 성형외과 얘기다.

찰스가 전화 통화에서 위원장이라고 부른 인물은 바로 방송 위원장이었다. 위원장은 자기 비서에게 이 일을 맡겼고 비서는 5분도 안 되어 라디오 신규 프로 중 고공주가 진행자로 나설 예정이던 '미술을 듣는 밤'을 찾아냈고 곧바로 담당 국장에게 전화를 걸어 진행자 교체 압력을 넣었다. 난 발끈했다.

누가 당신 마음대로 그런 짓을 하라고 했나요?

원래 태희 씨가 맡기로 한 거 아니었나요?

당신 때문에 난 고공주와 똑같은 인간이 되었어요. 세상에서 내가 제일 싫어하는 게 자기 힘으로 살지 못하고 빽을 쓰는 거예요. 당신이 뭔데, 도대체 당신이 누군데 내 일에 끼어들어서 날 못난 인간으로 만드는 건가요? 당장 취소하세요.

빽을 써서 이익을 취한 게 아니잖아요. 주변에서 약간의 도움을 받아 당신 것을 지킨 건데 그게 그렇게 잘못인가요?

난 그 주변의 도움이란 걸 아주 싫어해요. 경멸해요. 혐오해요.

그랬군요. 그렇다면 내가 정말 잘못했네요. 미안합니다. 사과 드립니다.

성형외과가 정색을 하며 사과를 했다. 더 이상 쏘아붙이기도 뭣해서 괜히 팔짱을 끼고 씩씩대기만 했다.

정직하게 살아온 할아버지와 아버지 이름에 먹칠을 한 것 같아 부끄러웠으나, 방송국에서 이러쿵저러쿵 뒷말을 할 걸 생각하니 얼굴이 화끈거렸으나, 그러나 솔직히 기분이 아주 나쁜 것만은 아니었다. 전혀 예상치 못했던 반전에 박 선배가 어떻게 나올지 궁금했고 고공주가 어떤 표정을 지을지 보고 싶기도 했다. 태어나 처음으로 이런 배경 싸움에서 밀리지 않은 게 신기하기도 했고 아주 조금 이 미친 성형외과가 고맙기도 했다.

고공주, 그 나쁜 여자를 응징했다고 생각하면 되잖아요. 태희 씨가 하기 싫으면 안 해도 돼요.

나도 모르게 피식 웃음이 새나왔다.

당신이 고공주를 알아요? 왜 알지도 못하는 사람을 나쁜 여자라고 단정해요?

태희 씨처럼 착한 분을 괴롭히는 인간은 다 나쁜 것들입니다.

그때쯤이었다. 밖에 있던 선배가 전화를 끊고 안으로 들어오

다가 또 전화를 받고 밖으로 나갔다. 밖에서 전화를 받던 선배가 내 쪽을 보며 눈을 크게 떴다. 그 모습이 괜히 웃겼다. 웃으면 안 될 것 같았는데 자꾸만 꾸역꾸역 웃음이 밀려 올라왔다.

내가 빙긋 웃자 작가는 벌컥 화를 낸다.

"내 말이 웃겨요?"

"뺙이 뭔가요?"

"……"

"구린 거잖아요. 가뜩이나 못생긴 노처녀인데 구린 짓까진 하지 말아야죠."

"……"

피디가 슬그머니 일어나더니 밖으로 나간다. 얘기가 더 깊어질까 걱정이 되는 모양이다. 난 아무래도 상관없다.

"아마 방송위원장 때문에 이런 자리를 마련한 것 같은데 사실 난 그분을 몰라요. 일면식도 없는 분이에요. 그러니까 괜한 걱정은 하지 말아요. 내가 고등학생일 때 아빠 학교에 비리 사건이 일어났어요. 아빠는 아무 관련이 없었지만 교무주임이란 직책 때문에 학교를 그만두었죠. 한 달인가 두 달인가 지나서 재단 비리가 다 밝혀지고 학교 운영위원회에서 아빠를 다시 불렀지만 아빠는 학교로 돌아가지 않았어요. 이미 새로운 교무주임이 있고 새로운 담임이 있는데 그분들에게 폐를 끼칠 순 없다는 게 아빠 얘기였죠. 그 이후 우리 집 형편은 점점 나빠졌고 엄마는 힘들 때마다 아빠를 바보라고 몰아세웠지만 난 아빠를 이해해요. 사람에겐 다 소중하게 생각하는 자신만의 가치가 있지요."

작가가 작은 소리로 코를 곤다. 괜히 주접을 떤 기분. 문이 열리고 피디가 얼굴을 들이밀며 묘하게 웃는다.

"이제 갈까요?"

종업원 둘이 들어와 작가를 부축한다. 피디 차 뒷자리에 작가를 눕힌다. 종업원들이 90도로 인사를 하고 돌아간다. 바람이 차다. 술기운이 올라 얼굴은 화끈거리지만 등이 시리다. 피디가 담배를 권한다. 내가 머뭇거리자 다 안다면서 윙크를 한다. 일식집 주차장 뒤편 간이의자에 피디와 나란히 앉아 담배를 피운다.

"잘한 겁니다."

"네?"

"이 아사리판에서 가끔 태희 씨처럼 멋진 사람을 보게 되지요. 아버님이 훌륭한 분이셨군요, 역시."

"아."

"오늘 방송위원장 때문에 회사에서 밥 사는 거 맞습니다. 하지만 황 작가와 저는 진심으로 사과드리고 감사하단 말씀을 하러 왔어요. 고공주까지 나가리되면 '미술을 듣는 밤' 프로 자체가 무산될 가능성이 높았거든요. 잊지 않겠습니다, 태희 씨."

"그게 아니라."

"꼭 다시 뵙기를 바랍니다. 아, 대리기사가 왔네요."

피디 차가 출발하고 나도 자리를 뜬다. 전철역까지 걷기로 한다.

코가 맹맹하다. 감기가 찾아오는 듯.

아침에 폰뱅킹으로 동생에게 50만 원을 송금했다. 동생이 고

맘다면서 하트 표시가 무려 열 개나 달린 문자를 보내왔다. 과연 동생을 위한 돈이었을까?

슬프다.

세상이 빽으로 뒤덮인 난장판이란 건 과장된 생각이다. 양심을 지키고 스스로 정직하게 사는 사람들은 의외로 많다. 어쩌면 얍삽한 인간들보다 우직하게 사는 사람들이 더 많을지도 모른다. 안다. 다 안다.

그럼에도 불구하고 난 지금 슬프다. 고공주가 나 대신 '미술을 듣는 밤' 진행자로 이름을 알리고 사회에서 인정받는 게, 늘 마지막엔 이런 식으로 쓸쓸한 거리를 걷게 되는 게 너무 싫다.

전화 통화를 끝내고 허겁지겁 카페 안으로 뛰어들어온 선배는 내 앞에 앉아 팔짱을 끼며 미간을 찌푸렸다.

김태희 씨가 방송위원장을 알아?

목소리가 질문하는 게 아니라 힐난하는 것 같았다. 기분이 상해서 아무 말도 하고 싶지 않았다. 대신 찰스가 나섰다.

제가 잘 압니다. 고객이었거든요.

당신, 정체가 뭐야?

성형외과 의사 찰스 리라고 밝혔는데요.

선배가 날 쏘아봤다. 난 시선을 피했다. 뭔가 얘기를 해야 할 것 같았지만 난 계속 침묵했다. 이 웃기는 상황이 어떻게 전개될지 조금 더 지켜보고 싶었다.

당신이 왜 우리 일에 끼어들어?

말씀드렸는데요. 태희 씨 남친 지망생이라고. 그런데 우리 일이라니요?

당신이 이쪽 일을 뭘 안다고. 이게 김태희 씨를 위하는 일인 줄 알아?

적어도 맥처럼 다른 편을 드는 것보다는 낫겠죠. 그런데 왜 반말을 하나요?

박 선배 전화가 또 울렸다. 선배는 나와 성형외과를 번갈아 쏘아보곤 휴대전화를 들고 카페를 떠났다.

짧은 시간이었지만 수없이 생각이 바뀌었다. 내가 하고 싶다. 그건 안 된다. 하고 싶다. 안 된다. 하고 싶다. 안 된다.

겨우 마음을 가다듬고 성형외과에게 다시 부탁을 했다.

그냥 고공주 씨가 하게 해줘요.

성형외과는 한참 동안 나를 보며 눈을 깜빡였다.

재채기가 터진다. 아무래도 감기에 걸린 것 같다. 서둘러 전철역 안으로 들어가려는데 누군가가 내 앞을 가로막는다.

향이, 은은한 겐조 향수 냄새가 맹맹한 코를 자극한다. 고개를 든다. 찰스의 잘생긴 얼굴이 보인다. 조각 같은 얼굴에 걱정이 가득하다.

"감기 걸리면 어쩌려고."

그가 겉옷을 벗어 등을 덮어준다. 따듯하다.

6

— 몸은 좀 어때요?

— 괜찮아요.

— 어? 답했다. 와우. 기쁨. 감동. 울컥.

화요일 낮 시간. 올해 들어 처음 월차를 내고 집에서 쉬는 중
이다.

방송위원장을 잘 안다고 소문이 났다. 오전 내내 높은 사람들
전화를 받았다. 진행자 교체 문제로 상심한 건지, 감기라도 걸린
건지. 평소 잘 알지 못하던 분들이 참 자상하게도 내 안부를 챙
겼다. 대표이사 전화도 받았다.

김태희 씨는 우리 방송국의 미래입니다. 늘 건강에 유의하세요.

대표이사는 아마도 이번에 내 이름을 알았을 것이다. 언제 밥
도 먹자고 한다. 방송위원장이 그렇게 대단한 자리인가?

— 방송국?

― 아니, 집.

― 말이 짧네요.

― 댁보다 두 살 많아요.

― 누나라고 불러요?

― 싫어요.

― 태희 씨가 낫겠죠?

― 싫어요.

― 지금 뭐 해요?

― 독서 중.

아침에 심심해서 그동안 찰스가 몇 개의 카톡을 보냈는지 세어봤다. 543개. 매일 꾸준하게, 내용은 다 다르게. 차단을 할 수도 있었지만 그냥 놔두었다. 그가 보낸 글을 읽으며 낄낄대기도 하고 짜증을 내기도 했다. 침대에 누워 과자를 먹으며 『거의 모든 것의 역사』를 읽고 있을 때 544번째 카톡이 왔다.

― 혹시 아파요? 제가 지금 갈까요?

― 안 아파요. 오지 말아요.

무슨 책을 읽느냐고 묻는다. 책 제목을 얘기하자 자기도 읽었다면서 그런 책을 보는 게 뜻밖이라고 한다.

― 미술 책만 보는 줄 알았어요.

― 이제 그만.

― 모레가 우리 만난 지 7일째인데 기념하지 않을래요?

웃음이 나온다. 아주 잠깐 만나볼까 생각해본다. 만나면? 또 만나게 될 것 같다. 또 만나면? 날 만나려는 의도를 알게 될 것 같다. 그리고 그 의도는 결코 유쾌하진 않을 것 같다.

— 바이.

휴대전화를 집어 던지고 다시 책을 읽는다. 중반 이후부터 재미가 없다. 그리 어렵지 않은 과학 교양서라는데 난 어렵다. 그래도 계속 읽는다. 내용이 중요한 게 아니다. 뭔가를 읽는다는 게 내게 안정을 준다. 살면서 제일 많은 시간을 투자한 일이라 그런 것 같다. 눈으로는 글자를 보면서 머릿속으론 딴생각을 한다.

솔직히 궁금하다. 찰스가 진짜로 내게 원하는 건 뭘까? 처음엔 결국 성형수술일 거라고 생각했다. 나 정도의 외모면 홍보에 도움이 될지 모른다. 그런데 이미 잘나가는 의사가 기껏 홍보를 위해 5백 개가 넘는 카톡을 보낼까? 이런 식으로 접근했다가 어떻게 성형으로 유도하려는 걸까? 성형수술은 아닌 것 같다. 그렇다면 뭘까? 모를 일이다. 알기 위해선 만나야 한다. 그건 싫다. 알고 싶지만 아는 게 두렵다.

딴생각을 하자.

고공주는 자기가 미술에 대해 뭘 안다고 방송 프로를 맡은 걸까? 진행이라는 게 작가가 써준 걸 잘 읽기만 하면 되지만 그래도 기본 소양은 있어야 실수가 없을 텐데. 하긴 뭐 박 선배가 또 알아서 해주겠지.

선배에게 전화를 하려다 만다. 김태희 씨? 그 낯선 호칭이란.

전화기를 만지작대는데 진동이 울린다. 번호를 확인한다. 엄마다. 받기 싫다. 진동이 끊겼다 다시 울린다. 또 엄마다. 받을 때까지 전화를 할 작정인가 보다. 저절로 눈살이 찌푸려진다. 전화기를 켠다.

— 왜?

— 방송국은 왜 안 갔어?

— 피곤해서.

— 너 음악 프로 잘렸냐?

딸이 피곤하다고 하면 걱정부터 해야 하는 거 아닌가?

— 내가 안 하겠다고 했어.

— 구렁이 같은 년. 지랄하네. 잘린 거 다 아는데.

엄마는 무식하다. 무식하다는 뜻은 대학 교육을 받지 못했다는 의미가 아니다. 엄마는 입에 쌍소리를 달고 산다. '이년아, 저년아'는 엄마에겐 욕도 아니다.

피곤하다고 했으나 엄마는 공격, 또 공격을 한다. 계모임에서 이미 다 자랑을 했는데 이 창피를 어째야 하냐면서 구렁이 같은 년과 바퀴벌레 같은 년을 반복한다.

확 받아버릴까?

받아버리면 당장은 속이 시원하겠지만 후환이 두렵다. 엄마는 뒤끝의 여왕이다. 만약 '엄마가 뭘 해준 게 있다고 난리야?' 하고 콱 질러버리면 최소한 세 달은 엄마와 말을 섞지 못한다. 말을 안 섞으면 나야 더 편하지만 대신 아빠와 동생이 죽어난다. 아빠가 학교를 그만둬서 딸년에게 이 수모를 당한다고, 동생이 누나 도움을 받아서 이 모욕을 참아야 한다고 엄마는 단 하루도 쉬지 않고 끊임없이 두 남자를 괴롭힌다. 참아야 한다.

갑자기 엄마 목소리가 들리지 않는다. 전화를 끊었나? 그건

아니다. 어딜 갔나 했는데 그것도 아니다. 엄마 침 넘기는 소리
가 희미하게 들린다.

　— 너.

　엄마 목소리가 아래로 착 깔린다. 등록금을 다 날렸으니 장학
금으로 대학에 가라는 얘기를 꺼낼 때의 바로 그 저음이다. 불길
한 기운이 등을 타고 흐른다.

　— 그놈은 누구야?

　누구? 누가 그놈인가?

　— 의사라며?

　찰스 얘기인 것 같다. 그런데 엄마가 어떻게 찰스를 아는가?
프로 포기한 거야 계모임에 방송국 식당 아줌마가 있다니 소문
을 들었을 수 있지만 엄마가 찰스를 어떻게 안단 말인가?

　— 유명한 성형외과 병원장이라며? 앙큼한 년.

　— 그걸 엄마가 어떻게?

　— 내가 네년 똥구녁까지 다 안다.

　고야의 그림 중 〈카를로스 4세와 그의 가족〉이란 작품이 있
다. 왕가 일족의 잘난 척하는 모습을 풍자적으로 그린 명작이다.
고야는 왕족 일가를 비꼬는 마음으로 그들의 천박함을 그림에
적나라하게 나타냈는데 정작 왕가 일족은 그 사실을 몰랐다고
한다. 고야를 위해서는 참으로 다행한 일이 아닐 수 없다.

　작품 중앙에 키가 큰 여인이 온갖 액세서리로 치장하고 오만
한 표정을 짓고 서 있다. 처음 그 그림을 보다가 엄마와 너무 닮
아서 '악' 소리를 지를 뻔했다. 다른 건 몰라도 무식함은 반드시

겉으로 드러난다. 절대 숨길 수 없다.

— 어떻게 할 거야?

뭘 어떻게 해?

— 집에 데려와.

상황은 심각해진다.

— 이번 금요일이 좋겠다. 저녁 7시. 물어봐. 그때 시간 되는지.

— 무슨 소릴 하는 거야, 지금?

— 왜? 집이 후져서? 그렇긴 하겠다. 그럼 호텔 식당 같은 데 예약해라.

— 엄마. 그 사람, 나랑 아무 관계도 아니야.

— 개소리 치지 말고 금요일에 약속 잡아. 아빠한테도 그렇게 얘기할게.

전화가 끊긴다. 난 전화기를 계속 잡고 있다. '뚜' 소리가 길게 이어진다.

뭐? 똥구녕까지 안다고? 개뿔. 거기까진 바라지도 않으니까 제발 하나밖에 없는 딸년 괴롭히지 말아줘. 끊긴 전화에 대고 악다구니를 쓴다. 부질없는 짓이다.

우선 이 황당한 일을 처리해야 한다. 생각을 하자. 정리를 해야 한다. 무엇이 제일 급한 일인가?

어떻게 알았는가? 그건 둘째 문제다. 금요일이 급한 일이다. 만약 내가 약속을 잡지 않으면? 엄마는 분명히 찰스를 직접 찾아갈 것이다. 전에도 박 선배를 찾아가 선배 집안 경제력에 대해 꼬치꼬치 물어서 정말 죽어버리고 싶었던 아픈 기억이 있다. 그건 안 될 일이다. 아빠에게 부탁을 할까? 하지만 아빠는 엄마를 이길 수 없다. 길이 보이지 않는다.

동생에게 전화를 건다. 요란한 힙합 노래가 나온다. 동생이 곧바로 전화를 받는다. 오십의 힘이다.

— 소식 들었어. 남자 생겼다며?

— 아니야. 엄마가 혼자 소설 쓰는 거야.

— 그런 거야?

— 금요일에 약속을 잡으라고 하는데 네가 엄마 좀 말릴 수 없을까?

— 금요일엔 절대 안 돼. 슬기 생일이야. 엄마는 참.

— 그러니까 네가 좀 말려봐.

— 그러면 언제?

슬기가 싫은 두번째 이유는 동생을 바보로 만들어버린 거다. 동생은 슬기 얘기 빼고는 좀체 집중해서 듣지 않는다. 전화를 끊는다.

동생이 금요일은 절대 안 된다고 우기면 엄마는 날짜는 바꿀지 모른다. 뒤로? 아니다. 엄마 성격에 앞이다. 내일 아니면 모레다.

마음이 급해진다. 그리고 화가 난다. 도대체 찰스가 뭐라고.

크게 심호흡을 한다. 화를 낸다고 풀릴 일은 하나도 없다. 차근차근 하나씩, 냉정하게. 이미 꿈같은 휴식은 날아갔다.

'도대체 어떻게 알았을까?'

7

"아, 그거요. 고공주 어머니가 방송위원장 비서를 구워삶아서 저에 대해 알아냈고 그걸 방송국 식당에서 고공주와 만나 신나게 떠들어서 온 방송국에 소문이 났대요. 아마 그 소문을 들으신 모양이네요."

비교적 자세한 답을 하곤 찰스는 무표정한 얼굴로 천천히 차를 마신다. 나는 입을 약간 벌리고 그를 빤히 쳐다본다.

'식당 아줌마였구나.'

수요일 저녁 병원 앞에서 찰스를 만났다. 첫 만남이었는데 그는 나를 아주 작고 낡은 중국집으로 안내했다.

화교가 하는 집인데 탕수육과 짜장면으론 아마 국내 3위 안에 들 겁니다.

첫 만남에 이런 허름한 집에 오는 건 어쩌면 실례일 수도 있는데 그도 거침이 없었고 이상하게 나도 그다지 기분이 나쁘지 않왔다.

국내 3위 탕수육은 돼지고기를 즐기지 않는데도 한입 물자 입안에 침이 확 돌았다. 겉은 바삭하고 속은 한없이 부드럽고.

새우도 특별했고 전가복도 훌륭했고 심지어 흔한 중국 빵까지도 맛이 달랐다. 아무 망설임 없이 이 집으로 이끈 이유가 있었다. 점점 더 젓가락질이 빨라졌다.

중국 빵을 씹으며 별생각 없이 물었다. 내 엄마가 찰스를 알고 있더라고.

"그런데 그걸 어떻게 그렇게 자세히 알고 있죠?"

"궁금해요?"

궁금하다. 무척 궁금하다. 왜 이 남자는 다 알고 난 다 모르는지.

"궁금하면 5백 원."

기가 막혀서 웃음이 나온다. 찰스가 활짝 웃는다. 내가 왜 웃는지도 모르면서.

"음악도 좋아하죠? 라디오에서 들으니까 클래식도 박사던데."

아마 내가 출연했던 라디오 방송을 찾아 들었나 보다.

"조금 알아요."

"팝이나 가요는 안 좋아해요?"

"좋아해요."

"누구 좋아해요? 난 크라잉넛."

"다 좋아해요. 크라잉넛도 좋아해요."

찰스 얼굴이 확 밝아진다. 그가 크라잉넛 노래에 대해 이런저런 얘기를 한다. 팬이 맞는 것 같다. 모르는 노래가 없다.

"〈비둘기〉 알아요?"

잘 안다. 베이스 한경록이 만든 노래다. 간단한 가사에 비둘기를 빠르게 반복한다. 덩치 큰 김인수가 절규하듯 비둘기를 외치는 게 재미있다. 그게 다인가? 아니다. 아주 단순한 노래임에도 짧게 나오는 아코디언 때문인지 묘한 페이소스가 있다.

"아주 묘한 파토스가 느껴져요."

찰스는 페이소스를 파토스라고 한다. 평소 속이 꼬인 나라면 '참 재수 없는 인간이다' 해야 정상인데 오늘은 이상하게 멋있어 보인다.

"난 잘 모르겠어요."

"라디오에서 쇼스타코비치 5번 교향곡에 대해 설명했잖아요. 마치 비둘기의 파토스처럼. 그걸 뽕끼 비슷하다고 하면 제가 너무 무식한 거겠죠?"

나도 그렇게 느낀다. 쇼스타코비치 5번 교향곡을 들으면 여인이 한복을 입고 들판에서 춤을 추는 그림이 떠오른다. '뽕끼'까진 아니라도 그 비슷한 거다. 쇼스타코비치 왈츠를 들으면 그 느낌은 더 확실해진다.

"그 양반 왈츠도 들었거든요. 딱 그거였어요."

이 남자, 위험하다. 나랑 느낌이 같다.

짜장면이 나온다. 배가 적당히 부른데도 또 입에 침이 고인다. 그가 짜장면을 섞는다. 굉장히 열심히 섞는다. 다 섞더니 내 앞에 놓고 내 것을 가져간다. 아빠가 늘 해주는 일이다. 뭐라고 하려다가 그냥 둔다. 짜장면은 맛있다. 아주 맛있다.

59

"우리 내일도 만나야 해요. 일주일 기념 준비했어요."

짜장면이 목에 걸린다. 그가 찻잔을 내 앞으로 민다.

더 이상은 곤란하다. 어차피 끝낼 거면 엄마가 난리 치기 전에 빨리 끝내야 한다. 짜장면이 마지막이다.

내가 정색을 하자 찰스도 입가 웃음을 거두고 자세를 바로 한다.

"어쨌든 나 같은 여자한테 관심을 가져줘서 고마워요."

"제가 고맙죠. 기회를 주셔서."

"잠깐만요. 우선 제 얘기를 들어주세요."

"네."

중국집에서 짜장면을 먹다가 할 얘기는 아니었으나 난 진지하게, 열심히 그에게 더 이상은 곤란하다는 입장을 밝힌다. 난 연애를 할 뜻이 전혀 없고 찰스는 참 멋진 분이지만 내 타입은 아니라고. 상처를 받아도 할 수 없다. 이런 얘기는 정확하게 해야 한다. 오히려 그게 배려다.

나는 왜 이 남자를, 느낌이 같은 남자를, 조건으로 따지면 나 같은 것과 비교도 안 되는 명품을, 만나면 기분이 좋아지는 사람을 무작정 거부하는가?

믿지 않기 때문이다.

대학에 입학하자 삼수를 했다는 남자가 내 옆에 붙었다. 연애를 한 것은 아니었으나 수업 때마다 내 옆에 앉으려 했고 과 행사마다 날 챙겼고 도서관으로 찾아와 뒤에서 끌어안고 귓가에 좋은 냄새를 풍기기도 했다. 난 구름 위를 걷는 기분이었다. 남자는 키도 작고 볼품없고 성격도 까칠한 편이었지만 그런 걸 따질 계제가 아니었다. 드디어 나도 이른바 썸을 탄다는 생각에 밤잠을 설쳤다. 시험이 다가오자 그 남자는 너무나 아무렇지도 않게 커닝을 제안했다. 난 당연히 거절했고 그 남자는 큰 소리로 화를 냈고 그래서 나도 화를 냈고 그 이후 남자는 매우 열심히 배우 김태희와 나에 대한 유치한 유머를 만들어내는 얼간이들의 리더가 되었다.

뉴욕에서 흑인과 사귄 적이 있다. 키 크고 섹시하고 아주 멋진 남자였다. 교제 일주일 만에 첫 키스를 했다. 너무 달콤했다. 한 달 넘게 사귀게 되자 슬슬 걱정이 일었다. 이젠 부모님께 얘기해야 할 것 같은데 허락을 어떻게 받나? 고민 끝에 남자에게 털어놓았다. 남자는 펄쩍 뛰었다.

오 마이 갓. 왜 부모님 허락을 받지? 혹시 결혼을 생각하는 거야?

나중에 알고 보니 남자는 동양 여자 킬러였다. 나 외에도 일본 애, 홍콩 애, 대만 애. 전적이 화려했다. 나와 헤어진 후 열흘 뒤에 남자는 교정 한복판에서 말레이시아 대학원생과 뜨거운 키스를 했다.

난 남자를 믿지 않는다. 절대 더 이상 상처받지 않을 것이다.

얘기를 끝내고 다시 짜장면을 먹는다. 약간 불었는데도 여전히 맛있다. 찰스도 불어버린 짜장면을 먹는다. 아주 열심히 먹는다.

식사를 끝내고 먼저 자리에서 일어난다.

"제가 계산할게요."

카운터에 카드를 내밀자 주인이 눈을 깜빡인다. 찰스가 이미 계산을 했단다. 도대체 언제 했지? 할 수 없는 일이다. 커피라도 사야겠다.

찰스에게 미안한 마음이 든다. 속이야 어쨌든 날 좋아한다고 한 사내가 아닌가? 고공주에게 멋지게 한 방을 먹여준 남자가 아닌가? 조금은 더 친절해야겠다.

"아무튼 고마워요. 라디오 프로도 그렇고. 커피 할래요?"

"커피 말고."

"네?"

"저한테 세 시간만 주세요. 괜찮겠어요?"

마지막인데 세 시간이야 뭐.

휴대전화 진동이 울린다. 박 선배다. 어떻게 할까 하다가 그냥 받는다. 내가 무슨 죄를 지은 것도 아닌데 뭐. 눈치 빠른 찰스는 슬쩍 밖으로 나가 주차장을 향한다.

선배가 어디냐고 묻는다. 약속이 있었다고 하자 곧바로 찰스냐고 또 묻는다. 선배 목소리에 날이 서 있다. 난 잘못한 게 없는데 선배는 날 야단치고 싶은 모양이다. 이해할 수 없다. 박 선배의 감정은 뭘까? 선배는 참 진중하고 합리적인 사람인데 왜 평소와 다르게 구는 걸까?

— 그 친구에 대해 내가 좀 알아봤어.

기분이 나쁘다. 몹시 나쁘다. 왜 박 선배가 찰스에 대해 알아보나? 자기가 내 오빠라도 되는가? 도대체 왜?

— 만나서 얘기하자.

중국집을 나선다. 동그라미가 네 개 달린 날렵한 차가 부드럽게 내 앞에 와 선다. 차창이 열리고 찰스의 환한 얼굴이 보인다.

"타세요, 태희 씨."

이 남자는 내 얘기에 대해 아직 아무런 대답도 하지 않았다. 정말 나를 좋아한다면 실망을 하거나 날 설득하려 애쓰거나 아니면 애원하거나, 그것도 아니면 화라도 내야 정상인데 이 남자는 마치 아무 일도 없었다는 듯 밝게 웃고 있다.

이상한 느낌이 온다. 차에 타면 이 남자를 또 만나게 될 것 같다. 타지 말아야 하나? 그냥 돌아서야 하나? 찰스는 여전히 활짝 웃으며 날 기다린다. 전화기에서 선배의 화난 목소리가 울린다.

— 지금 그 친구랑 어디 가려고 하는 거야? 혹시 너도 그 친구가 좋은 거야? 그런 거야? 정신 차려, 김태희.

비난의 말투. 내가 찰스를 좋아하면 안 되는 이유가 있는가? 내가 왜 정신을 차려야 하는가? 선배가 이러는 이유부터 명확히 밝혀야 한다.

— 그놈은 소문난 바람둥이야. 아주 더러운 놈이야, 태희야.

'그러는 넌? 네 마음속은 깨끗하냐?'

고공주한테 쩔쩔매면서 나한테 이러는 건 진짜 웃기는 일이 아닐 수 없다.

전화를 끊고 차에 오른다. 찰스는 안전띠를 매주진 않는다. 대신 내가 맬 동안 차분히 기다려준다. 그 행동도 마음에 든다.

"바람둥이예요?"

찰스가 캑 소리를 낸다. 잠시, 아주 잠시 얼굴이 흔들리다가 이내 다시 환한 미소로 돌아온다.

"네. 솔직히 전에는 그랬어요. 하지만 지금은 아니에요. 앞으로도 절대 아닐 겁니다. 아무튼 미안합니다."

깔깔대며 웃는다. 그냥 웃음이 막 터진다. 내가 웃자 찰스도 낄낄댄다.

"뭐가 미안해요?"

"그냥요. 태희 씨를 만날 줄 알았으면 이 여자, 저 여자 안 만났을 텐데."

그가 바람둥이란 사실이 아무렇지도 않다. 이 남자에게 무심해서 그런 것 같진 않다. 오히려 이상하게 호감이 간다. 이젠 아니라는데 뭐.

내가 왜 이러지? 내 마음이 이상하게 흐른다.

거리에 밤이 내린다. 까만 공기가 서서히 아스팔트를 덮는다. 쌀쌀하긴 하지만 밤의 냄새를 맡고 싶다. 찰스가 귀신같이 알아채고 창문을 열어준다.

찬 공기가 밀려온다. 호흡이, 상쾌한 호흡이 온몸을 타고 흐른다.

"명품만 쓰는 것 같던데 왜 향수는 겐조 죽향을?"

"어? 명품에 죽고 사는 싸구려 인간은 아닌데. 그냥 마음에 드는 제품을 쓰는 건데. 향수는…… 살아온 게 워낙 들쑥날쑥해서 냄새라도 좀 보수적이고 싶어서."

맞다. 대나무 향은 보수적이다. 이 남자, 친구라면 참 좋겠다.

늦은 시간인데도 강남엔 차가 많다. 평소엔 길 막히는 걸 잘

견디지 못하는데 지금은 괜찮다. 차 때문이다. 너무 조용하고 아늑하고 편안하다. 사람들이 이래서 외제차를 타는 모양이다.

전화기 진동이 다시 울린다. 또 선배다. 선배에게 문자를 보낸다.

— 지금 아무 얘기도 하고 싶지 않아. 다음에.

— 태희야, 그놈은 널 좋아하는 게 아니야. 이용하려는 거야.

선배는 내 감정 따위는 중요하지 않은가 보다. 선배가 내게서 멀어지는 소리가 들리는 느낌. 10년을 같이했는데, 지난 10년, 가장 가까운 사람이었는데. 하지만 전혀 아프지 않다. 이상하다. 난 지금 정상이 아니다. 그런데 정상이 아닌 게 좋다.

찰스가 청담동 뒷골목에 차를 세운다.

"여기가 어디죠?"

"좋아하는 사람이 생기면 꼭 같이 해보고 싶은 일이 있었어요."

지하로 내려가는 입구엔 아무것도 없다. 하얀색 계단을 내려간다. 지하 입구에 하얀 문이 또 있다. 문 위에 작고 동그란 나무 간판이 보인다.

'하얀 방.'

찰스가 문을 열고 환하게 웃는다.

아주 잠깐 두려움이 인다. 하얀색에 집착하는 인간들 중 변태가 많다던데. 아무도 없는 지하실, 감금, 성폭행, 심지어 살인까지 온갖 불길한 단어들이 떠오른다.

하지만 여기까지 따라와서 돌아가기엔 좀 그렇다.

'쫄 거 없어. 태권도 공인 3단, 그냥 딴 거 아니잖아?'

하얀 방 안으로 들어선다. 다섯 평쯤 될까? 그리 넓진 않은 실내에 기계가 가득하다. 모두 오락기기다. 아주 오래된, 백 원짜리부터 5백 원짜리 동전을 넣고 하는, 어릴 때 태준이를 찾으러 깜깜한 오락실에 갔다가 동생과 함께 신나게 즐겼던 게임들. 기계마다 위에 이름이 붙어 있다. 스트리트파이터, 원더보이, 월드컵 축구, 졸라맨. 오! 졸라맨아, 반가워.

"뭐 할래요?"

꼭 같이 해보고 싶은 게 오락? 찰스가 정상이 아니라는 건 이제 확실하다. 그런데 난 재미있다. 아, 테트리스도 있다. 내가 눈을 반짝이자 찰스가 환하게 웃는다.

"나도 이거 제일 좋아해요. 테트리스부터 해요. 우리 내기할래요?"

8

토요일 오전 11시. 찰스가 현관문을 열고 들어온다. 말쑥한 감색 정장 차림이다. 거실 소파에 앉아 있던 아빠는 엉덩이만 조금 들었으나 옆에 있던 엄마는 발딱 일어나 현관 앞으로 달려간다.

"이 누추한 곳을. 어쩌나. 오는데 길은 안 막혔고?"

"초대해주셔서 감사합니다."

찰스는 당황하지 않고 환한 미소를 짓는다. 이 황당한 자리가 전혀 어색하지 않아 보인다.

하얀 방에선. 게임은 재미있었다. 의외로 굉장히 재미있었다. 테트리스에서 아깝게 졌다. 은근히 승부욕이 생겼다. 졸라맨을 할 때 찰스가 내기 조건을 걸었다. 자기가 이기면 한 번 더 만나주기로. 졸라맨은 아슬아슬하게 내가 이겼다. 찰스가 일부러 져준 것 같기도 했다. 아무튼 최종 결승전은 월드컵 축구로. 난 브라질을, 그는 독일을 선택했고 실제 월드컵처럼 그가 이겼다. 수술을 많이 해서 그런지 그는 손이 참 빨랐다.

찰스 손에 분홍색 보자기로 싼 사각 상자가 세 개 들려 있다. 엄마의 시선은 벌써 선물 상자에 달라붙었다.

"뭘 좋아하시는지 몰라서 그냥 양주하고 갈비하고 인삼만 준비했습니다."

엄마 엉덩이가 아주 잠깐 흔들린다. 살짝 가스를 뿌린 듯. 엄마는 너무 기쁘면 저런 방귀를 뀐다. 엄마가 동생을 불러 함께 상자를 부엌으로 나르는 동안 찰스는 안으로 들어와 아빠 앞에 선다. 아빠가 찰스를 찬찬히 살핀다. 나도 그를 본다.

180이 조금 넘는 키. 마른 체형. 어깨는 약간 넓고 다리는 길다. 하얀 피부. 잘생긴 얼굴. 단정한 태도. 그동안 몇 번 봤는데도 그가 낯설다.

부엌에서 나온 엄마가 그에게 자리를 권한다. 찰스는 잠깐 머뭇대다가 아빠에게 넙죽 절을 한다. 아빠가 놀라서 소파에서 벌떡 일어난다. 엄마가 함박웃음을 지으며 또 엉덩이를 살짝 흔든다.

"처음 인사 올립니다. 이철수입니다."

맙소사. 이철수? 나도 모르게 웃음이 터진다. 내가 깔깔대자 동생도 따라 웃는다. 엄마가 매섭게 눈을 흘긴다.

그가 엄마에게도 큰절을 올린다. 엄마는 눈물이라도 흘릴 기세다. 찰스가 동생과도 인사를 나눈다.

"정식으로 인사드릴게요. 반갑습니다."

"어, 어. 네."

동생이 말을 더듬는다. 태준인 어제 이철수를 봤다.

이른바 일주일 기념일. 게임에 진 탓에 그를 또 만났다. 오후 5시, 찰스와 난 도서관을 찾았다.

뭘 해야 태희 씨가 제일 재미있어할까 생각해봤어요. 결론은 도서관.

하얀 방에서 게임을 할 땐 정말 즐거웠다. 모든 것을 잊고 게임에 집중했다. 내기에 진 것도 있었지만 너무나 즐거웠기에 두 번째 만남을 받아들였다. 그런데 도서관이라. 이건 정말 아니라고 생각했다.

그런데 또 반전. 책을 읽자는 게 아니었다. 찰스와 난 2층 원탁 의자에 나란히 앉아 두꺼운 책 두 개를 놓고 또 게임을 했다. 아무 곳이나 펼쳐서 끝수가 낮은 쪽이 이기기. 아주 단순한 게임이 었는데 하면 할수록 재미있었다. 주변 눈치를 보며 낄낄대는 맛이 또 괜찮았다.

도서관에서 공부할 때 구석에서 속삭이며 연애하는 커플이 너무 부러웠어요. 사랑하는 사람이 생기면 꼭 와서 이렇게 낄낄대고 싶었어요.

사실 나도 그랬다.

한참 놀다가 깜깜한 밤에 도서관을 나와 홍대로 갔다.

거기에 갈 때도 처음엔 그냥 그랬다. 사람 붐비는 걸 좋아하지 않았고 클럽도 취향이 아니었다. 그러나 찰스는 이번에도 날 실망시키지 않았다. 홍대 번화가를 살짝 벗어나 뒷골목 한적한 카페에 차를 댔다.

고객이 하는 카페입니다.

카페는 깨끗하고 아늑했다. 푹신한 의자에 몸을 파묻고 그가 권한 블랙러시안을 마셨다. 실내엔 G. 마리의 〈금혼식〉이 은은하게 울렸다.

블랙러시안은 〈금혼식〉 음악과 아주 잘 어울리는 술이었다. 그것은 강하면서도 달콤했다. 금방 얼굴이 달아올랐다. 그도 그런 듯 얼굴이 붉어졌다. 그가 진지해졌다.

태희 씨 입장에선 당황했을 겁니다. 장난 같기도 하고 제가 미친놈 같기도 하고. 요즘 이런 식으로 무식하게 일방적으로 들이대는 인간은 거의 없으니까요. 하지만 천천히 다가가기엔, 남들이 하는 방식대로 서서히 가까워지기엔 너무 급하고 초조했어요. 다가가는 와중에 태희 씨가 갑자기 어디론가 날아가버릴까봐 불안해서 견딜 수가 없었어요. 그래서 이렇게 무작정 달려들었습니다. 불쾌했거나 거부감이 들었다면 정말 미안해요.

여기까지 들었을 때 누군가 날 불렀다. 쳐다보니 태준이었다. 동생이 찰스를 빤히 쳐다보며 내게 다가왔다. 하필 그 카페에서 친구들과 한잔 중이었단다.

학원 강사 주제에 돈이 어디 있다고 이런 고급 카페를?

동생을 째려봤다. 태준은 내 눈길을 피하며 찰스를 노려봤다.

누구야?

찰스가 벌떡 일어나 손을 내밀었다. 태준이 얼떨결에 그 손을 잡았다.

김태희 씨 남친 지망생, 찰스라고 합니다. 반갑습니다.

찰스의 권유로 동생이 합석을 했다. 어색함이, 불편함이, 적막이 이어졌다. 태준이 불쑥 내게 물었다.

참, 누나. 엄마가 이분 집에 초대한 거 얘기했어?

손사래를 치며 아니라고, 난 정말 싫다고 큰 소리를 냈지만 엄마 편인 태준은 곧바로 집에 전화를 걸었다. 엄마는 찰스와 직접 통화를 원했고 둘은 토요일 오전 11시 약속을 정했다.

이미 엎어진 물을 다시 담을 순 없다. 이왕 이렇게 된 것, 그저 무사히 이 코미디가 끝나기만 바랄 뿐이다. 그리고 이번이 진짜 마지막이다.

"내 딸을 좋아해요?"

아빠의 첫 질문. 진짜 내게 반했는지 아빠도 의심하는 것 같다.

"네. 허락해주신다면 따님과 진지하게 교제하고 싶습니다."

"내 딸 뭘 보고. 외모가 그렇게 출중한 것도 아니고."

이런 얘기까지 할 필요는 없는데. 아빠는 너무 솔직하다.

그가 헛기침을 하더니 진지해진다. 아빠 상체가 조금 앞으로 기운다. 엄마는 부엌을 왔다 갔다 한다. 진지한 분위기가 깨지진 않지만 아무튼 참 산만하다. 원래 엄마는 정작 중요한 것엔 관심이 없다.

"이런 걸 겉으로 표현하는 게 참 그렇습니다만 처음 태희 씨를 봤을 때 감동했습니다. 이렇게 아름다운 분이 제 앞에 있다는 게 믿기지 않았습니다."

"킥."

엄마다.

"킥."

요건 태준이.

죽고 싶다.

"허락해주신다면 따님과 만나고 싶습니다."

아빠가 날 쳐다본다. 아빠 눈이 복잡하다. 불안함, 의심 그리고 숨겨진 기쁨.

"넌 이분을 어떻게 생각하고 있냐?"

"아무 관심 없어요."

아빠 눈이 더 복잡해진다. 안심 그리고 실망과 아쉬움.

— 짝.

등짝이 떨어져 나가는 듯. 옆에 와 앉은 엄마의 일격. 아, 창피하다.

"관심이 없긴 뭐가 없어? 이 구렁이 같은."

다행히 '년'은 나오지 않는다.

"괜히 그러는 거니까 신경 쓰지 말고."

"당신은 가만히 있어요."

아빠밖에 없다. 엄마가 입을 삐죽인다. 참 못생겼다. 난 왜 엄마를 빼닮았을까?

"내 딸은 관심이 없다는데."

"따님에게 세 번의 기회를 달라고 했습니다. 한 번은 만났고 어젠 중간에 동생분을 만나 제대로 저를 알리지 못했고. 두 번만 더 만나준다면, 그래도 제게 관심이 안 생기거나 제가 싫다면 그 땐 깨끗이 포기하겠습니다."

아빠가 다시 날 본다. 아빠의 눈에서 갈망을 느낀다. 아빠는
내가 이 남자를 만나길 원한다.

"두 번만 더 만나달라는데 안 되겠냐?"

"안 되긴 뭐가 안 돼요? 죽은 사람 떡도 주는데."

속담이나 격언 이상하게 섞기. 엄마 특기 중 하나. 이번엔 뭘
섞은 거지? 감이 오지 않는다. 혹시 죽은 사람 거기 만지기? 진
짜 창피하다.

엄마가 큰 소리로 침을 삼킨다. 불길하다.

"부모님은 다 계시고?"

나온다. 드디어. 이게 두려워서 찰스의 방문이 그렇게 싫었다.
찰스가 그렇다고 하자 곧바로 직업을 묻는다. 왜? 그냥 처음부
터 재산이 얼마냐고 묻지?

"아버지는 학교에 계십니다."

"어느 학교?"

"한국대학교에."

"교수님이신가?"

"총장으로 계십니다."

한국대 총장. 이정환 박사다. 우리나라 과학계 석학 중 한 분
이다. 그분 아들이란다. 잠깐, 그분 아들이라면 엄마가 강유정이
란 얘긴데.

"우리도 교육자 집안인데."

"네. 알고 있습니다."

"어머니는?"

"회사에 다니십니다."

"무슨 회사?"

"KTV라고."

KTV 강유정 대표. 사주의 딸이면서도 공채로 입사해 정치부와 사회부 기자를 거치며 순전히 실력으로 대표 자리에 올랐다는 여걸이다. 여성잡지에 자주 나오는 유명인사다. 그분 아들이란다.

아빠가 엄마에게 과일을 내오라며 입을 막는다. 예상보다 훨씬 센 스펙에 놀랐는지 엄마는 눈만 깜빡이다 자리에서 일어난다.

"내 딸이 괜찮다면 두 번 만나는 건 좋은데 다만 걱정이 되는 게."

"말씀하십시오."

"사람의 외면뿐 아니라 내면도 알게 되려면 시간이 꽤 걸린다고 생각해요. 그게 몇 번 보고 그렇게 쉽게 결정되는 게 아니라서. 의사 선생님이나 내 딸이나 너무 성급한 판단은 하지 않았으면 하는 겁니다."

"뭘 걱정하시는지 잘 알겠습니다. 신중하게 생각하겠습니다."

그만 가췄으면 하는데 엄마가 점심을 함께하자고 한다. 그건 아닌 것 같아 아빠를 보며 도움을 청한다. 아빠 내 눈을 외면한다. 동생이 일어나 상을 차린다.

이런 말도 안 되는.

찰스와 함께 좁은 상에서 밥을 먹는다. 찰스는 아주 잘 먹는다. 엄마가 비장의 무기, 간장게장을 찰스 앞으로 쓱 밀어 넣는다. 엄마는 요리 솜씨가 좋다. 다들 맛있다고 한다. 그중에서도 간장게장은 장인의 솜씨라 해도 과하지 않다.

찰스가 눈을 깜빡인다. 간장게장을 좋아하지 않는 것 같다. 뭐 식성은 다 다르니까. 그러나 가만있을 엄마가 아니다.

제발.

엄마가 손으로 게장 살을 쭉 발라 찰스 밥에 얹어준다. 아, 미치겠다.

아주 잠깐 망설이던 찰스가 간장게장을 먹는다. 의외로 진짜 맛있게 먹는다. 싫어하는 게 아니었나?

엄마는 행복한 미소를 짓는다. 아빠도 괜찮은 표정이고 태준도 찰스가 싫지 않은지 친절한 편이다.

밥을 먹고 나자 찰스가 벌떡 일어난다. 주말에도 예약 손님이 있어 병원에 가야 한단다. 엄만 커피도 마시고 과일도 먹고 해야 한다면서 찰스 팔을 잡으려 한다. 아빠가 딱 자른다.

"일하러 간다잖아."

따라 나가라고 엄마가 옆구리를 찌른다. 안 그래도 그러려 했는데. 얼마나 세게 찌르는지 옆구리가 결리는 수준이다.

찰스가 서두른다. 아마도 병원에 늦었나 보다. 차에 올라 시동을 걸더니 그가 고개를 뒤로 젖힌다. 그의 얼굴이 새파랗다.

"왜 그래요?"

"아니에요. 그냥 긴장이 풀려서."

"안 그렇게 보였는데."

"떨려서 죽는 줄 알았어요."

안아주고 싶다. 새파랗게 질린 얼굴을 따듯하게 감싸주고 싶다.

내가 왜 이러나? 나도 슬슬 미쳐가는 것 같다.

그를 보내고 집에 들어와 가방을 들고 일어난다. 엄마가 재빨리 내 손을 잡는다.

"가족회의 하자."

"바빠서 빨리 가봐야 해."

엄마는 개소리 치지 말라며 또 옆구리를 찌른다. 정말 아프다. 할 수 없이 가방을 내려놓고 거실에 주저앉는다.

"난 찬성."

엄마는 이미 대학 총장 때 결정을 한 듯.

"나도 찬성."

태준이도 찬성이란다. 누나를 저렇게 좋아할 남자가 또 있을 것 같지 않단다. 괘씸한 놈. 다음 달부턴 국물도 없다.

아빠는 아무 말이 없다. 이미 과반수를 넘겼으니 엄마는 아빠 의견 따위는 아예 묻지도 않는다.

가족회의가 싱겁게 끝난다.

엄마는 전화기를 들고 안방으로 들어간다. 아마 한 시간 이상 통화에 매달리겠지.

아빠가 날 보다가 고개를 돌린다.

"아빠, 하실 말씀 있으면 하세요."

한참을 머뭇거리는 아빠.

"그때 그 친구 있잖아. 성우 선배라는."

박 선배 얘기다.

"그 선배와는 그런 관계 아니에요."

"알았다."

아빠는 박 선배가 마음에 드는 모양이다. 아니, 정확하게 얘기하자면 아빤 이 놀라운 스펙의 성형외과 의사가 불안한 것이다.

솔직히 나도 그렇다.

9

오랜만에 작심하고 거울을 본다. 아주 오랫동안 거울을 들여다본다.

여자가 날 쳐다본다. 찬찬히 나를 살핀다.

여자는 피부가 검은 편이다. 아주 많이 검진 않지만 결코 하얀 피부는 아니다. 눈썹은 얇고 길고 양쪽 높이가 살짝 다르다. 그리 나쁜 상태는 아니다. 눈이 문제다. 쌍꺼풀이 없고 작고 꼬리가 약간 올라가 있다. 한 3년? 수술을 하자며 막무가내로 내 손을 잡아끄는 엄마와 사투를 벌여야 했다.

구렁이 같은 년아. 왜 쓸데없는 고집을 부려? 눈탱이라도 예뻐야 시집을 가지.

악착같이 버텨서 내 눈을 지켰다.

엄마 돈으로 해준대도 왜 똥고집인지. 너란 년은 도무지 속을 모르겠다.

아빠와 동생과 주변 사람들은 내가 보수적이라서 성형에 거부감을 가지고 있다고 믿는다. 아니다. 난 보수적 인간도 아니고, 혹시 보수적이라고 해도 유교에서 얘기하는 '신체발부수지부모'란 엄밀하게 따지자면 조상과 부모를 생각해서 자신의 몸을 함부로 굴리지 말라는 것이지 성형에 반대한다는 의미는 아니다.

그럼 왜?

결과를 알기 때문이다. 쌍꺼풀 진 큰 눈을 가졌다고 다 미인이 되는 건 아니다. 눈이 못생겨도 호감 가는 얼굴이 있다. 쌍꺼풀 없는 눈도 충분히 매력을 뿌릴 수 있다. 하지만 그 눈에 약간 벌어진 광대가 더해지면 그런 얼굴에서 호감을 느끼기란 결코 쉬운 일이 아니다. 괜히 눈 수술만 했다간 꼴만 더 우습게 된다.

쌍꺼풀 수술과 광대 수술까지 다 한다면?

피부까지 치료받아서 하얀 김태희로 거듭난다면?

불행하게도 그러한 대수술을 견뎌내더라도 여전히 난 예쁜 김태희가 될 수 없다. 몸이 또 남는다. 그렇게 길진 않은 목. 아무리 책을 많이 읽어도 길지 않은 목으론 지적인 인간으로 보이기 힘들다. 빈약한 가슴. 다 굵고 큰데 왜 하필 여기만 작은지. 다소 두텁게 느껴지는 팔과 다리. 태권도 관장님만 흡족해하는.

살을 빼려고 치열하게 운동에 매달렸다. 땀을 내면 낼수록 살은 빠지지 않고 단단해졌다. 멋진 근육이 생긴 것도 아니었다. 원래 있던 지방이 아주 단단하게 굳은 느낌. 159의 키에 65킬로그램의 몸무게. 태권도 공인 3단인 난, 수락산 날다람쥐 소리를 듣는 난 의학적으로 비만이다. 어느 하나나 둘쯤 고친다고 뭐가 달라질 순 없다. 그래서 난 성형수술엔 고개를 돌린다.

물론 난 아주 밉상은 아니라고 조심스럽게 얘기할 수 있고 추녀는 결코 아니라고 자신할 수 있다. 하지만 세상은 미녀가 아니면 다 못생긴 것으로 통일한다. 신라 시대에도 육두품이나 오두품이나 진골이 아닌 건 마찬가지였으니까. 그래서 결론적으로 난 못생긴 것 중의 하나다.

그런데 찰스는 이런 내가 아름답단다. 그것도 눈부시게. 그 거짓말이 자꾸만 진심으로 들린다.

'미술을 듣는 밤' 첫 방송 날, 고공주는 굳이 싫다는 날 저녁식사에 초대했다. 오해도 풀고 싶고 자신의 첫방 기념엔 제일 가까운 이들과만 함께하고 싶다는 말도 안 되는 개소리를 좋알대며 고공주는 집요하게 날 물고 늘어졌다.

그래서 바보 같은 나는 퇴근 후 투덜대며 N호텔 지하 레스토랑 안으로 들어섰다.

예상대로 박 선배가 있었고 예상 밖으로 박 선배와 고공주 맞은편에 찰스도 앉아 있었다.

선배 깜짝 놀라게 해주려고 내가 몰래 불렀어요. 괜찮지요?

찰스가 날 보며 환하게 웃었다.

감이 왔다. 고공주다운. 묘한 기분. 결과가 궁금했다.

고공주는 한껏 들떠 있었다.

와우, 정말 최고였어요. 시간이 어떻게 갔는지도 몰랐어요.

높은 목소리. 떨림. 첫방의 흥분만은 아니었다. 첫방 내용을 시시콜콜 떠들어대며 고공주는 내내 앞에 앉은 찰스 쪽을 힐끔거리며 콧잔등을 찌푸리고 눈웃음을 치고 볼풍선을 불었다.

박 선배는 아무 말이 없었다. 다소 어두운 표정으로 선배는 묵묵히 음식을 먹고 와인 잔을 비웠다.

난 셋을 관찰하느라 바빴다. 슬슬 자리가 편해졌다. 고공주를 잘 아는 박 선배는 지금 어떤 심정일까?

찰스는 나만 바라봤다. 내가 잔을 비우면 잔을 채워줬고 스테이크를 썰면 소스를 내 앞으로 옮겨주었다. 찰스의 다리가 내 다리에 닿았다 말았다 했다. 그때마다 찰스가 몸을 움찔거리며 황급히 다리를 치웠다.

작전이 잘 먹히지 않자 고공주는 약간 화가 난 듯 미간을 찌푸렸다. 그녀가 허리춤을 만지는 척하며 갑자기 가슴을 쑥 내밀었다. 고공주의 트레이드마크, 크고 볼록한 가슴. 이렇게까지 더티하게 나올 줄은 몰랐다.

고공주의 프라이드 앞에서도 찰스는 아무런 반응도 보이지 않았다. 그녀가 이번엔 손을 뻗으며 자연스럽게 찰스의 손을 터치했다. 매우 천박하게 보이는, 그러나 그만큼 끼가 느껴지는 오묘한 손놀림이었다. 과연 고공주였다.

내 다리가 조금 닿자 화들짝 놀라던 찰스는 그러나 고공주의 민감한 터치엔 손가락 하나 까닥하지 않았다. 그는 난공불락의 안시성 양만춘 장군 같았다.

어느 순간, 고공주의 얼굴이 빨갛게 달아올랐다. 그녀가 상체를 앞으로 쭉 빼며 찰스 앞에 얼굴을 들이댔다.

닥터 리는 제 방송 들었나요?

아니요.

왜요?

관심 없어서요.

내일은 꼭 들어보세요.

그 시간에 자요.

그렇게 일찍요?

네.

음, 닥터 리는 어떤 타입을 좋아해요?

한식요.

아니, 음식 말고.

뭐요?

이성요.

김태희 씨요.

고공주가 깔깔댔다.

선배 어디가 그렇게 좋아요?

특별해요, 아름다움이. 향기가 나고. 말로 다 표현할 수 없어요.

더 이상 듣기가 어려워서 화장실 핑계를 대고 일어나려는데 고공주가 드디어 마지막 카드를 뽑았다.

저 같은 타입은요?

거의 모든 남자 성우들이, 방송국 남자 중 꽤 많은 인간들이, 심지어 몇몇 연예인까지도 고공주에게 엉큼한 시선을 던지고 그녀 주위를 맴돌며 호시탐탐 기회를 노렸다. 궁금했다. 찰스는 과연?

매일 봐요.

네?

매일 뜯고 찢고 다시 덮고 꿰매는 얼굴이에요.

찰스를 꼭 안아주고 싶었다.

저 나름 개성 강한데.

잘못해서 그래요. 코가 살짝 휘었네요. 어디서 했어요?

너무해요. 자연산인데.

언제 한번 오세요. 제가 그 자연산 바로잡아드릴게요.

석사과정 말년 방학엔 귀국할 수 없었다. 돈을 벌어야 했다. 대도시 카지노에서 아르바이트를 했다. 거기서 슬롯머신 한 방에 백만 불을 터뜨린 여성을 봤다. 희열에 가득 찬 표정. 그 기분을 이제 알 것 같았다. 그만큼 짜릿했다.

말문이 막힌 고공주는 와인에 집중했다. 취하기로 작정했는지 고공주는 연이어 와인을 들이켰다. 옆자리 박 선배가 고공주의 잔을 뺏었다. 박 선배가 찰스를 노려봤다. 선배의 그런 눈빛은 나도 처음이었다.

정말 그렇게 생각해요?

뭘요?

솔직히 김태희 씨가 미인은 아니라고 보는데.

그건 당신 느낌이고요.

물론 내면은 참 아름다운 사람이지만 과연 외모까지 그럴까요? 태희 스스로도 그런 말은 믿기 힘들 겁니다. 무슨 꿍꿍이인가요? 만약에 우리 태희에게 장난을 치는 거라면 내가 절대 용서하지 않을 겁니다.

고맙긴 했는데, 김태희 씨에서 다시 우리 태희로 돌아가서 그것도 괜찮았는데, 그런데 묘하게 섭섭한 마음이었다. 아무튼 좋은 질문이었다. 대체 무슨 꿍꿍이인지 나도 정말 궁금했다.

찰스가 진지해졌다. 그의 옆얼굴을 쳐다봤다. 이 각도에서 본 건 처음이었다. 그의 진지한 얼굴은 참 아름답고 특별했고 그리고 향기로웠다.

어릴 때 부모님 모두 바빠서 집안일을 봐주던 아줌마가, 이름은 지금도 몰라요. 가족 모두 아줌마라고만 불렀으니까. 그분 고향이 충북 영동이었던 것만 알고요. 아무튼 그 아줌마가 저를 키웠습니다. 제겐 어머니만큼 소중한 분이었지요. 그분이 영화를 참 좋아했어요. 오래된 영화를. 부모님이 늦게 들어오시면. 자주 늦으셨어요. 그런 날엔 그분과 함께 종종 오래된 영화를 봤어요. 소피아 로렌, 오드리 헵번, 잉그리드 버그만, 그레이스 켈리 같은 명배우들을 아직도 생생하게 기억합니다. 아, 물론 여배우들만 기억하는 건 아니랍니다. 제임스 딘, 스티브 맥퀸, 그레고리 펙, 험프리 보가트 그리고 오마 샤리프. 아무튼 그 배우들 중 최고가 〈닥터 지바고〉의 라라였지요. 배우 줄리 크리스티가 아니라 지바고 영화 속의 라라요. 라라 때문에 울고 감격하고 심장이 터지는 것 같은 울림을 느끼고. 굳이 말로 표현하자면 당당함의 아우라라고 할까? 무엇보다도 자신을 성폭행한 계부를 향해 총을 쏠 때의 표정이란. 불안과 공포 속에서도 당당한, 아주 당당한 표정이에요. 그게 특별했어요. 아무튼 제게 아름다움은 라라와 같은 오래된 영화 속 주인공들이었지요. 그 영향이 컸던 것 같아요. 하지만 아무리 미에 대한 관점이 분명했다고 해도 성형외과 의사가 되지 않았다면 보통 우리나라 남자들처럼 규격화된 공장형 얼굴에 끌렸을지도 모르겠습니다. 그동안 수없이 많은 얼굴을 수술했습니다. 같은 눈, 같은 코, 같은 윤곽, 같은 턱. 그 일본 인형 같은 얼굴을 보면 저는 이젠 정말 구역질이 납니다. 몸매도 그래요. 우리 병원은 몸도 부위별로 수술합니다. 얇은 팔과 다리, 부푼 가슴, 주름을 펴고 종아리와 허벅지에서 근육을 빼내고, 그리고 등과 엉덩이에서 지방을 걷어내고. 솔직히 제 병원에 분홍색 조명을 비추면 영락없는 정육점이죠. 아프리카에 가면 목이 길수록 미인 대접을 받는 부족이 있습니다. 여자들은 목에 링을 넣어 기린처럼 목을 늘이지요. 딱 그런 여자들을 보는 기분이에요. 그러다가 그날이 왔어요. 이게 운명이었던 게 외할아버지 댁에서 아침을 먹기로 했는데 제 차가 고장이 났어요. 시간을 맞추려면 전철밖에 없어서 아주 오랜만에 전철을 탔지요. 그리고 거기서 라라를 다시 봤어요. 당당함의 아우라. 그 기분을, 심장이 멎는 기분을 아나요? 내면이요? 그런 건 우정에서나 중요하지요. 사랑에선 아무것도 아니라고 생각합니다. 사랑은 첫 만남에서 결정된다는 걸 이번에 확실하게 알게 되었지요.

다시 거울을 본다. 아무리 들여다봐도 라라는 물론 아우라 비슷한 것은 보이지 않는다. 거기엔 의학적으로 비만인 김태희만 어색한 표정을 짓고 서 있다.

지금의 벨기에와 네덜란드 남부 지방에 플랑드르라는 국가가 있었다. 플랑드르 바로크 미술을 대표하는 화가가 피터 폴 루벤스이다. 당대 최고의 화가로서 부와 명성을 누리며 2천여 점의 작품을 남겼다.

　루벤스의 누드화에 나오는 여성들은 지금의 시점으로 보면 다 뚱보들이다. 첫 부인과 사별 후 만난 그의 두번째 부인 엘렌 푸르망도 뚱뚱한 소녀였다. 그녀를 그린 작품, 〈웨딩드레스를 입은 엘렌 푸르망〉을 보면 '뚱뚱한 여자가 아름답다'는 루벤스의 정서가 극명하게 드러난다.

　매일 미인을 성형하다 보니 그렇게 된 것일까?

　정말 찰스는 진정으로 나를 아름답다고 느끼는 건 아닐까?

　쿵쿵, 문 두드리는 소리. 엄마가 찾아왔다. 왜?

　"이년아. 빨리 문 열어."

　나가야 할 것 같다. 문을 열자 엄마가 빙긋 웃는다.

　"연애하더니 조금 예뻐졌네."

　헐.

　옷을 걸치고 휴대전화를 확인한다. 열 개가 넘는 카톡과 문자가 와 있다.

　─ 오늘도 보고 싶어 죽는 줄 알았어요.

　─ 오늘 하루는 어땠어요?

　─ 내일은 만날 수 있어요?

　─ 먹고 싶은 건 없어요?

　─ 목소리라도 듣게 통화하면 안 될까요? 딱 5분만요.

10

찰스를 만난 후 3주가 지났다. 그동안 그를 총 여섯 번 만났다. 세 번만 기회를 주기로 했는데 어영부영하다 보니 그냥 계속 만나게 되었다. 고공주 첫방 때 만나고 그 다음다음 날은 퇴근 때 방송국 앞에서 꽃을 들고 서 있어서 또 만나고 그다음 날은 엄마의 초대로 그가 또 집에 찾아왔다.

회사에 소문이 파다했다. 못생긴 노처녀 성우가 유명세를 탄 연하의 미남 성형외과 병원장과 만난다는 풍문은 그야말로 수다꾼들의 입맛을 자극하는 최고의 성찬이었다. 루머는 제법 점잖은 덕담에서부터 아주 저열한 음담패설까지 다양했다.

— 그 친구, 인성이 괜찮다고 봤는데 결국 시집도 잘 가게 생겼네.

— 태희 언니, 정말 로또 맞았네.

— 뭔가 있을 거야. 그게 뭘까?

— 그러다 말겠지. 그런 거 있잖아. 매일 고기만 먹다 보면 어
느 날은 생선도 먹고 싶은 거 말이야.

— 그 태희 거기가 그렇대. 한번 물면.

덕담이건 악담이건 듣기 좋은 얘기건 입에 담지 못할 폭언이
건 불편한 소문이긴 마찬가지였다. 힐끔대는 시선 때문에 난 어
찌할 바를 모르고 오줌 싼 강아지마냥 이 구석, 저 구석으로 숨
기에 바빴다.

가족은 전혀 도움이 되지 않았다. 태준은 그동안 나 몰래 찰
스를 만나 두 번이나 술을 얻어 마셨다. 얼떨결에 불지 않았다면
까맣게 모르고 지나갈 뻔했다. 엄마도 병원을 찾아가 찰스와 함
께 거하게 갈비를 뜯었다. 혼자 내 닦달을 감당하기 억울했던 태
준이 알려준 사실이었다.

계속 이렇게 지낼 순 없었다. 어떤 식으로든 끝을 내야 했다.
알긴 알겠는데 끝을 내기가 쉽지 않았다. 마음이 왔다 갔다 했다.

그의 말대로 그 어떤 꿍꿍이도 없이 진심으로 날 좋아하는 것
이라면 나도 진지하게 생각을 해야 했다. 그리고 찰스는 진정인
것 같았다.

금요일 오후, 주말을 기다리는 나른한 시간에 전화기 진동이
울렸다. 모르는 번호가 떴으나 아무 생각 없이 전화를 받았다.

강유정이에요.

맙소사!

만나고 싶은데. 찰스한테는 얘기 안 했으면 좋겠어요.

어떤 느낌이 왔다. 부잣집 명문가 아들이 철없이 길에서 만난

여자와 사랑에 빠진다. 집안에서 그 사실을 안다. 남자의 엄마는 아들 몰래 여자를 만나 좋은 말로 타이르거나 눈을 번뜩이며 윽박지른다. 관계를 끝내라고. 말미엔 두툼한 돈 봉투를 내밀기도 한다. 드라마에서 수도 없이 본 내용.

미안한데 우리 방송국으로 올 수 없나요? 밤에 계속 회의가 있어서.

보통 이런 경우 아는 사람 눈에 띄지 않는 한적한 카페를 찾는다는데 찰스 엄마는 자기 회사로 오라고 했다.

하긴 물이라도 뿌리려면 밀폐된 자기 사무실이 최적의 장소일 수도.

저녁 7시, KTV를 찾았다. 안내 데스크에서 방문증을 받으려고 하는데 덩치가 큰 남자가 다가오더니 아무 말 없이 날 안내한다. 그를 따라 엘리베이터를 탄다. 덩치의 등을 본다. 양복 속의 근육이 엄청날 듯. 한쪽 귀가 뭉개져 있다. 레슬링을 한 게 확실하다. 괜히 침이 넘어간다. 위압감.

덩치가 갑자기 고개를 돌린다. 그의 눈이 번뜩인다.

"저기."

목이 뻣뻣해진다. 긴장. 그런데 덩치의 목소리가 참 곱다. 성우해도 될 듯.

"응원합니다. 파이팅."

그가 매우 수줍은 표정을 지으며 커다란 오른 주먹을 살짝 올렸다 내린다.

"철수가 이런 건 처음이거든요."

덩치가 다시 고개를 돌린다. 고운 목소리 때문에 위압감은 사라졌으나 긴장은 여전하다. 엘리베이터가 멈춘다. 벌써 21층 대표실이다.

양쪽으로 책상이 여러 개 있다. 비서실인 모양. 고공주 정도의 미인이 다섯이다. 그녀들이 동시에 일어나 내게 고개를 숙인다. 나도 허리를 조금 숙이고 양쪽에 나열한 미녀들을 지나 육중한 하얀색 문 앞에 선다. 대표 방인 것 같다.

잠시 호흡을 가다듬을 시간이 필요한데 덩치가 짧게 노크를 하더니 벌컥 문을 열어버린다. 덩치 뒤로 여성의 실루엣이 보인다.

"어서 와요. 초면에 여기까지 불러서 미안해요."

칼칼한 목소리. 티브이에서 듣던 그 음성. 강유정 대표다. 그녀가 덩치 뒤에서 쑥 얼굴을 내밀더니 날 보며 활짝 웃는다. 찰스 미소와 똑같다. 그녀는 날씬하다. 예쁜 얼굴이다. 도저히 육십이라곤 믿겨지지 않는 젊은 모습이다. 평범한 갈색 투피스를 입었고 별다른 액세서리도 달지 않았는데 당당함의 아우라가, 바로 그것이 확실하게 느껴진다.

방에 들어가 회색 가죽 소파에 앉는다. 방은 넓지만 대표 책상과 소파 외엔 별다른 가구나 장식품은 보이지 않는다. 아, 하나 있다. 텅 빈 대표실 벽 중앙에 걸린 화려한 색채의 그림 한 점. 내 시선을 따라간 강 대표가 또 활짝 웃는다.

"미술사 전공했다던데? 난 잘 모르지만 저 그림이 그냥 마음에 들어서."

20세기 초를 대표하는 대가 마티스의 대표작 〈후식〉이다. 강

렬한 색채와 단순함으로 삶의 기쁨을 그렸다는 작품. 격동의 시대와 어떻게 그렇게 완벽하게 단절하고 오로지 개인적 '기쁨'에 몰입할 수 있었을까? 그를 배울 때 궁금해한 기억이 난다.

'강 대표는 저 그림과 어울리는 사람일까?'

그녀가 차를 권한다. 커피가 당기지만 그냥 살짝 웃으며 고개를 끄덕인다. 덩치가 문을 닫고 나간다. 이제 방엔 강 대표와 나 둘뿐이다.

"얼마나 보고 싶었는지 몰라요. 반가워요, 태희 씨."

뜻밖이다. 물세례는 아니더라도 불쾌한 몇 마디쯤은 각오했는데. 이런 환대는 전혀 기대하지 못했다.

설마?

괜찮단 말인가? 나같이 평범한, 아니 솔직히 평범함보다 조금 모자란 여자가 정말 강유정 대표 아들 여친으로 괜찮단 말인가? 그건 아닐 것이다. 그럴 순 없다.

'긴장하자. 언제 칼이 날아올지 몰라.'

고공주보다 조금 더 화려한 여비서가 홍차를 가지고 들어와 탁자에 놓는다. 강 대표와 함께 차를 마신다. 차는 적당히 따뜻하고 뒷맛은 매우 깨끗하다.

강 대표는 말이 많다. 약간 흥분한 듯 목소리 톤이 올라 있다.

어떻게 만났는지, 어떻게 사귀게 되었는지, 몇 번 만났는지, 어디를 다녔는지, 찰스 어디가 좋은지. 참 답하기 곤란한 것만 물어본다.

어떤 것은 대충 대답하고 어떤 것은 흘려버린다. 강 대표가 자기 자리에서 일어나 내 옆에 와서 앉는다.

"말 놓아도 될까요?"

"네, 그러세요. 죄송합니다. 제가 먼저 말씀드려야 하는데."

난 지금 무얼 하고 있나? 강 대표에게 책잡히지 않기 위해 전력을 다하고 있다. 그게 다인가? 아니다. 솔직히 잘 보이기 위해 노력 중이다.

왜? 그동안 정말 찰스가 좋아지기라도 한 것인가? 그건 아니다. 그것보다는 강유정이라는 대단한 인물과 만났다는 것 자체가 내겐 정말 감격적인 일이다. 이왕이면 좋은 기억을 남기고 싶다.

"둘이 만나면 뭘 해?"

"게임도 하고. 음악도 듣고."

"하얀 방 갔니?"

"네."

"어머, 웬일이니? 거긴 나도 안 데려가는 찰스만의 공간인데."

강 대표가 슬쩍 내 손을 잡는다. 등에 소름이 돋는다.

"왜? 불편해?"

"아니에요."

강 대표가 이번엔 잡은 손에 꼭 힘을 준다. 제발 그냥 놔줬으면.

"놀랐니? 내가 너무 친하게 굴어서? 이해해줘. 시간이 없어서. 천천히 알아가고 서서히 친해지는 거 나 별로야."

엄마와 아들이 똑같다. 이 모자의 무모하고 직접적인 대시는 정말 어지럽다.

"궁금한 거 있어? 뭐든지 물어봐."

너무 많아서. 너무너무 많아서 아무 말도 나오지 않는다.

도대체 왜 내게 이런 호의를 베푸는지. 내가 정말 마음에 든 건지. 왜 마음에 드는지. 오늘 이 자리의 의미가 뭔지. 혹시 내가 진짜 찰스를 사귀어도 되는 건지.

강 대표가 진지해진다. 아들과 비슷한 표정이어서 쉽게 읽을 수 있다. 난 허리를 세운다. 이제까지의 호의와 정작 중요한 할 말은 충분히 다를 수 있다.

강 대표가 더 다가앉는다. 서로의 다리가 밀착된다. 여전히 그녀는 내 손을 잡고 있다. 손에 땀이 맺힌다. 그런데도 그녀는 내 손을 놓아주지 않는다.

"걔 어렸을 땐 내가 너무 바빴어. 엄마 노릇을 못 했지. 내가 조금 여유가 생겼을 땐 찰스가 미국으로 조기 유학을 떠났어. 난 보내기 싫었는데 애 아빠가 우겨서 보낼 수밖에 없었지. 난 아들이 다 큰 다음에야 걔와 제대로 대화할 수 있었어. 대화 도중에 서로 느꼈어. 그동안의 갭이, 어쩔 수 없는 거리가 있었어. 찰스와 난 그걸 그냥 그대로 인정하기로 했어. 사랑이란 꼭 친밀해야만 나눌 수 있는 건 아니니까. 여러 가지 생각이 달랐어. 난 찰스가 내 자리를 물려받길 원했지만 걔한텐 이미 자신의 길이 있었고 그래서 찰스는 병원을 차렸고. 나름 그 방면으로 성공했고. 이제 내가 아들에게 바라는 건 딱 하나야. 정말 사랑하는 사람을 만나서 행복하게 사는 거. 아들에게 여자가 생겼다는 소식을 듣고 곧바로 확인했지. 이번에도 그냥 만나는 심심풀이 땅콩이냐고. 그런데 걔가 진짜라는 거야. 내가 얼마나 흥분이 되던지. 나요즘 며칠 잠도 잘 못 잤어. 태희, 네가 보고 싶어서."

혼란스럽다. 어디까지 진짜고 어디서부터 연출인지. 이게 다 진심일 순 없다.

생각해보라. 그냥 부잣집이 아니다. 이른바 명문가 중 명문가다. 그런 집 외아들이라는 찰스 여친 문제인데 이렇게 아무렇지도 않을 순 없다.

'먼저 물어볼까? 더 기다릴까?'

난 생각이 많아진다. 그런 와중에 강 대표의 대시에 자꾸만 마음이 쏠린다. 이 사람이 참 좋다. 솔직하고 거침없고 아주 친근하다.

"태희야, 너 지금 뭔가 불편하지?"

"네?"

"좀 굳어 있어. 하긴. 내가 사람하고 적당한 거리 두기를 못해. 처음 만난 사람들은 많이 당황해. 너도 그래?"

"아, 그런 건 아니에요."

내 목소리가 떨린다. 이 떨림이 참 교활하다. 난 강 대표에게 잘 보이고 싶다. 이상한 갈망이, 이 여자의 호의를 받고 싶다는 말도 안 되는 열망이 속에서 스멀댄다. 난 어쩌면 엄마 말대로 정말 구렁이 같은 년일지도 모른다.

솔직해지자. 나중에 후회하지 말고 스스로에게 정직해야 한다. 그래야 한다.

"저기."

"응?"

"제가 찰스의 상대가 되기엔 모자라는 게 많은데."

"뭐가?"

"배경도 그렇고 직업도 그렇고 나이도 제가 더 많고, 여러 가지로."

외모 얘긴 하지 않는다. 내 입으로 얘기하긴 싫다.

"배경? 교육자 집안이라던데? 아니야? 우린 교육자라면 꾸뻑 죽어."

강유정 대표가, 이 유명한 여걸이 꾸뻑 죽는단 표현을 쓴다. 황당하면서도 속이 시원해진다. 조금씩 자신이 생긴다.

"직업은 성우라면서? 난 좋은데. 그리고 해외장학금 받고 미술사 공부했다면서? 그 정도 재원인데 뭐가 문제야? 나이야 뭐. 얘, 나도 찰스 아빠랑 동갑이야. 내가 생일이 더 빨러. 남자는 다 어린애잖아. 그게 더 좋아. 그리고 또 뭐?"

돈이요. 돈.

강 대표가 내 손가락에 깍지를 낀다. 헐. 이 대책 없는. 찰스는 엄마를 닮은 게 확실하다.

"사람과 사람이 만나서 사랑하는데 누가 누구보다 모자라단 말은 잘못된 거야, 태희야. 사람은 모두 특별하고 동등하다고 난 믿어. 세속적으로 그런 소리 하는 거 난 재미없어. 태희야, 난 네가 너무 반갑고 좋아. 내 마음을 모르겠어?"

무너진다. 긴장의 벽이, 경계의 담이. 어색함의 긴 울타리가 줄줄이 무너진다. 난 이 여자가 너무 좋다.

"오늘은 내가 회의가 계속 있어. 속상해. 앞으론 자주 만나자.

만나서 찰스 흉도 보고 술도 같이 마시고 그러자."

딱 한 시간, 대표실에 머물다가 방을 나선다. 강 대표가 날 꼭 안아준다. 따듯하다. 따듯하고 밝고 단순하고 참 솔직하다.

덩치를 따라 방송국 현관으로 나오니 우리나라에서 제일 비싼 차가 날 기다리고 있다. 덩치가 문을 열어준다. 차 안으로 들어서는데 다리가 후들거린다. 덩치는 앞좌석에 탄다.

"어디로?"

"집으로 가는데요."

"본가요? 원룸이요?"

"네? 아, 원룸이요."

덩치가 잠깐 몸을 움찔하더니 양복 안주머니에서 자기 명함을 꺼내 건넨다.

— KTV 대표 비서실 3팀 부장 고동화.

"전 지금 명함이 없는데."

"괜찮아요. 태희 씨에 대해선 다 알아요."

태희 씨?

"3주 전에 철수가 나한테 부탁을 했어요. 7호선 전철에서 만난 여자를 찾아달라고. 방송국으로 들어가는 것까지만 확인했다고. 사실 서울에서 김 서방 찾기였는데 철수가 이런 부탁하는 게 처음이라서 정말 열심히 찾았어요, 태희 씨를."

찰스를 철수라 부르는 걸 보니 둘은 아주 친한 사이인 듯.

"그러니까 두 사람이 잘되면 내 덕도 있다는 걸 기억해줘요."

강유정 대표나 고동화 부장이나 모두 내게 호의적이다. 지나

칠 정도로. 솔직히 기분이 점점 더 좋아진다.

"철수가 태희 씨 부모님 댁에 인사 갔을 때 갑각류 생것 먹었습니까?"

갑각류 생것이 뭔지 잠시 생각한다. 아, 간장게장.

"철수가 그거 알레르기거든요. 다녀와서 곧바로 병원 응급실 갔어요. 입이 오리 주둥이처럼 부풀어 올라서."

그걸 왜 먹었을까? 알면서 왜 그랬을까?

"미국에 있을 때 건초염인가 앓고 나서부터 그렇다더군요."

명색이 의사인데. 그런 무식한 짓을. 아무리 엄마가 권했다고 해도.

가슴이 아리다. 그가 안쓰럽다.

"아, 오늘 만남은 철수에겐 비밀로 하는 게 더 좋을 겁니다."

왜? 눈을 깜빡이며 고동화 부장을 쳐다본다. 그가 슬쩍 시선을 피한다.

"그게 더 좋을 겁니다."

때마침 찰스의 카톡이 들어온다.

— 어디예요?

뭐라고 하지?

— 회사 앞인데 일찍 퇴근했다고 하네요. 지금 어디?

왜 모르는 게 좋지?

— 우씨, 비밀인가요?

아무리 생각해봐도 알리지 않을 이유가 없었다.

— 강유정 대표님 만나고 집에 가는 길.

찰스의 답이 늦다. 놀랐나?

집에 도착한다. 고동화 부장에게 고개 숙여 인사를 한다. 그가 엄지를 치켜세우곤 웃어준다. 가족이 아닌데도 찰스 미소와 닮았다.

찰스는 계속 답이 없다. 그에게 먼저 카톡을 보낸다.

— 찰스?

— 지금 바빠요?

— 강유정 대표님이 너무 잘해줘서 기분 굉장히 좋은데.

왜 답이 없지?

망설이다가 그에게 전화를 건다. 전화기가 꺼져 있다. 갑자기 수술이 잡혔나?

11

"앙큼한 년."

현애가 눈을 흘긴다.

"야, 아무리 그래도 네가 나한테 앙큼하단 얘기를 할 수 있어?"

현애와 함께 깔깔댄다. 내 소문은 방송국에만 난 게 아니었다. 의사들한테도 파다하게 퍼졌단다. 찰스가 유명인이긴 한 모양이다.

현애 남편이, 나와 사기 맞선을 봤던 과거 레지던트가 내 소문을 듣고 곧장 현애에게 전화를 했고, 두 시간 뒤에 현애가 원룸 현관을 두드렸다.

"여우 같은 년."

한때 그런 소리를 듣고 싶었던 때가 있었다. 여우라든가, 교활한, 앙큼한, 뭐 그런 것. 평생 엄마에게 구렁이 같은 년 소리만 들었기에 진정 여우과로 불리고 싶었던 적이 있었다.

"시어머니 허락도 받았다면서?"

"그런 건 아니고."

"아니긴. 다 들었는데."

"그냥 인사만 했어."

그게 그거 아니냐면서 현애가 눈을 부라린다. 조현애는 몇 명 밖에 안 되는 친구 중에서도 제일 친한 아이다. 현애와 난 참 다르다. 현애는 부동산 졸부 딸이고 난 가난한 교육자 출신 딸이고 현애는 공부를 못했고 난 잘했고 현애는 연애 대장에 나이트 죽 순이었고 난 대학 내내 과외만 했다. 현애는 고딩 때부터 목표가 능력 있는 놈 잡아 편하게 떵떵거리며 사는 것이었고 난 무척 그 림이 그리고 싶었으나 집안 사정 때문에 포기하고 국사 선생님 이었던 아빠 영향으로 사학을 전공했다. 심지어 현애는 맵고 짠 음식을 좋아했고 난 싱거운 것만 찾아 먹었다. 현애는 운동이라 곤 백화점에서 걷는 게 다였고 난 태권도 공인 3단이었다. 현애 는 드라마와 연예인 소식에 밝았고 음담패설을 매우 좋아했고 난 고상한 척 그림과 독서가 취미였다. 그럼에도 불구하고 현애 와 내가 지금까지 단짝으로 지내는 이유는 딱 한 가지, 둘 다 미 녀 축에는 들지 못했기 때문이다.

난 한 군데도 손대지 않고 꿋꿋하게 타고난 외모로 버텼고 현 애는 이것저것 엄청나게 손을 댔으나 댈 때마다 다른 부위와 균 형이 맞지 않는 불운이 되풀이되었다.

서로를 쳐다보면 우린 우리 아니면 그 누구도 알 수 없는 페이 소스를 느꼈고 그래서 취향과 가치가 정반대이면서도 지금까지 아무 문제없이 굳건한 우정을 지켜왔다.

"결혼은? 약혼은? 프러포즈는 받았어?"

"이제 3주 지났어."

"왜 시간을 끌어? 둘 마음 확실하고 양가 부모 허락 떨어졌는데? 나이도 졸라 많은 것들이?"

"아직 그런 사이 아니야."

"아직 안 잤어?"

"미친년. 그런 게 아니라니까."

"왜?"

"내 마음이 아직."

"네 주제에 그런 스펙을 간 봐? 욕먹어."

현애는 당장 상견례부터 하고 결혼도 서두르라는 주장이다. 원래 말이 잘 통하는 건 아니었으므로 난 더 이상 현애 말을 막지 않는다.

"곰국은 좋난 거야?"

박 선배. 회사에서 얼굴을 봐도 사무적으로 대하고 전화나 카톡은 끊어졌다. 뭐 아쉬울 건 없다.

"그런 거 같아."

"잘했어. 그 노땅보다야 이 영계가 백배 낫지. 의사들 힘들다, 힘들다 해도 그래도 의사 벌이가 짱이다, 너."

"보람 아빠 잘 지내지?"

"우리 십분이야 뭐. 매일 남 똥꼬만 들여다보고 형제들 똥 닦아주고. 어떻게 보면 불쌍해."

현애 남편은 가난한 가정 3남 1녀의 장남이다. 그가 의대에 가자 밑의 동생들은 다 대학을 포기하고 형 뒷바라지를 했다. 조선 시대도 아니고. 그런데도 그랬다.

현애와 결혼 후 현애 남편은 항문외과 병원을 열고 치질 수술에 전념했다. 그는 하루 종일 남의 엉덩이만 들여다봤다. 그렇게 번 돈으로 동생들 밥벌이를 책임졌다. 하나는 족발집, 하나는 우유 보급소를 차려줬고 그리고 막내는 공부를 시켜 간호사를 만든 후 자기 병원에 취직시켰다.

부잣집 딸 현애는 그런 얘기를 아무렇지도 않게 했지만 난 그 레지던트가 늘 안쓰러웠다. 매일 반복되는 스트레스로 그는 현애가 9분을 노력해 세워줘야 겨우 1분 성생활을 한다고 한다. 보람이를 낳은 게 기적이었다.

돈은 참 무서운 것이다.

아빠의 실직 후 그 실체를 나도 봤다.

만약에, 혹시나 내가 정말 찰스와 결혼 비슷한 것을 하게 된다면?

그래서 나도 병원장 사모님이 되어 돈을 펑펑 쓸 수 있게 된다면?

태준에겐 미술 학원을 차려주고 엄마의 평생소원이라는 유럽 여행도 보내주고 아빠 관절염 수술도 해주고. 이런 제길, 지금 내가 무슨 생각을?

"그런데 강유정이 정말 너 좋다고 했어?"

"싫다고 하진 않았어. 드라마처럼 돈 봉투 주면서 내 아들한테서 떨어져라, 난 이런 거 상상하고 만났거든."

"그게 훨씬 더 현실적인데. 네가 잘된 거니까 좋기는 한데 그래도 이상하긴 해."

나도 그렇다. 도대체 날 뭘 보고?

"혹시 찰스한테 무슨 문제 있는 거 아니야?"

강 대표를 만나고 온 다음 날, 고공주가 메일을 보내왔다. 찰스가 정신질환 때문에 군 면제를 받았다고.

한 시간 뒤에 고동화 부장의 전화를 받았다. 강 대표를 만난 걸 찰스에게 얘기했느냐 물어서 했다고 하자 고 부장은 길게 한숨을 내쉬었다.

그에게 아무 생각 없이 물었다. 찰스가 군 면제를 받았느냐고. 그가 한참을 침묵하다가 답을 했다.

— 이 박사님은 철수가 공직에 나가길 원했던 모양입니다. 그래서 군의관이 아닌 육군 사병으로 복무하라고 의대 2학년 때 철수를 불렀지요. 강 대표님 생각은 달랐습니다. 철수에게 군대는 시간낭비일 뿐이라고 믿었어요. 부끄러운 얘기지만 돈을 써서 정신질환을 명목으로 군 면제를 받았어요. 그때도 그렇고 지금도 그렇고 철수는 멀쩡합니다. 지극히 건강합니다.

가짜 질병으로 군대를 뺐다면 사회적 지탄을 받아야 마땅하지만 내가 뭐라고 할 일은 아니다. 혹시 진짜였다 하더라도 지금 멀쩡하면 문제가 되지 않는다.

문제는 찰스의 연락 두절이다. 강 대표를 만나고 온 후부터 그의 전화도 카톡도 문자도 없다.

"언제 만나게 해줄 거야? 넷이 만날까? 같은 의사니까 재미있겠다."

"만나야지."

강 대표를 만난 것 때문인가?

왜?

정말 문제가 있나?

무슨 문제?

모두 모호하다. 분명한 건 하나뿐. 이미 그가 내 마음속 깊이 들어왔다는 것. 그래서 그를 생각하는 시간이 너무 많다는 것.

"결혼할 때 모든 것을 나랑 상의해야 한다."

"뭐?"

"검소하고 조용하게 치른다고 해도 워낙 명문가라 비용이 장난 아닐 거야. 찰스가 아마 몰래 목돈을 줄 거야. 그거 제발 아무 생각 말고 받아. 그리고 찰스 엄마가 하라는 거 다 해. 그래야 평탄한 결혼이 된다."

욕이 나온다. 내가 거지야? 하지만 만약 진짜 관계가 심각해진다면, 그래서 실제로 결혼하게 된다면? 현애의 조언 외에 다른 방도가 없을 것 같다. 신용대출을 받는다 해도 턱없이 부족할 것이다.

"넌 행복하니?"

"아니."

현애는 1초의 망설임 없이 답을 한다.

"우리 형제자매들이야 뭐. 다들 만나면 하나같이 누가 더 돈 잘 쓰나 경쟁만 해. 아이들 성적 자랑하고. 우리 넷이 그렇게 컸으니까. 그중에 내가 제일 못살아. 시댁으로 나가는 게 워낙 많아서. 보람이도 하필 내 머리를 닮았어. 공부를 진짜 못해. 미술도 못하고 음악도 못하고 운동도 못해. 그저 게임만 하고 벌써 야동만 봐. 그래서 우리 쪽 만나는 날은 아침부터 짜증만 나. 그러면 시댁 식구들은 괜찮은가? 그것도 아니야. 걔네들은 완전 남이야. 모이면 내 눈치만 봐. 회사 상하 관계도 그렇진 않을 거야. 학부모 모임을 나가도, 교회에 나가도 다 똑같아."

120평 청담동 고급 빌라에 살고 매년 두 번씩 해외여행을 하고 명품이란 명품은 다 걸치고 다니고 도우미를 둘씩 두고 사는 현애는 행복하지 않단다. 형제자매 중 자기가 제일 못산단다. 지금보다 어릴 때 이런 말을 들었으면 참 재수 없는 년이네, 했을 것이다. 하지만 서른을 넘기자 세상의 계단이 보이기 시작했다. 사람들은 자신이 올라온 계단 쪽은 절대 쳐다보지 않는다. 모두 올라갈 계단만 바라보며 산다. 그게 인간이다. 난 현애를 이해한다.

"그런 건 사실 큰 문제가 아니야. 우리 십분이만 괜찮으면. 섹스 같은 건 아무래도 상관없어. 5분이라도 참을 수 있어. 하지만 우리 십분이는 웃을 줄을 몰라. 걔 늘 피곤해. 개그 프로를 봐도, 아무리 웃긴 얘기를 해도 걔는 안 웃어. 이젠 알겠어. 십분이는 웃음을 모르는 거야. 웃지 않는 인간과 산다는 게 어떤 건지 넌 결코 상상도 할 수 없을 거야."

가만히 현애 어깨를 안아준다. 현애의 가장 큰 장점은 울지 않는다는 거다. 이럴 때 눈물을 뽑으면 얼마나 귀찮고 불편할까? 하지만 현애는 어떤 경우에도 잘 울지 않는다. 현애는 씩씩하다.

"그렇다고 크게 불행한 건 아니야. 누가 뭐래도 내가 선택한 길이니까 내가 감수해야지. 그럭저럭 잘 지내."

찰스는 잘 웃는다. 미소가 아름다운 남자다. 과연 찰스에겐 아무 문제도 없는 걸까? 정신질환은 아니더라도. 이를테면 여자 관계?

고공주가 온 방송국에 퍼뜨린 소문에 따르면 찰스는 아이돌 가수 출신 솔티와 김태희 이후 여신으로 등극한 신인 배우 신비, 이 둘과 스캔들이 있었다고 한다.

그중 신비와는 아직도 진행 중으로 보인다며 내 앞날을 걱정하는 루머가 방송국 게시판에 떴다는 소리를 들었다.

"보람 아빠 여자 문제 같은 건 없지?"

"제발 있었으면 좋겠다. 매일 남의 똥꼬만 들여다보는 인간이 여자 만날 시간이나 있겠냐? 그저 한 달에 한 번 날짜도 틀리지 않고 규칙적으로 자기 딴에는 내게 10분 봉사하는 게 다야. 왜? 찰스 여자가 걱정되냐?"

"소문이 많아서."

"이제 보니 오리지널 여우네. 아직 네 마음 모른다면서 여자 관계는 신경 쓰여?"

"사귀건 안 사귀건 기분 나쁘지."

"웃겨."

현애가 갑자기 내 가슴을 꾹 누른다. 고딩 때 둘이 늘 하던 장난이다. 갑작스런 공격에 당한 난 눈을 부릅뜨고 반격을 한다. 현애와 깔깔대며 방바닥을 구른다. 끝내 현애 가슴을 깊게 찔러주곤 공격을 멈춘다.

"의사들이 바람둥이란 건 옛날 얘기야. 요즘엔, 특히 개업의면 병원 운영에, 수술에 정신없어. 그냥 소문인데 미리 걱정할 일은 아닌 것 같다."

걱정까지야 뭐. 그냥 기분이 좀 나쁜 것이지.

그나저나 찰스, 이 인간. 벌써 3일째 아무 연락이 없다.

정말 끝내잔 거야?

12

"끝났습니다. 완전히."

고개를 숙인다. 표정 관리가 되지 않는다. 시선을 피해도 피디는 알 것 같다.

화요일 아침 10시 방송국 1층 카페 창가. 평소 북적대던 곳인데 오전이라 그런지 몇몇 외부 손님만 띄엄띄엄 앉아 있다. 실내는 고요하다. 밤새 눈이 내렸다. 창밖이 새하얗다 못해 새파란 빛을 낸다.

"도와주셔야겠습니다. 김태희 씨 외엔 대안이 없습니다."

담배 생각이 간절하다. 어떻게 해야 하나?

고공주가 잘렸다. 프로 시작 후 한 달도 안 되었는데 방송국에선 진행자 교체를 결정했다. 이렇게 될 수도 있지 않을까 했는데 예상이 딱 들어맞았다.

고소한 맛.

하지만 속마음은 숨겨야 한다. 초상집에서 축배를 들 순 없다.

방송 3일째에 첫 사고가 터졌다. 그렇게 큰일은 아니었다. 초현실주의에서 추상 표현주의로 넘어가는 과도기적 작품 〈소키의 정원〉 화가를 언급하면서 고공주는 아쉴 고르키를 막심 고리키로 소개했다. 그냥 고르키라고 했으면 아무 문제도 없었을 텐데 괜히 아는 척하다가 미끄러진 꼴이었다. 당장 프로 게시판에 글이 올라왔다.

— 막심 고리키는 러시아 소설가죠. 너무너무 유명한.

황 작가가 곧바로 짧은 사과 댓글을 올려 상황을 마무리했다. 고공주는 그러지 못했다. 고공주가 그 밑에 답을 달았다.

— 둘 다 러시아 사람이라서. ㅋㅋ 이 정도는 그냥 넘어가줘잉. 아무튼 세세한 관심 고마워용^^

하루 지나 처음 글을 올린 친구가 새 글을 또 올렸다.

— 소설가 막심 고리키는 러시아인이지만 화가 아쉴 고르키는 아르메니아 출신 미국인입니다. ㅋㅋ 공부 좀 하고 방송해줘잉. 아무튼 허접한 방송 고마워용^^

새 글에 수없이 많은 댓글이 달렸다.

— 러시아 말로 방송해줘잉.

— 세세한 관심 미안해용^^

— 고리키 고르키 고스키 고 새끼.

— 미술을 씹는 밤 만세!

결국 '미술을 듣는 밤'의 장황한 사과 글 이후 댓글 파동은 간신히 잦아들었다.

방송 2주 차, 고공주는 또 사고를 쳤다.

후기 인상주의를 대표하는 고흐와 고갱. 너무도 유명한 두 화가의 특별한 우정은 미술에 관심 없는 이들도 한 번쯤은 들어봤을 법한 잘 알려진 얘기였다.

고갱과 함께하고 싶었던 고흐는 자신이 살던 아를 지역에 집을 장만해 노란색으로 색칠을 하고 고갱을 초대한다. 고갱이 찾아오고 둘은 두 달 동안 동거하며 그림을 그리고 토론하고 싸우고 정을 나눈다. 그러나 독특한 성격의 둘은 2개월 후 결별하고 고갱과의 싸움 끝에 고흐는 자신의 귀를 자른다.

이 스토리를 '미술을 듣는 밤'에서 소개했다. 원고를 읽는 게 너무 티난다는 지적에 예민해 있던 고공주가 방송 중에 약간의 애드리브를 쳤다.

— 둘이 동거하면서 그림만 그렸을까요? 후훗.

헐.

고공주는 뭘 상상하며 이런 멘트를 날렸을까?

댓글이 폭주했다.

— 밥도 먹었겠죠. 후훗.

— 응가도 했겠죠. 피식.

— 술도 마셨을걸요. 크크.

— 고돌이 치지 않았을까요? 빠샤.

'미술을 듣는 밤'은 같은 시간 아이돌 출신 방송인이 진행하는 타 방송 프로의 여파로 청취율이 낮은 편이었다. 그러나 미술을 좋아하는 마니아층의 관심으로 확실한 지지층이 있었는데 그 지지층이 대부분 고흐와 고갱을 사랑했다.

그들의 분노로 '미술을 듣는 밤'은 역사상 처음으로 실시간 검색어 랭킹 10위에 오르는 기염을 토했다.

'미술을 듣는 밤'은 방송국으로부터 경고를 받았다.

프로는 흔들렸다.

방송국 내 고공주 별명인 빈공주가 청취자들에게 알려졌다.

프로 한 달 만에 고공주는 방송을 통해 공식 사과를 해야만 했다.

— 정말 죄송합니다. 본의 아니게 '미술을 듣는 밤' 가족들에게 실망을 안겨드렸네요. 앞으론 열심히 공부해서 빈공주에서 속이 꽉 찬 공주로 거듭나도록 최선을 다할게요. 여러분 사랑해요. 음악은 비발디의 사계 〈겨울〉입니다.

멘트가 끝나고 비발디가 흘렀다.

고공주가 방송실 밖 피디를 보며 한마디를 했다.

아 짱나. 못 해먹겠네.

실수였는지, 기기 고장이었는지, 아니면 피디의 고의였는지 고공주의 멘트가 그대로 방송을 탔다. 그리고 고공주는 방송에서 아웃되었다.

어떻게 할까?

피디는 진지한 표정으로 날 설득하려 최선을 다했다.

"따지고 보면 이제 제자리를 찾은 겁니다. 이 자리는 원래 태희 씨 자리였잖아요. 사필귀정이란 생각입니다."

찰스는 아무런 연락이 없다. 일주일이 넘었다.

찰스 대신 강유정 대표 전화를 받았다. 나흘 전 강 대표와 N 호텔 바에서 만나 새벽 2시까지 술을 마셨다. 술자리는 정말 즐거웠다.

찰스 어릴 때 얘기, 방송국 뒷얘기 그리고 미술 얘기. 강 대표는 거침없이 술을 마셨고 거침없이 취했다. 나도 어쩔 수 없이 같이 마셨고 아무리 노력해도 몸이 기울어지는 상태에 이르렀다.

넌 꿈이 뭐니?

그냥, 가족들과 편안하게 사는 거요.

가족 말고 네 꿈 말이야.

잘 모르겠어요.

너 그림 그리고 싶었다면서?

순간 취중에도 그림 공부를 핑계로 날 외국으로 쫓아내려 하는가, 하는 의심이 들었다. 만약 그렇다면?

이제 그림 시작해서 성공하긴 너무 늦은 것 같지 않아? 대신 방송으로 성공해봐. 내가 밀어줄게. 나 방송에선 힘센 여자야.

밀어준단다. 기쁘다. 마냥 기대고 싶다. 하지만 난 아빠의 딸이다.

고맙습니다만 전 제 힘으로 크고 싶어요. 솔직히 도움받는 것에 익숙하지 않아요.

속으로 아빠 잘했지요, 하며 혼자 만족하고 있는데 강 대표가 갑자기 날 껴안았다.

이쁘다, 김태희. 찰스가 이래서 너한테 반했구나. 이제부턴 엄마라고 생각하고 뭐든 필요하면 다 부탁해. 엄마가 다 해줄게.

다음 날 방송국 대표가 날 방으로 불렀다. 여기저기서 또 수군대는 소리가 들렸다. 대표실에 올라가니 강 대표가 앉아 있었다.

제 딸이나 마찬가지인 친구예요. 잘 부탁해요, 임 대표님.

김태희 씨는 저희 방송의 미래입니다. 걱정 마십시오.

꿈길을 걷는 기분. 신데렐라가 된 느낌. 그런데 찰스는 아무 연락이 없다.

어떻게 할까?

휴대전화 진동이 울린다. 번호를 보니 강 대표다. 이른 시간에 무슨 일로? 피디에게 양해를 구하고 전화를 받는다.

— 네, 대표님.

— 엄마라고 하라니까.

— 아, 네.

— '미술을 듣는 밤' 진행하게 된 거지?

— 네?

— 아침에 거기 대표가 전화했더라. 내가 힘쓴 거 아니니까 그냥 해.

— 아, 네.

— 그렇게 시작하는 거야. 네 시작은 미약하였으나 나중은 창대하리라. 교회 안 다닌다고 했지? 주일에 나랑 같이 교회 가자. 그냥 나랑 만나서 논다고 생각해.

— 네?

— 아 참, 찰스 연락 없었지? 미국 다녀왔다. 방금 집에 왔다 갔어.

— 네? 네.

— 내일 저녁에 우리 집에 와. 내가 밥 해줄게. 이 박사도 너 보고 싶어 해. 시간 괜찮아?

— 네? 아, 네.

— '미술을 듣는 밤' 파이팅. 축하하고 응원할게.

전화를 끊고 한숨을 내쉰다.

사람 관계라는 게 참 다양하고 그때, 그때 다 반응이 다르지만 각자의 룰이란 게 있다. 내겐 일정한 거리 유지가 꼭 필요하다. 주로 상처가 많은 사람들, 열등감이 깊은 이들이 그렇다. 찰스가 확 다가왔을 때 거부감이 든 것도 그 거리를 무시했기 때문이다. 그런데 그 엄마에 비하면 아들은 아웃복싱을 하는 축이었다.

고맙고, 기쁘고, 솔직히 이렇게 다가와주는 게 감격스러운데 그럼에도 불구하고 난 불편하고 의심스럽고 이상한 모욕감을 느낀다. 내 룰 때문인 것 같다.

피디가 내 눈치를 살핀다. 그에게 답을 줘야 한다.

어떻게 할까?

찰스는 미국에 다녀왔단다. 자기 집에도 들렀다고 한다. 그런데 왜 내겐 아무 연락도 하지 않는 것일까? 아무래도 그의 마음이 바뀐 것 같아서, 이제 다시 날 찾지 않을 것 같아서 난 무척 당황스럽다.

혹시 그가 돌아선 거라면?

뭐, 크게 달라질 건 없다. 소문이야 또 무성하겠지만. 사람 만나는 일이란 게 다 그런 거지 뭐.

정말?

아니다. 인정한다. 난 이미 그에게 많이 기울었다. 난 지금 초조하게 그의 연락을 기다린다, 젠장.

"네? 뭐라고요?"

"아무 말도 안 했는데요?"

"어떻게 하실 겁니까?"

피디의 눈빛이 흔들린다. 내가 쉽게 예스라고 할 줄 알았나 보다. 대답이 쉽지 않은 건 고공주 때문이 아니다. 원래 거절하려 했던 일이다. 고공주 같은 터무니없는 실수는 없더라도 나라고 '아차' 하는 순간에 밀려나지 말라는 보장은 없다. 녹화가 아닌 생방송으로 청취자와 직접 만나는 일은 사실 만만한 일이 아니다. 내가 과연 잘해낼 수 있을까?

전화기 진동이 다시 울린다. 피디 눈치가 보인다. 그가 화장실에 다녀오겠다면서 자리를 비워준다. 번호를 확인한다. 찰스다.

'나쁜 놈.'

진동을 무시한다. 진동은 꺼졌다가 곧 다시 울린다.

'그래, 뭐가 무서워서 피해?'

전화를 받는다.

— 태희 씨?

— 왜요?

— 아이, 일주일 만인데 '왜요'는 너무했다.

— 일주일 아닌데요. 8일 만인데요.

— 날짜 세고 있었구나.

— 그런 걸 누가 세요? 무슨 일이에요? 지금 미팅 중이라서.

— 알아요. 회사 1층 카페지요?

아무한테도 얘기하지 않고 나왔는데?

주변을 살핀다.

카페 입구에 그가 서 있다. 그가 활짝 웃으며 손을 흔든다. 얼굴이, 찰스의 잘생긴 얼굴이 반쪽이 된 것 같다. 대체 무슨 일이 있었기에.

아무렇지도 않은 척, 무심한 척하고 싶은데 굵은 눈물이 주르륵 뺨을 타고 흘러내린다.

'보고 싶었다, 이 나쁜 자식아.'

13

"보고 싶어 죽는 줄 알았어."

"얼마만큼?"

"음…… 하늘만큼 땅만큼."

"아, 진짜?"

확 한 대 패주고 싶다. 아무리 자기네끼리 속삭인다 해도 좁은 차 안에서 도대체 뭐하는 짓거리인가? 내 옆자리 아빠도 그 뒤에 앉은 엄마도 다 들었을 것이다.

처음부터 이런 길을 떠나는 게 아니었다.

황금 주말, 엄마 외사촌 아들 결혼식에 참석하려고 꼭두새벽에 일어나 아침 7시에 고속도로를 탔다. 전날 밤, 모두 함께 가야 한다는 엄마 말에 즉시 제동을 걸었다. 가끔 집안 행사 때나 만나 서로 고개만 까닥이는 사이인데 축의금만 보내면 되지 굳이 대전까지 가야 하느냐 했더니 곧바로 엄마의 욕이 튀어나왔다.

등신 같은 년.

이럴 때 얼굴을 보여야 우리 결혼식 때도 손님이 많이 온다는 걸 왜 모르냐며 엄마는 내게 등신 소리를 연속으로 열두 번 퍼부어댔다.

옆에서 하품을 하던 태준이가 볼멘소리를 내지르며 엄마에게 대들었다. 누나 결혼식은 분명히 호텔에서 소수 정예로 할 텐데 굳이 시골 친척들까지 부를 필요는 없다면서 오랜만에 내 편을 들었다. 어쩐 일인가 했더니 역시 슬기가 문제였다.

일주일이나 못 만났단 말이야.

왜? 그년이 헤어지겠대? 집안에 경사구나.

아, 진짜. 나한테 욕하는 건 좋은데 슬기한테는 제발 욕 좀 하지 마.

그 썩을 년, 미친년, 구렁이보다 더한 년.

아, 짱나.

이놈 눈 부라리는 것 좀 봐. 잘하면 엄마도 치겠다.

그게 아니라.

개소리 치지 마.

아무튼 난 못 가.

이때 엄마가 눈알을 열심히 돌렸다. 내가 확실하게 봤다.

그럼 슬기도 데려가자.

뜻밖이었다. 태준이는 제 앞가림하기는 애초에 그른 인간이니 태준이 짝은 반드시 공무원이나 선생님같이 확실한 직장이 있거나 최소한 미용사, 약사, 간호사 같은 전문직이어야 한다고

118

매일 노래를 하는 엄마가 대학로 연극 단역이나 하고 있는 슬기를 집안 결혼식에 데려간다고?

태준이가 휘파람을 불며 자기 방에 들어가 슬기에게 전화를 할 동안 슬쩍 엄마에게 무슨 꿍꿍이인지 물어봤다. 엄마는 빙긋 웃기만 했다.

장거리 운전에 내 차나 아빠 차는 다섯이 타기엔 비좁다면서 엄마는 옆집 승합차까지 빌렸다. 굳이 아쉬운 소리까지 하면서, 아빠 차까지 내주면서. 도대체 왜?

내가 운전대를 잡고 내 뒤에 엄마와 아빠가 앉고 제일 뒤에 태준이와 슬기가 탈 줄 알았다. 그런데 엄마는 제일 뒷자리는 비우고 아빠를 내 옆으로 보내고 태준이와 슬기 바로 옆에 자리를 잡았다.

슬기는 엄마가 그러거나 말거나, 어른들이야 있건 말건 전혀 의식치 않고 태준이와 오글거리는 대화를 주고받으며 낄낄대고 깔깔댔다.

경기도를 벗어나 10분쯤 달리니 휴게소 표시가 보인다. 아빠가 좀 쉬었다 가자고 한다. 휴게소에 차를 대고 내려 기지개를 편다. 승합차 운전은 생각보다 더 불편하다. 긴장으로 인해 어깨가 결린다.

"내가 운전할까?"

"아니에요, 아빠. 괜찮아요."

건물 제일 구석에 있는 흡연실을 향해 걷는다. 찬바람이 불어와 이마와 볼을 때린다. 흡연실은 멀다. 얼마 전까지만 해도 이렇게 구석으로 몰리진 않았는데.

'정말 끊어버리든지 해야지.'

남자들 여럿이 모여 떠들다가 일제히 날 힐끗댄다. 오늘따라 여성은 나 혼자다. 그러거나 말거나. 담배에 불을 붙이고 연기를 올린다. 감촉이, 혀를 휘감는 연기가 느껴진다. 담배는 참 맛있다.

방송국 1층 카페 앞에서 찰스는 아무 말 없이 내 손을 잡아끌었다. 굉장히 거친 동작이어서 당황스러웠으나 8일 만에 그를 본 터라 아무 말 없이 따라 나섰다. 그에게 끌려가며 한 손으로 급히 피디에게 정말 미안하지만 급한 일 때문에 먼저 간다는 문자를 보냈다. 그의 차에 올랐다. 찰스는 깊은 침묵 속에 차를 몰았다. 30분 정도? 그가 차를 한적한 강변에 댔다. 찰스를 쳐다봤다. 그는 강물만 바라봤다. 엉덩이를 의자에 바짝 붙이며 자세를 바로잡았다. 찰스가 고개를 내 쪽으로 돌렸다. 꿀꺽 소리를 내며 침을 삼킨 찰스가 오른손을 내 좌석에 올렸다. 그의 얼굴이 천천히 내게 다가왔다.

난 얼어붙었다. 이래도 되는 건가?

만난 지 한 달도 안 되었는데. 이제 겨우 일곱 번 만났는데. 좋아한다는 언질이나 눈치도 준 적이 없는데. 이런 충동적인 행위를 하기엔 이미 나이가 꽤 들었는데.

이런저런 생각에 눈만 똥그랗게 뜨고 있는데 어느 순간 찰스의 입술이 내 입술을 덮었다. 그와의 첫 키스.

얼마나 오랜 시간이었을까? 한 10분 정도? 아니면 한 30분 정도?

시간은 도저히 알 길이 없었으나 아무튼 아주 길고 긴 시간, 입맞춤이 이어졌다.

첫 키스를 하고 난 다음은 그 이전과 확연하게 달랐다. 더 이상 말은 무의미했다. 찰스와 나는 서로의 마음을 정확하게 알게 되었다. 그걸 둘 다 느낄 수 있었다.

결혼해줄래요?

레스토랑을 전세 내서 이벤트를 준비하고 무릎을 꿇고 반지를 내밀며 하는 프러포즈가 대세라고 했지만 한적한 강가 차 안에서 뜨겁고 긴 입맞춤 후에 다른 것은 다 생략한 채 간결하게 결혼하자고 고백하는 것도 충분히 감동적이었다.

감동은 감동이었지만 그래도 이건 좀.

시간을 줘요.

첫 키스의 감동으로 그냥 좋아요, 라고 대답하고 싶었지만, 정말 그러고 싶었지만 간신히 참고 애매모호한 답을 했다. 일단 시간을 벌고 싶었다.

찰스는 깊은 한숨을 내쉬었다.

너무 오래 걸리진 않았으면 좋겠어요.

조금만 시간을 줘요.

찰스가 다시 내게 다가왔다.

더 이상은 곤란하다는, 이건 너무 빠르고 감정적이라는, 그래서 제지해야 한다는 생각은 머리에서만 뱅뱅 돌았다. 내 가슴은 이미 찰스의 열기에 활짝 열려 있었다. 그가 한 손으로 내 머리를 잡고 불같은 입술을 포갰다.

아, 정말 맛있다.

시선이 느껴진다. 태준이다. 동생은 담배 냄새라면 질색하는데 왜 여길?

"왜?"

"누나. 슬기와 나, 정말 진지해."

"누가 뭐래?"

"엄마가 무슨 흉계를 꾸미는지 모르겠어."

"흉계가 뭐냐, 인마?"

"누나는 알잖아, 우리 엄마."

그거야 뭐. 동생보단 내가 더 잘 안다. 하긴 엄마가 어떤 꿍꿍이 없이 슬기를 데려갈 리가 없다. 이건 백 프로 흉계다.

"나도 몰라."

실제로 난 모른다. 다만 이건 안다. 그게 어떤 수작이든 태준은 엄마를 이길 수 없다. 태준과 슬기는 결코 결혼까진 가지 못할 것이다.

마음이 아프다. 조금 아프다. 동생은, 그렇게 공부를 잘하진 못한 동생은 늘 부모 눈치와 내 눈치를 보며 살았다. '대학을 가기 위해서'라는 명분이 있었지만 아무튼 미술을 하라고 강권한 것도 어쩌면 내가 이루지 못한 꿈을 동생에게 덮어씌운 건 아닐까?

"넌 뭘 하고 싶냐?"

"응?"

"학원에서 가르치는 것도 재미없다면서?"

"갑자기 웬 뚱딴지같은 소리야? 지금 슬기 얘기를 하고 있잖아?"

동생이 엄마와 내게 큰소리를 내기 시작한 건 슬기를 만나고부터다. 아빠를 닮아 비교적 곱상한 외모를 가진 탓에 동생 주위엔 늘 여자애들이 들끓었으나 정작 태준은 그 애들에게 별 관심이 없었다. 그러다가 슬기를 만난 후 동생은 돌변했다.

씀씀이가 커진 것은 물론 옷과 머리에 신경을 쓰고 새벽에 들어오는 날이 늘어났다. 엄마와 내가 반대하는데도 동생은 목에 핏대를 세우며 슬기 편을 들었고 조금이라도 슬기 욕을 할라치면 고함을 지르고 밖으로 튀어 나갔다.

어쩌면 동생의 꿈은 슬기인지도 모른다.

"하고 싶은 일은 없어?"

동생의 미간이 좁아진다. 나름 진지할 때 나오는 모습이다.

"슬기가 그러는데 경기도 신도시에 빈 상가가 굉장히 많대. 권리금은 물론이고 보증금도 거의 안 든대. 그중에서 목 좋은데 잘만 골라서 카페를 열면, 한 3년 고생하면 투자금은 충분히 뽑을 수 있대."

아빠가 들었으면 아무 말 없이 고개를 돌렸을 테고 엄마가 들었으면 등짝이 남아나지 않을 한심한 이야기지만 그래도 뭔가 미래에 대해 생각했다는 걸 기특하게 여기고 싶다.

"미술은 정말 싫어?"

동생 눈빛이 희미해진다. 마음을 닫을 때 나오는 증세다.

"알았어. 그냥 학원 나갈게."

"그렇게 싫으면 그만둬."

다시 동생 눈빛이 환해진다.

"진심이야?"

"싫은 일을 하면서 살 순 없잖아."

"싫진 않아. 문제는 내가 소질이 없다는 거지. 노력을 했는데도 안 돼. 가르쳤던 애가 일이 년 하고 나보다 더 잘 그릴 때, 그때마다 당장 때려치우고 싶었어."

글쎄, 과연 동생이 노력을 했는지. 그걸 노력이라고 할 수 있는지. 어쨌든 동생이 더 이상 미술에 매달리는 건 시간 낭비다. 뭔가 대책을 세워야 한다.

하지만 카페는 아닌 것 같다. 동생이 조금만 더 성실하게 알아본다면 지금 카페가 얼마나 포화상태인지, 경기도 신도시 빈 상가에 카페를 열어 성공할 확률이 얼마나 낮은지 쉽게 알 수 있을 텐데.

"누나가 생각해볼게."

"사실은 가게 터를 봐뒀거든. 보증금 2천에 월에 150이래. 정말 거저나 마찬가지래. 커피 기계도 중고로 알아봐뒀어. 인테리어만 좀 하고. 의자랑 탁자 사고. 한 5천이면 시작할 수 있어."

아무리 좋게 보려고 해도 난 슬기가 싫다. 내 동생을 점점 더 한심한 청춘으로 이끄는 그 애가 정말 왕창 패주고 싶을 만큼 밉다.

"알았어. 생각해볼게."

"가게가 금방 나갈 수 있어. 워낙 조건이 좋아서."

"너 아빠, 엄마 앞에선 좀 조심해."

"내가 뭘?"

"조심하라면 조심해."

슬기가 뛰어온다. 통통 뛰는 모습도 괜히 싸구려 단역 연기자 같아 보인다.

"남매가 무슨 얘기를 그렇게 사이좋게 해요?"

눈을 일부러 크게 뜨고 콧잔등을 찌푸리고 볼풍선을 불고. 엄마 말대로 이년은 분명 구렁이 같은 년이다.

담배를 끄고 자리를 뜬다. 슬기와 동생이 조금 뒤에서 따라온다. 슬기가 동생에게 팔짱을 끼며 입 모양으로 '얘기 했어?' 하고 묻는 게 옆으로 보인다. 동생이 어깨를 꼿꼿이 세우고 고개를 끄덕이는 것도 느낄 수 있다. 슬기, 이 썩을 년이 동생 엉덩이를 두드린다.

'뭐 5천? 5천 원도 아깝다, 이년아.'

14

— 르네상스의 열풍이 지나고 이어서 바로크 시대가 열렸습니다. 바로크의 원래 의미는 허세를 부리거나 과장된 것이라고 하네요. 하지만 미술에선 그런 부정적 뜻과는 거리가 좀 있지요. 웅장한 스케일, 감성적, 격정적 요소의 결합이라고 할 수 있는 바로크 시대는 미술사에서 가장 화려한 시절로 자리매김한다고 해요. 17세기, 렘브란트나 벨라스케스 같은 천재들이 바로 바로크 미술을 대표하는 작가들인데요, 오늘 '미술을 듣는 밤'은 네덜란드 바로크를 대표하는 이른바 순간의 화가, 프란스 할스를 소개하려 합니다. 프란스 할스는 주로 초상화를 그리는 화가였습니다. 할스 초상화의 가장 큰 특징은 웃음이라고 생각해요. 그의 작품 속 인물들은 하나같이 미소를 짓고 있어요. 대표작, 〈웃고 있는 기사〉나 〈성 조지 근위대의 사관들〉을 보면 생동감 넘치는 인물들이 그림에서 막 튀어나올 것 같은 느낌이 드는데요, 저

는 그의 그림 중 〈즐거운 토퍼〉를 제일 좋아해요. 생생함이 넘쳐서 마치 그림 속 인물이 손을 움직이며 말을 하고 있는 것 같아요. 여러분도 꼭 봤으면 좋겠어요. 웃고 있는데도 뭐랄까? 안쓰러움이랄까? 연민 같은 감정이 느껴져요. 사람이 근본적으로 가지고 있는 슬픔이 숨어 있는 느낌? 그림 속 인물은 크게 웃고 있진 않아요. 약간 입을 비튼 정도? 화가 앞에 서서 허세를 부린다고 할까요? 저는 그 허세가 너무 좋았어요. 웃긴데 괜히 쓸쓸한 느낌 있죠? 할스도 그걸 잡아내고 싶었던 게 아닐까 해요. 할스는 또한 바탕그림 없이 단번에 그림을 그리는 것으로 유명했다고 합니다. 한 번의 붓질로 그림을 완성했다니 참 대단한 작가였음이 분명한 것 같아요. 하지만 할스의 말년은 불행했다고 하네요. 유행에 뒤처졌다고 화가로서도 외면받았고 가난 때문에 힘든 나날을 보내다가 쓸쓸히 세상을 떠났습니다. 자식은 왜 열 명이나 낳아서 고생을 자초했는지. 아내의 구박도 상당했다고 해요. 그러나 아마도 화가, 할스는 마지막 순간엔 〈즐거운 토퍼〉의 그 미소를 짓지 않았을까요? 17세기나 지금이나 사람이 산다는 게 약간 웃기고 쓸쓸하고 그래서 허세 좀 부리고 그런 것 같아요. 노래 듣고 다시 올게요. 허세 작렬, 최백호 오빱니다. 〈낭만에 대하여〉.

'미술을 듣는 밤' 진행을 맡고 제일 먼저 음악을 바꿨다. 대중음악을 들려주는 1세대 아이돌 타 방송과 차별화된 프로를 만들기 위해 피디는 클래식을 선택했으나 청취자의 반응은 신통치 않았다.

난 모든 장르의 음악을 제안했다. 클래식과 재즈, K팝과 외국 팝까지 들려주는 건 잡화상처럼 보이지 않겠느냐며 피디는 고개를 흔들었다. 하지만 신청곡 위주로 음악 장르를 다변화하자는 내 주장에 그는 결국 동의해주었다.

진행자 멘트도 황 작가와 머리를 맞대고 수정하고 또 수정했다. 좀더 쉽게, 가르치는 것 같은 고자세는 빼고, 장난기는 있지만 너무 까불진 말고.

반응은 점점 좋아졌다. 고공주 여파로 비난과 빈정거림 일색이던 게시판 댓글이 서서히 호감으로 바뀌었고 내 방송 일주일 만에 떨어지던 청취율이 처음으로 상승 곡선을 그렸다.

간부들 칭찬과 격려가 줄을 이었다. 그 정도로 대단한 건 아니었는데. 마지막엔 대표이사의 격려까지 이어졌다.

— 궂은비 내리는 날, 그야말로 옛날식 다방에 앉아.

두 번의 입맞춤 후, 간결한 프러포즈 후, 찰스는 지난 8일을 내게 들려주었다.

첫날은 전화기도 끄고 집에서 나오지 않았어요. 생각을 해야 했으니까. 어떻게 하면 어머니로부터 태희 씨를 지킬 수 있을까 그 생각만 했어요. 이틀째엔 차를 몰고 바닷가로 갔지요. 전략을 짜기엔 한적한 겨울 바닷가만 한 곳이 없거든요. 바다를 보며 소주를 마셨지요. 그러다 깨달았어요. 지금 필요한 건 전략이 아니다. 어머니를 이길 수 있다는 용기다. 바다에 스며드는 노을을 보며 어머니에게 전화해서 태희 씨를 건드리지 말라고 했어요. 경고를 하고, 어머니의 답을 듣고 사흘째부터 전쟁을 했어요. 내가 할 수 있는 건 다 했지요. 오늘 아침, 승리는 아니지만 적어도 휴전을 하고 곧바로 이리로 달려왔어요. 이해할 수 없지요? 나도 알아요. 하지만 이건 다 진실이에요. 그리고 당신을 지킬 수 있는 방법, 어머니가 건드릴 수 없는 방법은 결혼밖에 없어요. 그래서 태희 씨 입장에선 기가 막히겠지만 지금 당장 결혼을 하고 싶어요. 어렵다면 혼인신고만이라도 했으면 해요.

어머니와 전쟁이라.

두 가지 경우였다. 하나, 정말 강 대표가 날 건드리려 한다. 건드린단 의미가 뭔지 자세히는 모르겠으나 아무튼 내게 안 좋은 일을 하려 한다. 그래서 찰스가 그걸 막기 위해 자기 엄마와 전쟁을 했다.

둘, 찰스는 정신질환을 앓고 있다. 그래서 강 대표를 오해하고 이상한 생각과 행동을 한다.

— 이제와 새삼 이 나이에 실연의 달콤함이야 있겠냐마는 왠지 한 곳이 비어 있는 내 가슴이 잃어버린 것에 대하여 낭만에 대하여.

엄마의 이상한 행동은 태준의 말대로 음흉한 흉계가 맞았다.

대전 결혼식장에 도착하자 슬기가 슬슬 꽁무니를 뺐다.

전 안 들어갈래요.

왜? 친척들하고 인사시키려고 데려온 건데? 이리 와.

슬기는 엄마의 손을 피해 뒷걸음질 치다가 거의 도망치듯 자리를 피했다. 태준이 굳은 얼굴로 따라나섰고 엄마가 그 모습을 보며 대단히 음흉한 미소를 지었다.

쟤 왜 저래?

그걸 몰라? 우리 태준이랑 결혼할 생각은 없는 거야, 저 구렁이 같은 년이.

설마?

벌써 4년이다. 둘이 붙어 다닌 게. 저년도 내년엔 서른이야. 그런데 왜 결혼 얘기를 안 하겠어? 할 마음이 없는 거야. 그냥 등신 같은 태준이 단물만 쪽쪽 빨아먹겠다는 수작이지, 저 나쁜 년이.

그런데 왜 여길 데려왔어?

잡아 죽일 년일수록 내 품에 품고 있어야 해. 그게 더 안전해.

혹시?

강 대표도 그런 마음으로 내게 다가왔던 건 아닐까?

— 음악 잘 들으셨나요? 오늘의 그림은 렘브란트와 함께 바로크를 대표하는 화가, 피터 폴 루벤스의 〈마리 드 메디시스〉입니다. 마리 드 메디시스는 남편의 뒤를 이어 프랑스 여왕에 올랐던 인물입니다. 별다른 업적이 없었음에도 그녀는 루벤스에게 자신의 위대함을 보여줄 연작을 그려달라고 합니다. 모든 일에 긍정적인 루벤스는 메디시스의 해산을 장엄한 탄생화로, 미네르바와 아폴로 신의 등장으로, 관능적 바다 요정으로, 자신의 상상력을 마음껏 발휘하며 스물한 점의 연작화를 완성했습니다. 프랑스 루브르 박물관에 가면 이 명화를 볼 수 있다고 합니다. 뚱뚱한 여성의 아름다움을 멋지게 그린 작가라서 그런지 전 개인적으로 이 천재 화가를 굉장히 좋아해요. 루벤스의 명언으로 마칩니다. 오래 사는 것보다 즐겁게 사는 것이 훨씬 더 중요하다. 좋은 밤 되세요.

엄마에게 또 물었다. 4년 내내 가만두다가 왜 갑자기 그러냐고.

이런 쪼로 나가면 내년 봄쯤 네가 결혼할 것 같다. 네가 찰스와 결혼하면 우리 집 끔이 달라지는 거야. 끔이 달라지면 구렁이 같은 년이 우리 집 등신한테 진짜 달라붙을 수도 있어. 그 전에 깨끗이 떼내야지.

혹시 찰스의 말이 사실이라면 강 대표는 날 어떤 식으로 요리하려 했을까?

강 대표의 저녁 초대는 무시해버렸다. 아무 연락도 하지 않았고 전화도 문자도 받지 못했다. 일요일 교회도 무시했다. 역시 강 대표는 별다른 반응을 보이지 않았다.

방송을 끝낸 새벽 1시. 서둘러 게시판을 살핀다.

오늘도 어김없이 첫번째로 7745님의 댓글이 달린다.

— 루벤스는 뚱뚱한 여성의 아름다움을 멋지게 그린 화가다. 적극 공감. 오늘도 최고의 방송이었습니다, 나의 라라님.

같이 모니터를 들여다보던 황 작가가 웃음을 참느라 고개를 숙인다. 피디도 그녀도 7745가 누군지 다 아는 것이다.

댓글이 어제보다 열한 개 늘었다. 기대보단 적지만 나쁘진 않다. 대부분 호의적이다. 할스에 이은 〈낭만에 대하여〉가 좋았다는 반응이 많다. 황 작가가 슬쩍 자기 어깨로 내 어깨를 민다. 나도 똑같이 반응해준다. 일이 점점 더 재미있다.

폰 알림이 울린다. 찰스의 카톡이다.

— 태희 씨를 그리며 시를 썼는데 망설이다가, 망설이다가 결국 보냅니다. 미리 말씀드리지만 저는 글재주는 아주 엉망입니

다. 다만 제 진심이기에 그걸 보여드리고 싶어서. 혹시 이걸로
놀리면 전 정말 죽어버릴 겁니다.

소중함에 대하여

쉽게 사랑한다 좋아한다 하지만
정말 소중한 사람은 우선 가슴이 뛰고
괜히 뭉클하며 가끔 서럽고
자주 밉거나 서운하다. 그리고
그가 아프면 저절로 눈물이 나고
그가 행복하면 저절로 눈물이 난다

가벼운 정은 잊을 만하면 전화를 하지만
정말 소중한 사람은 우선 잊혀지지 않고
괜히 쑥스러워 가끔 전화하고
자주 문자를 쓰다가 지운다. 그리고
그를 그리며 잠자리에 들고
그를 생각하며 눈을 뜬다

정말 소중한 사람은
종종 꿈에 나타나 나를 저리게 하고
꿈에 나타난 날엔 반드시 내게 전화를 한다
그러면 나는 그 소중함의 치열함에 놀라

하루 종일 아무것도 하지 못하다가

밤이 되어서야 그것을 잔에 따라 마신다

유학 때 시 창작 강의를 들었다. 시는 누구나 아무렇게나 쓸 수 있지만 또한 시는 정제된 언어로 내밀한 의미를 담아야 하며 동시에 가락을 살려야 한다. 그런 관점으로 볼 때 찰스가 이른바 시라고 써 보낸 '소중함에 대하여'는 그냥 그것을 잔에 따라 마실 정도의 낙서일 뿐이다.

하지만 나는 그것이 시든 낙서든 스스로 글재주가 없다고 인정한 그가 나를 생각하며 한마디 한마디 써내려간 것에 감격하고 그 한마디 한마디의 치열함에 놀라 가슴이 뛴다.

엄마가 무리를 해서 이웃집 승합차를 빌린 이유는 찰스 때문이었다. 결혼식장에 그가 나타났다. 대전 병원에 출장 수술을 왔다가 끝나자마자 식장으로 달려왔다면서 그가 활짝 웃었다. 엄마의 간계였다. 엄마가 찰스 팔짱을 꼈다. 엄마는 찰스를 데리고 친척, 친지의 바다로 힘차게 나아갔다. 대전에서 올라올 때는 그가 승합차 운전대를 잡았다. 대전에 올 때는 기차를 타고 왔단다. 이런 모든 일정을 엄마와 미리 다 상의했다는 것인데.

상경길은 혼잡했다. 그가 자주 눈을 비볐다.

내가 운전할게요.

괜찮아요. 눈 좀 붙여요.

계속 길이 막히자 제일 뒤에 앉은 태준이 짜증을 냈다. 찰스가 미안하다면서 또 눈을 비볐다. 왜 그가 미안한가? 왜 우리 식구들에게 이리도 쩔쩔매는가?

이젠 확실하다.

그는 나를 정말 좋아한다.

나는?

솔직해지자.

나도 그가 좋다.

15

새해가 밝았다.

지난 한 달 '미술을 듣는 밤' 청취율은 꾸준히 올라 0.85퍼센
트를 찍었다. 0.8퍼센트를 넘기고 우리 팀은 대표이사의 금일봉
을 받았다. 피디는 아무 말 없었으나 황 작가는 언니 덕이라며
내 볼에 뽀뽀를 했다.

연말 방송국 자체 송년모임에서 사회를 봤다. 늘 외부 유명 방
송인을 섭외했는데 본사 성우를 단상에 세운 건 11년 만의 일이
라 했다. 원로들과 후배들은 축하의 박수를 보냈고 선배나 또래
들은 뒷말을 하느라 정신이 없었다.

모임에 강 대표가 자리를 같이했다. 대표이사와 함께 앉아 내
내 미소를 짓던 그녀가 모임 후반쯤 자리를 뜨며 내 쪽을 향해
엄지를 치켜세웠다.

크리스마스이브 특집 방송에서 공동 진행을 맡았다. 역시 성

우협회 역사상 12년 만의 일이라며 방송국이 들썩였다.

24일 온종일 생방송에 매달리느라 정작 찰스나 가족과는 생이별을 해야만 했다. 그래도 좋았다. 함께 진행을 맡았던 스타 아나운서가 기획사에 들어올 의사가 없는지 물었다. 공손하게 거절하고 입을 다물었는데 또 소문이 났다.

새해가 밝았다.

고공주는 사표를 내고 방송국에서 모습을 감췄다. 연기 학원을 다닌다는 둥, 조만간 중견기업 집안 3세와 결혼을 한다는 둥, 유학을 떠난다는 둥, 이런저런 얘기가 돌았으나 그 어느 것도 방송국에서 큰 이슈가 되진 못했다. 오랫동안 고공주에 열광했던 남자들은 너무도 쉽게 그녀를 잊었다. 그들은 신입 아나운서 홍장미에게 벌 떼처럼 몰려들었다.

크리스마스이브 전 22일 밤, 박 선배는 내게 고백을 했다. 결혼하자고, 자기가 진정한 진국이니 찰스는 잊고 자기랑 살자고. 선배답지 않게 이벤트 회사를 통해 경기도 한강변 카페를 전세 내고 제법 실력이 괜찮은 아카펠라 그룹까지 불렀으나 난 선배가 내민 다이아 반지를 당연히 거절했다.

그 어떤 이벤트도 찰스의 키스를 넘어설 순 없었다.

선배가 내게 프러포즈를 했다가 거절당한 스토리도 예외 없이 온 방송국에 소문이 났다. 음담패설의 거장, 기술팀 송 기사는 내가 옹녀가 틀림없다며 온갖 추잡한 시리즈를 만들어내다가 회사 여직원회에 상습 성희롱으로 딱 걸려들어 연말연시 그 따듯한 시간에 매우 춥고 어두운 나날을 보내야 했다.

새해가 밝았다.

65세 아빠가 주택관리사 시험에 합격했다. 건물 경비와 보험 외판의 바쁜 생활 중에 언제 시험 준비를 했는지. 불운 중에도 끊임없이 노력하는 아빠가 너무 자랑스럽고 너무 죄송스럽고 너무 안쓰러워서 합격 소식을 들은 날 밤, 이불을 뒤집어쓰고 펑펑 울었다. 아빠 제자 중 부동산 개발로 성공한 이가 아빠에게 자기 회사 건물 관리소장 자리를 제안했다. 아빤 처음엔 사양했으나 엄마의 성화와 공갈 협박에 구정 휴가 다음부터 새 회사에 출근하기로 했다. 아빠가 힘든 보험 영업과 밤샘 근무에서 벗어나는 게 너무 좋아 또 이불을 뒤집어쓰고 펑펑 울었다.

엄마는 결국 슬기를 떼어내는 데 성공했다. 슬기가 아무리 되바라지고 여우라고 해도 엄마를 당해낼 순 없었다. 함께 목욕탕에 가자고 하고, 집에 불러서 저녁 준비를 시키고, 재래시장에 데려가 두 손에 잔뜩 짐을 안기자 슬기는 엄마 전화를 피하기 시작했다.

엄마는 태준이를 닦달했다. 이제 곧 결혼해야 할 텐데, 누나 끝나면 바로 넌데 슬기가 빨리 우리 집과 친해져야지 자기를 피해서야 되겠느냐며 매일 태준이를 몰아세웠다. 등신 같은 태준이는 엄마 말이 맞다 생각하고 슬기에게 칭얼댔고 그 애와 다투기 시작했고 슬기는 그제야 엄마의 흉계를 알아차렸고 둘은 동네 시장 앞 카페에서 회심의 일전을 벌였다.

나는 아직은 태준 씨와 결혼할 생각 없어요. 태준 씨가 생활력이 없잖아요.

걔가 우리 장손인데 벌써 서른셋이다. 우리가 도와줄 테니 내년 봄엔 식을 올리자.

그 말은 신혼집 장만도 해준단 뜻인가요?

왜 두 집 살림을 하냐? 태준이가 독립할 수 있을 때까진 불편하더라도 우리랑 같이 살자. 절대 시집살이는 시키지 않을게. 약속하마.

어머니, 우리 툭 까놓고 얘기해요. 지금 저 떼어내려고 그러는 거 다 알아요.

알면 선택해. 결혼할래, 떨어질래? 더 이상 내 아들 데리고 놀면 그땐 정말.

결혼도 안 하고 떨어지지도 않으면 어쩔 건데요?

넌 지금 이게 단순히 협박하는 걸로 보이냐? 너도 나중에 새끼를 낳아봐라. 내 새끼 등골 빼먹는 년은 아주 육시를 내서 아작아작 씹어 먹고 싶어.

흥분하지 마시고. 우리 이성적으로 해결하지요.

이성적으로 얘기하는 거야. 결혼할래, 떨어질래?

슬기가 떠난 후 태준이는 일주일 내내 술을 퍼먹고 못난이가 할 수 있는 짓은 다 하고 돌아다녔다. 엄마는 그런 태준이를 그냥 놔두었다.

저러다 사고라도 치면 어쩌려고?

내 아들을 내가 모르냐? 저 등신은 마음이 약해서 사고 치라고 해도 못 쳐.

맞는 말이었다. 일주일이 지나자 태준이는 서서히 정상으로 돌아왔다. 태준이는 슬기를 정말 사랑했을까? 태준이는 그렇다고 믿겠지만 내가 보기엔 아닌 것 같다. 태준이에겐 그냥 자신의 모든 것을 던질 상대가 필요했던 것 같다. 동생의 미래를 진지하게 고민해봐야겠다.

새해가 밝았다.

12월 한 달 동안 찰스와 스무 번을 만났다. 같이 있을 땐 내내 입을 맞췄다. 우리는 키스를 위해 태어난 커플 같았다. 같이 있지 않을 땐 전화나 문자나 카톡을 했다. 결국 우린 12월 내내 붙어 지냈다.

16

어린이 드라마에서 하차했다. 서운했지만 어쩔 수 없는 일이었다. '미술을 듣는 밤'은. 이젠 제법 여유도 부릴 수 있다. 처음엔 방송 내내 긴장했는데 요즘은 멘트가 끝나고 노래가 나오면 휴대전화를 열고 찰스와 나눈 카톡을 읽는다.

나흘 전 카톡.

— 어릴 때 난 굉장히 못생긴 아이였어요. 공부도 못했고. 잘하는 게 없었죠.

— 이렇게 잘생겼는데.

— 이거 다 손본 거예요.

— 헐. 진짜 모르겠는데. 수술하면 티나지 않아요?

— 미국 대학 2년 선배가 있어요. 그 선배도 추남이었는데 서로 상대를 수술해줬지요. 우리 어머니도 최근에 그 선배가 다 손봐줬어요.

— 어머니도요?

— 내가 원래 어머니를 꼭 빼닮았대요.

난 아직도 강 대표가 날 좋아하는지 아닌지 알지 못한다. 강 대표는 가끔 문자나 카톡을 보내왔다. 주로 방송 응원이었다. 일상적인. 하지만 더 이상 교회에 가자거나 만나자는 연락은 없었다.

— 다른 얘기해요.

— 이젠 내가 좋아요?

— 네.

— 왜 좋아요?

— 키스를 잘해서.

— 킥.

— 당신은 참 따듯한 사람이에요. 당신하고 있으면 기뻐요. 편하고.

— 나도 태희 씨와 있으면 따듯해요. 행복하고.

— 따라쟁이.

— 난 오로지 돈을 벌려고 성형외과를 지원했어요. 돈을 어느 정도 벌면 한적한 곳에 집을 짓고 거기서 사랑하는 사람과 신나게 놀면서 살고 싶어요.

— 놀기만 해요?

— 난 자신 있어요. 열심히 놀 자신. 태희 씨는요?

— 생각해볼게요.

— 결혼이 그렇게 걸리면 우선 같이 살기부터 하면 안 되나요?

— 아빠 때문에 그건.

— 이렇게 떨어져 있는 게 너무 힘들어요.

— 조금만 기다려요.

새해 첫날 찰스는 엄마의 성화로 또 우리 집을 찾았다. 귀하고 비싼 선물을 잔뜩 들고 와선 아빠 엄마에게 또 넙죽 절을 하고 간장게장만 빼곤 이번에도 열심히 밥을 먹고 돌아갔다. 엄마는 여전히 내 의사는 무시하고 상견례 소리를 꺼냈고 찰스는 너무 반가운 나머지 엄마 손까지 잡으며 '감사합니다' 소리를 연발했다. 엄마가 엉덩이를 무려 세 번이나 흔들었다.

난 그에게 일주일만 떨어져 지내잔 제안을 했다. 상견례에 대한 반발은 아니었다. 진정한 확신을 위해선 우리는 완전히 홀로 되어 자신의 마음을 들여다볼 시간이 필요했다. 얼마나 간절한지. 정말 원하는지. 특히 내겐 꼭 필요한 절차였다.

의외로 찰스는 내 얘기에 순순히 동의했다.

매우 힘들겠지만 그런 시간이 있어야 태희 씨도 자신의 마음이 보이겠지요.

어렵겠지만 참아보겠다면서 그는 고개를 끄덕였다.

그리고 사흘째다. 너무 힘들다.

어제 고동화 부장에게 전화를 걸었다. 아침 10시 KTV 근처 한적한 카페에서 그를 만났다. 덩치는 자리에 앉자마자 손수건을 꺼내 이마의 땀을 닦았다.

제가 만나자고 해서 당황했나 봐요.

네.

찰스에 대해 알고 싶어요.

꽤 오랜 시간 덩치는 눈을 깜빡이며 손가락을 까닥였다.

몇 가지 확인하고 싶었다. 찰스의 스캔들, 정신질환 그리고 강 대표의 본심. 강 대표의 비서라서 그가 진실을 얘기할지는 확신할 수 없었으나 찰스를 철수라고 스스럼없이 부르는 사람인지라 혹시나 해서 용기를 내 전화를 걸었다.

그가 헛기침을 했다.

강 대표님 비서로서가 아니라 철수 형으로 얘기해야겠네요. 뭐가 궁금해요?

제가 강 대표님을 만나고 나서 찰스는 8일 동안 연락을 끊었어요. 미국에 다녀왔다는데. 왜 그랬나요?

덩치는 또 오랜 시간 눈을 깜빡이며 손가락을 까닥였다.

사실 스캔들 같은 건 아무래도 상관없었다. 강 대표의 본심도 그렇게 궁금하지 않았다. 다만 나는 찰스를 알고 싶을 뿐이었다.

찰스는, 내게 나타난 백마 탄 왕자는 솔직히 영화 속 인물 같았다. 그와 나의 시간은 꿈속 같았고 소설 같았다. 연애는 그래도 괜찮았다. 그러나 결혼은 다른 문제였다. 혹시 그에게 어둠이 있다면 난 그걸 알아야 했다. 그걸 다 안 후에야 결심을 할 수 있었다.

덩치가 또 헛기침을 했다.

대학 때 부상으로 레슬링을 그만두고 아무 할 일이 없을 때 레슬링을 후원하시던 철수 외할아버지, KTV 회장님이 불러주셨습니다. 비서 명함을 달고 가족 경호를 맡았지요. 첫 임무가 미국에 있는 외손자를 돌보는 일이었죠. 미국에 가서 보니. 참.

덩치는 천천히 차를 마셨다.

긴장으로 인해 이마에 핏줄이 섰다.

아이가 얼어 있었어요.

무슨 의미인지 몰라 상체를 바짝 앞으로 기울였다.

표정도 없고, 말도 없고, 마치 얼음땡 놀이의 얼음처럼.

가슴에 통증이 일었다. 너무 아파 살짝 신음 소리가 새나왔다.

왜 그런지 몰라 대학생 아르바이트 통역을 데리고 다니면서 주변 사람들에게 물었죠. 학교 선생들도 기숙사 사감들도 학생들도 모르겠다고만 했어요. 간신히 학교 식당에서 일하던 중국인 아줌마한테 사정을 들었습니다. 왕따였죠, 인종차별이요. 거기가 참 괜찮은 사립학교였는데 명문가 자제라는 것들도 그런 나쁜 짓을 했나 봐요. 겉으론 아무 짓도 안 했지만 아주 교묘히. 가슴이 아팠어요. 어린애가 얼마나 힘들었을지. 그래서 딱 붙어 있었어요. 어떻게든 도움이 되려고. 하루는 자는데 기분이 이상해서 깨어보니 철수가 식칼을 들고 내 앞에 서 있었어요. 깜짝 놀라 왜 그러느냐 물으니 영어로 방에서 나가라면서 자기 손목에 칼을 대는 거예요. 철수가 뭘 해도 선생이나 학생이나 관심을 가지지 않다가 미술 시간에 조각칼에 손을 베니까 그제야 선생이 달려왔대요. 비싼 등록금을 내는 돈줄이니 신경이 쓰였겠죠. 그래서인지 철수는 궁지에 몰리면 칼을 들고 자해를 하는 정신질환이 생긴 겁니다. 그때 말리다가 손가락을 베었는데, 내 손가락이 아픈 것보다 철수가 그동안 얼마나 아팠을지를 생각하며 눈물을 흘렸죠.

나도 울었다. 저절로 눈물이 났다.

그제야 입을 열더군요. 아무도 말을 붙이지 않더라고. 일주일이 지나도, 한 달이 지나도 정말 아무도 눈길조차 마주하지 않더라고. 그리고 뒤돌아서면 들리는 키득대는 소리. 철수는 하루를 사는 게 너무 무서웠대요. 얘기를 다 하고 벌벌 떨었습니다. 그 어린아이가 말이에요. 철수는 아줌마가 보고 싶다고, 제발 아줌마를 보게 해달라고 날 붙들고 통사정을 했어요. 본가에 연락을 했는데 그건 곤란하단 답이 돌아왔습니다. 아무튼 즉시 동양인이 많은 학교로 전학하고, 나도 영어 배우면서 내내 붙어 있으니 한 1년쯤 지나서 비로소 살짝 웃더군요. 그러곤 또 아줌마가 보고 싶다고. 참 답답했어요. 아이가 아픈데 왜 안 된다고 하는지. 그때 철수에겐 그 아줌마가 꼭 필요했던 것 같아요. 아무튼 오랜 시간이 걸렸어요. 철수 마음속 얼음이 녹기까지. 이 박사님 강권으로 의대 2년을 마치고 군대에 갔는데 거기서 또 병이 도졌죠. 훈련소에서 주방 칼을 빼돌려 손목을 그었어요. 정신질환으로 바로 군에서 나왔던 겁니다. 하지만 지금은 멀쩡합니다. 그건 분명합니다.

그는 결코 멀쩡하지 않다. 그가 왜 나 같은 여자를 아름답다고 하는지 알 것 같다. 처음 생각이 맞았다. 그는 미친놈이었다.

덩치와 헤어진 후 햇살을 받으며 한참 동안 길을 걸었다.

찰스는 아프다. 마음속에 얼음이 있다. 아줌마가 녹여줘야 했는데 시기를 놓쳤다. 그런데 아줌마와 함께 보던 라라가 다시 나타났다. 그에겐 내가 필요하다. 결심을 했다.

145

난 찰스와 함께할 것이다.

'미술을 듣는 밤'은 0.91퍼센트를 찍었다. 매일 신기록이다. 새해 들어 내 팬클럽이 생겼다. 달랑 53명이 모여 첫 오프를 했다지만 요즘 같은 비주얼 세상에 성우에게 팬클럽은 대단한 일이다.

방송이 끝나고 게시판을 체크하고 그리고 팬레터를 읽는다. 참 행복한 시간.

게시판 댓글도 소중하지만 손글씨로 쓴 편지는 정말 각별하다. 하나, 하나 정성스럽게 읽고 가능하면 답신을 보낸다.

옆에 있던 황 작가가 편지 하나를 들어 올린다.

"언니, 얘는 정말 특이해. 검정봉투에 팬레터를 보냈네?"

난 아무 생각 없이 편지를 꺼내 읽는다. 색종이를 오려서 만든 글씨들.

― 찰스와 당장 헤어져. 안 그러면 넌 죽어.

편지를 떨어뜨린다. 등이 시리다. 누군가에게 된통 맞은 것처럼 뺨이 얼얼하다.

피디가 다가와 편지를 줍는다.

"경찰에 신고할까요?"

이 정도로 신고는 무슨.

누구일까? 혹시 고공주? 아니다, 걔는 이런 짓을 할 만한 용기는 없다. 그럼 누구? 전에 사귀었다는 여자? 찰스를 짝사랑하는 내가 모르는 누구? 혹시?

고개를 내젓는다. 단지 협박 편지일 뿐이다. 잊자.

황 작가가 등을 쓰다듬어준다. 그녀를 보니 곧 울음이 터질 것 같다.

"언니, 얼굴이 노래요. 정말 괜찮아요?"

17

"전 정말 괜찮아요."

"그냥 비서 한 명 뒀다 생각해요."

"저는 비서가 전혀 필요하지 않은 사람이에요. 찰스의 부탁인가요? 다음 주에 만나서 제가 얘기할 테니 제발 이러지 마세요."

협박 편지를 받은 날 아침 퇴근길, 방송국 현관을 나서는데 누군가 앞길을 막아섰다. KTV 고동화 부장이었다.

당분간 제가 보호해드릴게요.

그는 협박 편지에 대해 벌써 알고 있었다. 편지를 읽은 건 새벽 1시 반쯤. 황 작가와 피디, 기술팀 녹음기사만 알고 있는 사실을 몇 시간도 지나지 않아 그가 알고 있다니. 도대체 누가 알려준 건지 정말 궁금했다.

정중하게 거절을 하고 지나치려는데 그가 내 팔을 잡았다. 기분이 상했다. 팔을 돌려 빼려는데 쉽게 빠지지 않았다. 레슬링 대표 출신이라더니 대단한 완력이었다.

그를 노려본다. 눈과 눈이 마주친다. 그의 눈에 간절함이 있다.

"태희 씨가 태권도 유단자인 거 알아요. 하지만 태권도로는 감당할 수 없는 위험에 빠질 수도 있어요. 제발 날 믿고 내 말을 따라줘요. 대표님 지시 사항입니다."

강 대표도 알고 있단다. 할 수 없이 그의 차에 오른다. 옆에 타려니까 뒤에 타란다. 뭐야? 나 사모님이야?

"어떻게 알았는지 얘기해주세요. 안 그러면 절대 도움을 받지 않을 겁니다."

덩치가 머리를 긁는다. 동작이 살짝 귀엽기도 해서 경계의 마음이 조금 풀린다. 그래도 알아야 한다. 이건 내 프라이버시다.

"대표님이 각별히 신경 쓰라고 하셔서 같이 방송하는 황 작가와 저녁 한번 먹었습니다. 이런 일을 염두에 둔 건 아니었고 사실 구설수가 걱정이 돼서. 악의에 찬 소문들, 이런 거 말입니다."

황 작가였다. 내 절대적 팬. 마음이 많이 풀린다.

"새벽에 황 작가가 연락해줬어요. 곧바로 대표님께 보고를 했지요. 대표님께서 걱정하신 나머지 당분간 저한테 태희 씨 경호를 맡겼어요. 그러니 협조해주세요."

찰스와 연락을 끊고 제일 먼저 느낀 건 그의 소중함이다.

생각만 해도 우선 가슴이 뛰고 괜히 뭉클하며 가끔 서럽고 자주 밉거나 서운하다. 그리고 그를 그리며 잠이 들고 그를 생각하며 눈을 뜬다.

이제 더 이상 확인은 필요하지 않다. 만난 지는 두 달밖에 되지 않았으나 난 그를 확실하게 사랑하고 그는 나를 치열하게 원하고 있다. 약속된 4일이 지나고 그를 다시 만나면 곧바로 답을 해줄 작정이다.

우리 결혼해요.

"찰스도 알고 있나요?"

"그건 모르겠는데 아마도 대표님이 연락하지 않았겠어요?"

그랬을까? 그랬겠지.

"이상한 전화나 문자가 오면 곧바로 저한테 연락해야 합니다."

"네."

이런 문제가 생겼는데 그는 왜 연락이 없지? 일주일 약속을 지키려고 참고 있나?

강 대표가 연락하지 않았나?

이어폰을 끼고 라디오를 듣는다. 뉴스 시간이다.

그저 그런 정치 얘기, 변함없는 경제 불황, 점점 더 잔인해지는 범죄 그리고 사건과 사고.

다단계 사기가 또 터졌단다. 전국적으로 피해자가 수백 명에 이를 것이라며 아나운서는 안타까운 목소리로 소식을 전한다.

가슴이 답답하다. 갑자기 호흡이 빨라진다. 아니겠지. 아닐 거야.

이제 아빠도 편안한 직장으로 옮기고 내 벌이도 늘고 태준이도 제 용돈 벌이는 한다. 엄마가 무리를 할 이유가 없다. 집안에 무슨 큰돈이 필요하다고.

집 앞에 차가 선다. 아침부터 사람들이 잔뜩 몰려 있다.

"저기 왜 저런가요?"

나에 대해 뭐든 다 안다는 덩치도 집 앞 사정은 모르는 모양이다. 엄마가 보인다. 엄마가 어떤 아줌마와 서로 머리카락을 부여잡고 길바닥을 구른다. 엄마 눈에 핏발이 서 있다. 다시는 보고 싶지 않던 눈빛이다.

사람 수를 보니 피해액은 대충 3, 4억 정도? 집은 급매로 내놔봐야 대출금을 갚으면 고작해야 1, 2억? 아버지가 제자들에게 빌려봤자 한 2, 3천? 결국 내가 2억 정도 갚아야 한다는 건데.

이젠 눈물도 나오지 않는다. 가슴도 아프지 않다. 그냥 덤덤하다.

아빠는 엄마를 만나기 전에 사랑하는 여성이 있었다고 한다. 할아버지 반대로 아빠는 어쩔 수 없이 눈물을 머금고 연인과 헤어지고 할아버지 친구 딸인 엄마와 결혼을 했다. 꼭 박색이어서가 아니라 엄마와 아빠는 쓰는 단어도 생각도 취향도, 모든 것이 달라도 너무 달랐다.

아빠는 엄마에게 성실했으나 사랑의 기쁨은 주지 못한 것 같다. 엄마가 아무리 지성적인 부분이 모자란다 해도 누가 자길 진심으로 사랑하는지 건성으로 대하는지는 느낄 수 있다. 그런 건 사람이라면 누구나 눈치로 알 수 있다. 엄마는 아빠가 줄 수 없는 것을 악다구니로 채웠다. 쌍스러운 말투로, 돈만 좇는 천박함으로 엄마는 빈 곳을 틀어막고 살 수밖에 없었다. 왜? 아빠를 굉장히 사랑했으니까.

난 엄마를 잘 안다. 엄마의 더러운 표현대로 똥구녁까지 다 안다. 너무너무 미워하지만 또 그만큼 엄마를 사랑한다.

하지만. 다 알지만 이건 정말 너무 힘들다. 2억이라.

차창을 통해 바닥을 뒹구는 엄마를 본다.

엄마가 결국 상대방을 깔고 앉는다. 엄마는 싸움도 참 잘한다. 칠십대로 보이는 노인이 이번엔 엄마의 머리카락을 잡아당긴다. 엄마의 손이 공중에서 흔들린다.

난 휘파람을 분다. 엄마의 애창곡이다.

연분홍 치마가 봄바람에 휘날리더라.

오늘도 옷고름 씹어가며.

"저 안에 혹시 가족분이 있나요?"

"네."

덩치가 눈을 크게 뜨며 뒤돌아본다.

"누구요?"

기막히게도 웃음이 나온다. 처음엔 입가만 비틀다가 점점 더 웃음이 커져 낄낄대며 어깨까지 들썩인다.

"저 안에 누가 있는 건가요?"

"엄마요."

덩치가 더 커진 눈을 깜빡인다.

"누구요?"

"저기 노인네한테 머리끄덩이 잡힌 여자요."

고동화 부장이 순식간에 차에서 튀어 나간다.

엄만 좋겠다. 보호해줄 사람도 있고. 난 계속 휘파람을 분다.

이것으로 찰스와는 끝이겠지?

18

"알타이 산맥 아래에 사는 카자흐 유목민 알아요? 티브이에서 특집 방송도 했는데. 검독수리가 나와요. 어미는 새끼 한 마리를 낳아서 아무도 접근할 수 없는 바위 벼랑에 둥지를 마련하고 지극정성으로 키우죠. 자기는 굶어도 새끼 먹이는 빼먹지 않아요. 그걸 유목민 소년이 계속 지켜봐요. 꽤 오랜 시간이 흘러요. 새끼가 무럭무럭 자라 거의 날 수 있을 때쯤 소년은 바위 벼랑을 오르죠. 새끼 부리와 발톱을 유심히 살피며 훌륭한 사냥꾼이 될 수 있는지 확인한 후 마음에 들면 새끼를 가죽 주머니에 싸서 가지고 내려오죠. 어미는 그걸 하늘에서 지켜보는데 두려움 때문에 사람에게 덤비진 못하고, 그렇다고 새끼를 포기하지도 못하고 안타까운 마음에 그저 하늘을 빙빙 돌아요. 그게 끝이죠. 어미 검독수리는 그렇게 새끼와 생이별을 해요."

찰스는 아무런 표정이 없다. 날 바라보며, 내 눈을 똑바로 쳐다보며 미동도 하지 않고 내 얘기를 듣는다. 커피를 마신다. 뜨거운 커피 한 모금에 속이 따듯해진다.

"둥지를 떠나기 전 소년은 둥지 나뭇가지에 흰 천 한 조각을 묶어놔요. 일종의 종교의식이랄 수도 있고. 아무튼 어미 검독수리에 대한 예의라고 하는데. 소년과 새끼가 떠나고 둥지엔 오로지 흰 천 한 조각이 남아 바람에 흔들리죠. 거기서부터 울기 시작했어요. 운명이란 왜 이리 모진 것일까? 어미에게 새끼는 삶의 모든 것이었는데 그 긴 노력과 정성이 흰 천 조각 하나로 남아 모진 바람에 흔들리는 모습이란. 어미는 왜 소년에게 부리를 세우며 도전하지 못하는 걸까? 생명은 왜 운명 앞에서 저렇게 무기력한 걸까? 그런 생각을 하며 내내 눈물을 흘렸어요."

찰스가 움직인다. 그가 두 손을 들어 얼굴을 가린다. 그의 얼굴이 두 손에 가려져 보이지 않는다. 그가 다시 움직임을 멈춘다.

"당신은 날 도와주고 싶을 겁니다. 당신 같은 부자에겐 2억이란 돈은 아무것도 아닐지도 몰라요. 하지만 내가 당신 도움을 받는 순간부터 우리 관계는 비틀어져요. 사랑은 꽤 예민한 놈이라서 조금만 조건이 바뀌어도 흔들리게 되지요. 그건 당신도 알 거라고 생각해요."

찰스는 울지 않는다. 그저 두 손으로 얼굴을 가리고 있을 뿐이다. 카페 창밖에 눈도 아니고 비도 아닌 물방울이 떨어진다. 그것으로 충분하다. 너무 짧은 시간이었으나 우린 충분히 행복했고 충분히 감격했다.

"당신의 도움을 받지 않는다고 해도 상황은 마찬가지일 거예요. 난 2억을 갚기 위해 돈을 빌려야 하고 담보도 신용도 없으니 이자가 비싼 자금을 써야 할 것이고 그걸 갚으려고 매일매일 전쟁을 해야 하고. 그런 상태로 당신을 만나서 짜증을 내고 화를 내고 오해하고. 그렇게 시들어갈 게 뻔해요."

돌이켜보면 36년 인생에서 이렇게 빛나는 나날을 살아본 적이 없다. 이제 그 빛이 사라진다. 아마 내게 이런 환한 불꽃은 다신 찾아오지 않을 것이다. 고맙고 미안하고 안타깝고 그리고 젠장, 이젠 확실하다. 사랑한다, 이 남자를.

고동화 부장이 그 자리에 없었더라면, 어쩌면 다른 대안이 있었을지도 몰랐다.

그러나 그는 거기에 있었고 차에서 뛰어내린 고 부장, 그 덩치는 순식간에 빚쟁이들을 밀쳐내고 엄마를 구해냈고 그리고 다시 그들이 악다구니를 하며 엄마에게 달려들자 맞은편 편의점으로 뛰어가 현관 유리를 자기 이마로 들이받았다. 그 두껍고 거대한 유리가 대포만큼 커다란 소리를 내며 산산이 부서졌다.

빚쟁이들이 얼어붙었다. 덩치 이마에서 피가 흘렀다. 흘러내리는 검은 피 사이로 그의 눈이 번뜩였다.

다 덤벼.

그의 거친 목소리보다도, 흘러내리는 검붉은 피보다도, 대형 유리가 깨지는 소리가 가슴에 남아 귀를 울렸다.

덩치의 가공할 위협에 시장통에 옹기종기 모여 사는 빚쟁이들은, 엄마의 사탕발림에 넘어가 장밋빛 꿈을 꾸며 목돈을 풀었던 동네 할머니, 할아버지, 아줌마, 아저씨들은 슬금슬금 꽁무니를 빼더니 어느 순간 집 앞에서 모습을 감췄다.

골목길엔 바닥에 주저앉은 엄마와 문 앞에 나와 그 아수라장을 다 목격한 아빠, 유리가 깨지는 소리에 놀라 뛰어나온 편의점 알바 여학생, 이마를 타고 흘러내린 피에 물들어 야차가 된 덩치 그리고 차 뒷좌석에 앉은 내가 남았다.

"고마웠어요. 정말 고맙고 행복했어요."

찰스는 여전히 얼굴을 두 손으로 가리고 있다. 무슨 생각을 하는 걸까? 혹시 이별을 피할 수 있는 묘책이라도? 그런 게 있다면 좋겠다. 솔직히 그런 게 있다면 무엇이든 감수할 수 있다.

골목길 침묵을 깬 것은 아빠였다. 아빠가 천천히 엄마에게 다가갔다. 난 아빠가 엄마를 일으켜 세울 줄 알았다. 흐트러진 머리를 만져주고 엄마를 안아줄 거라고 생각했다. 아빠는 늘 그래왔으니까 이번에도 그럴 줄 알았다.

그러나 아빠는 이번엔 달랐다. 엄마를 쳐다보던 아빠가 엄마를 때렸다. 엄마 머리를 손바닥으로 내리쳤다.

죽어라. 차라리 죽어라.

한 대, 두 대, 석 대. 아빠는 점점 더 세게 엄마 머리를 내리쳤다. 덩치가 뛰어가 아빠를 뒤에서 껴안았다. 아빠는 몸부림쳤다.

죽어. 제발 죽어 없어져버려.

덩치에게 안긴 아빠는 너무 작아 보였다. 어릴 땐 아빠가 세상에서 제일 큰 줄 알았는데. 아빠가 덩치에게 안겨 발버둥 치는 모습은 약간 슬프고 그리고 웃겼다.

도대체 왜? 뭐가 아쉬워서 또? 하나밖에 없는 딸년, 원하던 대학 못 가게 했으면 됐지. 말 좀 해봐. 왜? 왜?

엄마가 고개를 획 들더니 아빠를 쏘아봤다. 핏발 선 눈. 귓가에 또 유리 깨지는 소리가 울렸다.

시집보내야 할 거 아니야?

또 딸년 핑계냐?

그 하나밖에 없는 딸년, 시집보내려면 한두 푼 드는 줄 알아? 얼마나 드는지 당신이 알아? 당신은 그냥 밥숟갈만 뜨면 다 되는 줄 알잖아.

덩치 앞에서, 강 대표 비서 앞에서, 엄마와 아빠는 보여줄 건 다 보여주었다.

찰스가 손을 내린다. 찰스 눈알이 빨갛다. 그가 나를 바라본다. 끝내고 싶지 않다. 절대로 그렇게 하고 싶지 않다. 찰스 도움을 받고 싶다. 그리고 이 사람과 결혼하고 싶다.

"미안해요, 찰스."

찰스가 다시 두 손을 들어 얼굴을 가린다.

끝났다.

예상대로 아빠 제자들이 3천을 모아주었다. 아빤 이런 도움을 세 번이나 받을 순 없다고 화까지 내며 사양했으나 제자들은 3천을 입금한 후 아빠 전화를 받지 않았다. 내가 꼭 갚겠다고 아빠와 약속을 했다.

스승이 아니라 원수로구나. 내가 그 아이들 원수야.

아빠는 제자 건물 관리소장 자리를 포기했다. 하루걸러 아파트 경비원으로 일하고 또 하루걸러 아빠 동창 회사 창고 경비를 맡기로 했다.

태준이는 입시 반을 맡았다. 정시 실기를 앞둔 아이들 다섯을 가르치기로 했다.

우리는 아무도 엄마 욕을 하지 않았다. 그런 건 이 위기 상황에선 참으로 부질없는 일이란 걸 잘 알고 있었다. 벌써 세번째 당하는 일이라 묵묵히 각자의 고통을 감수하는 길만이 유일한 해결책이란 걸 굳이 서로 얘기하지 않아도 느끼고 있었다.

나도 내가 해야 할 일에 몰두했다. 빚은 다양했다. 백에서 2천까지. 여러 명에 걸쳐 있는 빚을 하나로 모아야 했다. 은행은 이럴 땐 아무 도움도 되지 못했다. 제2금융권도 보증인을 원했다.

여성이면 클릭 한 번에 다 된다는, 돈이 필요한 누구에게나 활짝 문을 열어놓았다는, 그 사채만이 내게 따뜻한 손길을 내밀어주었다. 엄청난 이자와 함께.

사채를 빌려 동네 빚을 갚았다. 이제 엄마는 더 이상 머리끄덩이를 잡힐 일은 없었다. 속전속결. 가족은 일치단결하여 문제를 해결해냈다.

남은 건 사채와 가공할 비율의 이자.

어떻게 알았는지 박 선배가 돈을 빌려주겠다는 문자를 보냈다. 아무 답도 하지 않았다. 찰스는 몰라도 박 선배 돈은 받아도 되지 않을까, 하룻밤을 꼬박 새며 갈등을 했다. 엄청난 이자의 사채보다는 박 선배 이름으로 은행에서 대출받은 돈을 갚는 게 훨씬 수월했다.

하지만 박 선배의 고백을 거절한 입장에서, 그가 이미 선배가 아닌 남자가 된 상황에서 그의 돈을 받을 수는 없었다. 굉장히 아쉬웠으나 아무 답도 하지 않고 도움을 포기했다. 현애 생각도 했다. 현애라면 2억쯤은 쉽게 빌려주지 않을까, 이틀을 또 밤잠을 설치며 고민을 했다. 그리고 전화를 했다. 엄마가 또 사고를 쳤고 그래서 집안은 또 궁핍 모드로 접어들었고 2억은 사채를 쓰기로 했다고.

찰스는? 찰스에게 2억은 돈도 아닐 텐데.

헤어졌어.

너 미쳤어?

그 사람에게 돈을 빌리면 우리는 더 이상 연인 관계가 아니야.

너 아직도 배가 부르구나.

배가 부른 게 아니라 쓸데없는 자존심이지. 그런데 그게 나야.

현애는 끝내 자기가 빌려주겠단 얘기를 하지 않았다. 몹시 섭섭했지만 이해는 했다. 현애가 나쁜 년이란 생각도 들지 않았다. 입장이 바뀐다면 나라도 충분히 그럴 수 있다고, 아니 입장이 바뀐다면 나는 다를 것이지만 현애가 꼭 나와 같아야 한다는 법은 없으니까 이해는 하기로 했다.

천천히 자리에서 일어난다. 한 번쯤은 잡을 줄 알았는데, 이런 일로 헤어지는 건 말도 안 된다고 하며 붙잡을 줄 알았는데 찰스는 여전히 두 손으로 얼굴을 가리고 자리에 앉아 있다.

고맙다, 이 남자. 마지막까지 너무 멋지다.

고개를 돌린다. 창밖엔 여전히 눈과 비가 섞여 내린다. 두 달 반. 꿈같았던 내 생의 절정이 문을 닫는 시간. 아프다. 참 아프다.

19

산을 오른다. 발밑에서 뽀도독뽀도독 소리를 내며 눈이 밟힌
다. 산 위에서 바람이 달려온다. 제법 매운바람에 이마와 목을
타고 흐르던 굵은 땀이 흩어진다. 그리 나쁘지 않은 기분이다.
잠깐 걸음을 멈추고 뒤돌아선다. 멀리 초등학생이 그린 그림처
럼 선이 굵고 명확한 대지와 강이 펼쳐진다.

한숨을 서너 번 내쉬며 가쁜 숨을 고른다. 주위를 살피고 담
배를 문다. 연기가 들어가니 비로소 피로가 몸을 휘감는다. 소주
반병쯤 마신 느낌.

사는 게 그렇다. 죽고 싶을 만큼 괴로울 때에도 웃을 땐 웃고
졸릴 땐 하품을 한다. 사람은 그렇다. 아무리 절망적이라고 하더
라도 실낱 같은 희망을 포기하지 않는다. '기적이 일어나겠지.
이 고통은 곧 끝날 거야' 하는 터무니없는 믿음에 또 구겨진 삶
을 움켜쥐고 앞으로 나가는 것이다.

정말? 전엔 그런 줄 알았다. 그래서 비교적 억울한 인생을 살았더라도 난 막연히 그 어떤 행복의 날을 기대하며 하루하루를 열심히 살았다.

인기척이 난다. 담배를 뒤로 감추고 보니 태준의 머리가 보인다. 헉헉대며 처지더니 어느새 뒤따라왔다. 그만큼 내가 천천히 올랐단 얘기.

옆에 선 태준이 손가락 두 개를 내민다. 거친 숨소리에 동생 등이 들썩인다.

담배를 꺼내 준다. 태준이 성급히 연기를 빨아들이곤 밭은기침을 한다. 등을 두드려준다. 동생의 등은 너무 앙상하다.

"찰스는 아무 연락 없어?"

내가 돌아선 뒤 찰스는 카톡도 문자도 보내지 않았다. 고마우면서도 겨우 이 정도였나 하는 생각이 들었다.

"급한 불은 껐으니까 수업 좀 줄여. 잠은 제대로 자야 할 거 아니야."

"난 괜찮아. 누나는 어때?"

태준이 길게 담배 연기를 뿜는다.

괜찮을 줄 알았다. 정말 그럴 줄 알았다.

"응. 뭐 별거라고."

"그래도 처음으로 누나 좋다고 달라붙었던 친구였는데."

찰스가 날 진짜 좋아했는지, 얼마나 좋아했는지는 아직도 의문이다. 분명한 건 그가 미치도록 보고 싶다는 것. 그를 볼 수 없는 고통에 매 순간이 아프다는 것.

"입시생 다섯은 무리야. 셋 정도로 조정해."

"현애 누나 정말 고맙다."

현애가 찾아왔다. 우리 동네로 찾아온 현애를 집 앞 빵집에서 만났다. 난 어쩔 수 없이 새침했고 현애도 뭐가 그리 어색한지 이리저리 좁은 동네 빵집을 둘러봤다.

왜?

돈 빌려주려고.

뭐?

돈 빌려준다고.

안 빌려준다면서?

내가 언제 그랬어, 이년아?

지금 사채를 쓰면 우리 집안은 절대 재기할 수 없고 결국 나도 방송까지 그만두게 될 거라면서 현애는 2억이 든 통장과 도장을 내밀었다.

5년 말미를 줄 테니까 여기에 딱 2억 채워서 가져와라. 방송국에서 잘나가니까 5년이면 되겠지?

너 이거. 솔직히 말해.

뭘?

이거 찰스 돈이지?

미친년. 절대 아니야.

이거 찰스 돈이야. 전에 빌려달랄 땐 입도 뻥긋 안 하더니 왜 갑자기?

야, 단위가 억이 넘어가는데 우리 집 십분이한테 허락을 받아야 할 거 아니야.

찰스 돈 맞지?

이게 찰스 돈이면 너 내가 과거에 논 거 십분이한테 다 꼬나
바쳐도 된다.

안 받아. 찰스 돈이야.

이년이 아직도 개떡 같은 자존심을 세우네. 이거 찰스 돈도 아
니지만 혹시 그렇다 해도 지금 네가 똥 된장 가릴 때냐?

현애 돈을 받았다. 그걸로 사채를 갚고 한숨을 돌렸다. 아빠가
주말에 가족 등산을 하자고 해서 북한산을 찾았다.

현애가, 그 깍쟁이가 담보도 없이 이렇게 큰돈을 내놓을 리가
없었다. 찰스 돈이 맞았다. 난 자존심을 팔아 집을 살렸다. 헐, 나
논개인가?

담배를 끄고 태준과 함께 다시 산을 오른다. 숨이 차오른다.
목 뒤에선 열기가 솟는다. 아빠는 왜 하필 산에 오르자고 했을
까? 심기일전? 뭐 그런 의미겠지.

장딴지가 당긴다. 꼭 정상에 오를 필요는 없다. 이쯤에서 뒤돌
아 내려가도 누가 뭐랄 사람은 없다. 아빠 엄마는 중턱쯤에 자릴
잡았고 태준인 내가 뒤돌아서면 옳다구나 하며 냉큼 내 뒤를 따
를 것이다.

깡마른 가지에 손톱만 한 노란 꽃이 피었다. 개나리. 거짓말처
럼 이 겨울에.

곧 지겠지. 때를 잘못 만난 건 자기 탓이니까.

하산하자. 이제 돌아가자.

말로는 하산하자 하면서 난 계속 위로 오른다. 고통으로 고통을 누른다. 눈물로 눈물을 덮는다.

처음 그에게 이별을 통보하고 돌아섰을 때만 해도 난 진정 그것을 끝이라고 생각하지 못했다.

다음 날이면 찰스가 집 앞에서 서성이겠지, 방송에 7745님의 메시지가 이어지겠지, 했다.

한 사흘 견디다가 연락이 오겠지, 했다.

한 일주일 버티다가 눈앞에 딱 나타나겠지, 했다.

그런데 그가 정말 연락을 끊었다. 돈 2억을 보내곤 떠나버렸다.

'하얀 방'에서 테트리스를 하다가 가끔 져주기도 하지 왜 그렇게 게임에 목숨을 거느냐며 핀잔 비슷한 소릴 한 적이 있다.

그가 정색을 했다.

사랑이란 좋아하는 사람의 자존심을 지켜주는 것이라고 믿어요.

찰스는 아마도 그걸 지키려는 모양이다.

바보.

자존심 같은 건 구겨져도 좋고 녹아내려도 좋아. 보고 싶어.

아무리 보고 싶어도 먼저 연락을 할 수는 없다. 그건 너무 뻔뻔한 일이다.

슬쩍 잘못 보낸 척하며 카톡을 보내볼까? 전화를 걸고 딱 끊어버릴까?

온갖 치사한 생각을 다 하다가 결심을 한다.

우선 돈을 갚고. 열심히 방송을 하고, 번역 아르바이트도 하고. 그래서 하루빨리 현애에게 2억이 든 통장을 보내고.

그때 당당하게 연락을 해보고.

너무 늦었으면 할 수 없고. 할 수 없지, 뭐. 어쩌겠어?

그래, 그렇게 하는 거야.

뒤따라온 태준이 눈을 동그랗게 뜬다.

"누나, 왜 울어?"

20

한 달이 훌쩍 지나갔다.

방송 청취율이 떨어졌다. 아주 조금씩이었으나 확실하게 상승 곡선은 멈췄다. 피디도 황 작가도 아무 말 안 하지만 표정이 밝지 않았다. 아이돌 방송은 제쳐놓더라도 만만한 다른 심야방송 청취율은 조금씩 오른단 소식이었다.

왜 청취율이 멈췄는가? 더 이상 신선하지 않기 때문이었다.

미술과 화가에 대한 일화는 한계가 있었다. 초반에 너무 많은 걸 풀어버렸다. 청취율 욕심 때문에.

심기일전해야 하는데 난 별로 의욕이 없었다. 뭘 어떻게 해볼 엄두가 나지 않았다.

번역 아르바이트를 하느라 24시간 피곤한 것도 문제였다.

몽롱한 채, 덤덤한 채 시간은 거침없이 흘렀다.

이러다 진행자가 교체되는 건 아닐까?

방송이 떨어지면 수입이 왕창 줄어드는데. 그러면 번역을 더 해야 하는가?

살이 쪘다. 몸무게가 2킬로그램 늘었다. 남들은 다 몰라도 난 어디에 얼마나 쪘는지 정확하게 알았다.

운동을 해야 하는데 피곤해서, 시간이 없어서 체육관을 찾을 수 없었다.

이러다 돼지가 되는 게 아닐까?

돼지가 되어도 난 운동을 하지 못할 것 같았다.

현애를 만나 수다라도 떨고 싶은데 현애에게 전화를 걸기가 참 어려웠다. 2억 때문에 난 먼저 현애를 찾을 수 없었다. 그리고 현애도 아무런 연락을 하지 않았다.

박 선배가 다가왔다. 자꾸 밥을 먹자고 하고 자꾸 시간을 내달라고 했다. 참 좋은 선배인데 괜히 선배 목소리가 느끼하게 느껴졌다. 얼굴이 왜 그러느냐면서 내 이마에 손을 댔는데 마치 뱀이 목을 스치는 그런 기분이었다.

내가 싫다는 걸 겉으로 나타내도 박 선배는 줄기차게 다가왔다. 그의 눈빛이, 뭔가를 바라며 이글대는 눈빛이 너무 싫었다. 확 한 대 패주고 싶었다.

고공주는 놀아도 꼭 방송국 근처에서 놀았다. 어떻게 알았는지 우리 집의 몰락과 찰스와의 이별, 아마도 찰스에게 2억을 빌렸을 것이란 참 대단한 추측까지. 고공주는 모든 방송국 사람들이 다 세세하게 알기 전엔 결코 그만두지 않겠다는 듯 정말 열심히 내 소식을 떠드느라 거의 매일 방송국 근처로 출근을 했다.

태준이 한 3일 술에 절어 지냈다. 슬기가 어엿한 대기업 직원과 약혼을 했다는 소식이다. 사실 태준에게나 슬기에게나 참 잘된 일이었다.

한동안 눈만 깜빡이며 쥐 죽은 듯 지내던 엄마가 다시 엉덩이를 흔들며 힘을 내기 시작했다. 다른 건 다 참아도 이건 정말 참기 힘들었다.

그런데도 엄마는 날 보면 구렁이 같은 년이라며 눈을 치떴다.

아빠는 두 군데 경비일 때문에 거의 집에 들어오지 못했다. 건강이 걱정이었다.

어떻게 보면 원래 이렇게 살아온 것 같다. 변한 건 아무것도 없었다.

그렇고 그런 날 중 어느 날, 두번째 편지가 날아왔다.

피디와 황 작가가 퇴근한 뒤 홈페이지와 엽서를 챙겼다. 대부분 힘내라는 응원의 메시지였으나 메시지 자체가 눈에 띄게 줄어들었다.

차라리 욕이라도 좀 하지.

달랑 세 통의 편지가 와 있었다. 그중 검은 봉투가 눈에 들어왔다. 무심코 봉투를 열었다. 정말 아무 생각 없이 글을 읽었다.

— 당장 찰스와 헤어져. 안 그러면 정말 죽여버린다.

헐. 뒷북도 이런 뒷북이 있는지.

누군지 모르겠지만 이미 헤어졌어요.

잠시 눈을 감고 생각을 한다.

누굴까?

우리 깨진 건 방송국 사람들도 다 아는데.

피식 웃음이 새나온다.

차라리 반갑다.

자리를 털고 일어나 방송국을 나선다.

새벽 찬바람이 뒷목을 스친다. 겨울은 언제쯤 물러갈까?

어둠 속 야외주차장 끝에 내 차가 보인다. 천천히 걸으며 담배를 문다.

느낌.

바람 같은 것이, 아니 어떤 덩어리가 날 덮치는 기분.

"안 돼!"

찰스의 목소리다. 분명하다.

왼손으로 원을 그리며 몸을 돌린다. 칼끝이, 시퍼런 칼끝이 코앞을 스친다.

다행히 상대는 하나다. 검은 물체가, 키가 큰 물체가 다시 칼을 겨누고 달려든다.

빠르다. 운동을 한 몸이다.

간신히 몸을 피하며 상대 옆구리를 향해 옆차기를 날린다.

덜컥.

다행히 발차기에 걸린다. 검은 물체가 비틀대더니 어둠 속으로 황급히 사라진다.

다리 힘이 풀려 주저앉는다.

반대편에서 뭔가가 또 달려온다. 고개를 돌려 어둠 속 물체를 확인한다.

찰스다. 그의 하얀 얼굴이 보인다.

"괜찮아요? 어디 다친 데는 없어요?"

떨리는 목소리, 약간 울리는 찰스의 목소리. 그의 얼굴이 새파랗다. 그의 긴 손가락이 내 얼굴을 쓰다듬는다.

다른 건 다 필요 없다. 그의 멱살을 잡아 끌어당긴다. 찰스의 눈이 더 커진다.

그의 입술을 덮친다.

다른 건 다 필요 없다.

그랬던 것이다. 이 엉큼한 인간은 내 주위를 빙빙 돌았던 것이다. 앞에는 나타나지 못하고 집에서 방송국까지 내내 따라다닌 것이다. 얼마나 숨바꼭질을 잘하는지 한 번도 눈치채지 못했다.

지독한 인간.

도대체 병원 진료는 언제 보는지.

몽롱하고 덤덤하고 아득했던 모든 것이 선명해진다.

찰스는 날 떠난 적이 단 한 번도 없다.

찰스가 날 안는다. 격렬한 포옹이다. 나도 찰스의 목을 휘감는다. 우리는 결코 포갠 입을 떼지 않는다.

아, 달다.

21

"사랑이 달콤하기만 한 줄 알았니?"

강 대표에게 혼나는 중. 찰스와 재회한 날 오후, 강 대표의 호출이 있었다.

정말 헤어질 생각이었느냐는 물음에 나도 모르게 눈물이 줄줄 흐른다. 창피하지만 눈물은 쉽게 그치지 않는다.

"어른인 줄 알았는데 아직 어린애로구나."

강 대표가 어찌할 작정인지 물었는데 대답할 말이 없다.

"왜 찰스를 안 만나는 건데?"

"2억을 먼저 갚고 만나고 싶어요."

"찰스가 빌려준 것이 아니라면서?"

"제 친구를 통했지만 찰스가 빌려준 걸 알아요."

"월급쟁이가 2억을 모으려면 꽤 걸릴 텐데 그때까지 찰스를 안 만나고 버티겠어?"

또 눈물이 난다. 이번엔 꺼이꺼이 통곡을 한다. 더 이상 창피하지도 않다.

강 대표가 꼭 안아준다.

"어린애 둘이 사랑을 한다고 하니 참."

처음엔 찰스 말처럼 강 대표가 날 싫어한다고 생각했다. 어떤 식으로든 교묘하게 반대할 거라 믿으며 경계를 늦추지 않았다.

아무리 강 대표가 가깝게 다가와도 찰스가 그리워하던 아줌마와 비슷한 이미지의 나를, 그의 라라를 결코 좋아할 수 없을 것이라고 믿었다. 난 스스럼없이 다가와서 마구 애정을 퍼붓는 그가 무서웠다. 하지만 이젠 아니다. 이것이 진심이 아니라면 강 대표는 인간이 아니다. 무엇보다도 내게 이렇게까지 할 필요가 없다.

"돈 문제 얘기 듣고 사실 나도 먼저 다가가지 못했다. 자존심 무지하게 센 아이란 걸 진작 알았거든. 난 네가 찾아오기만 기다렸어. 그런데 아무리 기다려도 와야지."

그랬을 것 같다. 뭘 어떻게 해줄 수 있었겠는가? 덩치를 통해 다 들었을 텐데 아무 연락도 없는 강 대표를 한때 오해한 적도 있었다.

'아무래도 이런 집안하곤 좀 그렇겠지.'

그게 아니라 기다리고 있었단다. 고마움을 넘어서 정말 엄마 같아서 계속 그녀의 품에서 울고 싶다.

"오늘 아침에 찰스가 갑자기 집에 와서 생난리를 치더라. 내가 널 건드렸다나, 뭐라나. 내 아들은 나쁜 일 있으면 다 내가 그런 거라고 믿으니까 그냥 넘어갈게. 또 협박 편지가 온 거야? 아니면 정말 누가 린치라도 가한 거야?"

대충 얘기해준다. 칼을 들고 덤비더란 소리는 뺀다. 너무 놀랄 것 같아서. 대충 했는데도 강 대표는 놀란다. 무척 많이 놀란다.

"도대체 누가 그런 흉악한 짓을 하는 거야? 왜 그러는 거야?"

아마도 다시 덩치가 날 따라다닐 것 같다. 귀찮았지만 안전을 위해선 어쩔 수 없다. 칼끝은 무척 예리했다.

정말 누구일까? 왜 그러는 걸까?

"한참 생각해봤다. 어떻게 해야 찰스와 네가 해피엔딩을 찍을 수 있을지 말이야."

찰스와 나의 끝은 무엇일까? 나도 궁금하다.

"너 무조건 내가 하자는 대로 해. 그럴 수 있어?"

강 대표를 찬찬히 살핀다. 참 젊은 사람이다. 엄마와 별로 차이가 나지 않는 나이인데 엄마랑 있으면 모녀지간으로 보일 정도다. 아무리 의술의 도움을 받았다고 해도 근본적으로 엄마는 늙었고 강 대표는 젊다.

엄마도 부잣집에서 태어나 하고 싶은 일을 하고 살았으면, 그리고 그걸 이뤄냈으면 이런 모습으로 보일 수 있을까? 모르겠다.

강 대표는 날 김태희, 그 자체로 대해준다. 요즘 같은 세상에, 과거보다 더 계급이 분명한 시대에 사람을 사람 그대로 대해주는 건 참 드물고 어려운 일이다. 내가 아무리 아들의 연인이라 해도, 그 아들이 어릴 때 병을 앓았고 지금도 시간만 나면 하얀 방에서 게임을 한다고 해도 저 위치에서 날 선입견 없이 대한다는 건 인간 됨됨이라고밖엔 달리 얘기할 수 없다. 참 괜찮은 사람이란 거다.

"나도 이 박사와 어려웠어. 도대체 그 이상한 인간은 우리 회사를 자기 실험실 간단한 철제 도구보다도 하찮게 여겼거든. 자존심이 상해서, 내가 그래도 KTV 유일한 후계자, 강유정인데 날 그저 그런 여자로 대할 땐 진짜 피가 거꾸로 도는 기분이었어. 솔직히 내 성장 환경이 특별하다 보니 굉장히 건방졌거든."

솔직함. 찰스가 가진 그 솔직함을 강 대표도 가지고 있다. 난 이게 참 부럽다. 자기 속마음을 툭 터놓을 수 있는 용기. 이 사람들은 그냥 처음부터 이렇게 털어놓아도 누구에게 상처를 받은 적이 없었나 보다. 그렇다, 이건 태생의 문제일 수 있다. 어쨌든, 혹시 그렇다 해도 난 이들의 솔직함이 참 부럽다.

"회사에 공채로 입사해서 이를 악물고 노력해서 꼭대기까지 올랐어. 다른 이들은 아무 상관없었어. 그저 이 박사에게 보여주고 싶었어. 물론 꼭대기에 올랐다고 책하고 실험밖에 모르는 양반이 바뀌진 않았어. 신기한 건 내가 변한 거지. 내가 순전히 내 노력으로 꼭대기에 오르니 더 이상 이 박사의 반응에 흔들리지 않았어."

다 좋은데, 그렇게 열심히 산 것은 참 좋은데 왜 아들을 그리도 방치했을까? 왜 자신의 부족한 부분을 채워주는 아줌마에게 고마운 마음을 갖지 않았을까? 왜 찰스에게서 아줌마를 빼앗았을까?

"우선 자신이 당당해야 해. 집안? 학력? 그런 건 중요한 게 아니야. 내 속에 무엇이 들었는가, 내가 어떤 경력을 쌓아 지금 자리에 올랐는가, 그게 중요한 거야. 어때? 내가 밀어줄 테니 한번 올라가볼래?"

무슨 얘기일까?

"내가 조그만 기획사를 차렸다. KTV완 별개로 개인적으로 투자한 거야. 가수, 배우, 개그맨 말고 순전히 전문 방송인들을 키울 거야. 지금 우리 방송 예능은 너무 가벼워. 그걸 아쉬워하는 시청자가, 청취자가 점점 늘어나고 있어. 그들의 갈증을 풀어주기 위해 좀더 진지한, 보다 전문적인 프로가 많이 탄생할 거야. 그때를 대비해서 지금과는 차원이 다른 고급 방송인을 발굴, 육성하는 기획사야. 대중이 좋아하고 지적이고 방송 경험이 있는 전문가라, 딱 김태희 아니야? 우리 계약하자. 김태희라는 브랜드를 띄우는 거야. 네 입장에서 보면 너 자신을 업그레이드하는 거야. 돈 2억 따위에 흔들리지 않는 김태희만의 성을 쌓는 거야."

강 대표는 늘 그랬던 것처럼 속전속결로 일을 처리한다. 덩치가 대표실로 들어온다. 그가, 전직 레슬링 선수가, 강 대표 집안의 오랜 비서이자 경호원이, 우리 동네 대형 유리창을 이마로 깨던 야차가 기획사 사장이란다. 내가 고개를 갸우뚱하자 강 대표가 활짝 웃는다.

"고 부장은 우리에겐 가족 같은 사람이야. 사실 '가족 같은'이 아니라 그냥 가족이지 뭐. 그동안 우리 집 궂은일 다 맡아 하면서도 얼굴 한번 찌푸리지 않아서 작은 선물이라도 하고 싶었는데 앞으로 뭘 하고 싶은지 물으니 안성맞춤으로 기획사를 하고 싶다는 거야. 그래서 내가 그림을 그렸지. 강유정과 고동화와 김태희가 뭉쳐서 한번 사고를 치자고."

그가, 고동화 사장이 불쑥 종이 뭉치를 내민다. 우선 2년 계약을 하잔다. 5년 하고 싶지만 혹시 모르니 일단 2년만 가보잔다.

계약금은 2억이란다. 그제야 감이 온다. 강 대표가 아무리 호들갑을 떨어도, 덩치의 꿈이 실제로 기획사였다고 해도 이건 너무 빤히 보이는 꼼수다. 날 도와주려는.

고마운데, 참 고마운데 그런데 난 망설인다.

또 한 명이 대표실로 들어온다. 처음 보는 인물. 잘생겼는데 눈빛이 너무 강하다. 남 클리닉 대표 남예준이란 명함을 내민다.

"찰스 학교 선배야."

기억한다. 찰스와 서로 얼굴 성형을 해줬다는 선배. 강 대표 얼굴을 책임진 성형외과 의사. 찰스가 그에 대해 이런저런 얘기를 했었다.

처음엔 너무 살갑게 다가와서 친했는데 나중엔 별로였어요.

나보다 우리 집안에 관심이 많았지요.

어머니와 참 비슷한 사람이에요. 방송에 관심이 많고. 야심가죠.

난 찾아오는 사람은 다 하는데 그 형은 VIP만 골라서 성형을 해요.

한마디로 좀 재수 없는, 위만 보며 사는 그저 그런 인물. 그런데 그가 기획사 일에 왜? 그가 날 빤히 쳐다본다. 그냥 보는 게 아니라 나를 찬찬히 살핀다. 서서히 기분이 나빠진다.

'이 사람, 뭐야?'

강 대표가 설명해준다. 남예준이 기획사 2대 주주라고. 기획사에서 비주얼을 담당하는 컨설턴트이기도 하다고.

헐. 지금 내 비주얼을 평가하는 건가?

한참을 살피던 그가 한쪽 뺨 근육을 씰룩인다. 그가 강 대표를 보며 웃는다.

"지금은 상당히 비호감 외모치만 눈하고 광대, 이마만 손대면 괜찮을 것 같습니다. 아니, 괜찮은 정도가 아니라 매력 있는 모습이 되겠군요."

강 대표가 손뼉을 치며 좋아한다.

뭐야? 수술하자는 거야?

그냥 막 쓸려가는 분위기다. 안 되는 건 안 된다고 분명히 밝혀야 한다. 배에 힘을 주고 성형은 싫다고 내 의사를 밝힌다. 방 안 분위기가 순간 얼어붙는다. 강 대표는 이마를 찌푸리고 아무 말도 하지 않는다. 덩치도 고개를 숙이고 꼼짝하지 않는다. 남예준이 당황한 목소리로 침묵을 깬다.

"거의 표시가 나지 않을 겁니다. 간단한 수정만 하자는 거죠."

"싫습니다."

다시 긴 침묵. 강 대표가 이마 주름을 펴며 다시 미소를 짓는다.

"아무튼 고집은. 알았다. 남 박사, 손 안 대고 방법은 없을까?"

남예준이 또 한참 동안 날 쳐다본다. 피부가 가렵다. 등에 소름이 돋는다. 이건 뭐, 등급을 기다리는 소고기 신세다. 오랜 시간 날 살피던 남예준이 헛기침을 한다.

"그냥 신비주의로 가지요."

헐. 그러니까 얼굴을 가리잔 건데. 내가 그 정도로 나쁜 상품 인가?

"그게 나을까?"

"일단 그렇게 가지요."

"알았어."

강 대표가 덩치에게 내 사진을 다 막으라고 한다. 어릴 때 사진은 물론 모든 사진을 막으란다. 덩치가 고개를 끄덕인다.

난 이들의 대화를 이해하기 힘들다. 어떻게 내 사진을 막지?

덩치가 목소리를 가다듬고 최종 정리를 한다.

난 강 대표가 투자한 기획사, DH엔터테인먼트의 방송인 1호다. 덩치, 고동화가 회사 대표 겸 내 매니저다. 난 신비주의로 간다. 내 사진은 회사에서 책임지고 막는다. 오직 목소리만으로 승부한다. 계약금은 2억이다.

찰스에게 갚을 돈 2억을 주는 방식치곤 너무 복잡하다. 정말 기획사에서 밀어준다는 걸까? 별 볼 일 없는 성우를 왜? 비주얼 시대에 오디오를 왜?

덩치가 정리하자 다시 강 대표가 나선다.

"우리 친분 관계를 떠나서 비즈니스 마인드로만 얘기할게. 지금까지 '미술을 듣는 밤'을 다 들었어. 물론 본방 사수는 못 했지만. 그리고 생각했지. 가능성 있는 목소리라고. 호감이 가는. 그리고 진심 어린 목소리. 지성의 목소리. 바로 대중이 찾는 목소리란 말이야. 우리 찰스 여친, 김태희는."

침을 삼킨다. 아무리 고마워도 할 말은 해야 한다.

"왜 이러시는지 잘 압니다. 너무 감사합니다만 이건 좀."

"왜?"

"저를 도와주시려는 생각인 것 압니다."

"야!"

깜짝 놀라 뒤로 넘어갈 뻔.

강 대표 얼굴이 빨갛다.

"넌 지금 이게 너 돈 줄려고 쇼하는 것 같니?"

할 말이 없다.

"내가 그렇게 한가한 사람으로 보여?"

여전히 할 말이 없다.

"가능성이 있으니까 밀어주는 거야. 물론 찰스 여친이 더 대단한 여자면 좋겠다는 생각도 있지만."

내 목소리?

약간 저음이다. 학교 다닐 때 몇몇 아이들이 좋아했다. 목소리 때문에 친구들 추천을 받아 성우가 되었다. 그걸로 지금까지 밥벌이를 했다. 재미도 있었고 보람도 있었다. 하지만 기획사에서 계약금 2억을 줄 정도로 가능성이 있을까?

"어쩔 거야? 할래, 말래?"

진심일까?

"시간 없어. 빨리 결정해."

강 대표가 갑자기 바짝 다가온다. 그녀가 두 손으로 내 어깨를 잡는다.

"바보야, 내가 다 아니까 널 명품으로 만들려고 하는 거야. 날 믿어."

명품이라.

살짝 고개를 끄덕인다. 강 대표가 환하게 웃는다.

"인감은 나중에 찍고 우선 사인해라."

떨리는 손으로 사인을 한다. 잘하는 짓일까? 나 이제 연예인
이야?

강 대표가 덩치에게 이런저런 지시를 한다.

"특히 경호에 만전을 기해. 다시는 위험한 일이 없도록. 그리
고 도대체 어떤 인간인지 반드시 찾아내도록 해."

"네, 잘 알겠습니다."

"동화야, 넌 이제 오로지 김태희만 생각해."

"네."

22

'미술을 듣는 밤' 프로를 띄울 수 있는 방안을 찾을 겁니다. 어느 정도 뜨면 하차하고 곧바로 골든타임 프로에 들어갈 겁니다. 중간중간에 목소리 광고도 찍고 다른 방송국 단발 방송도 할 겁니다.

덩치는 마치 처음부터 이런 일이 전문이었다는 듯 일사천리로 일을 진행시켰다.

왜 어느 정도 뜨면 하차해야 하는지는 몰랐으나 아무튼 '미술을 듣는 밤'을 띄우기 위해 DH엔터테인먼트는 세 명의 직원을 더 뽑고 활동을 개시했다.

기획사 경력 10년 차라는 삼십대 중반 여성은 지난 '미술을 듣는 밤' 프로를 분석했다. 내 멘트 하나, 하나를 집으며 청취율의 변화를 세세히 확인했다.

그녀의 결론, '황 작가의 대본이 천편일률적이다'.

DH 측에서 방송국에 보조작가를 추천했다. 기획사에서 비용을 대는 조건이었다. 피디는 환영했다. 황 작가도 처음엔 반발했으나 이내 손을 들었다. 대본이 바뀌었다. 좀더 젊어졌고 좀더 밝아졌다. 아무리 밤 12시 방송이라도 그동안 너무 늘어지긴 했다. 청취율이 까닭였다.

전직 기자 출신이라는 사십대 중반 남성은 에피소드를 모아왔다. 미술사 이야기는 아니었으나 밤 12시에 듣기엔 딱 좋은 매력적이고 재미있는, 무엇보다도 새로운 얘기들이었다.

청취율이 다시 오르기 시작했다.

덩치가 커다란 차를 몰고 집으로 찾아왔다. 유리가 다 새까맣게 코팅된, 서서 옷도 갈아입을 수 있는 이른바, 연예인 차였다. 동네 사람들이 기웃거렸다.

저런 차를 타고 방송국에 가야 한다는 게 너무 창피해서 한사코 거부를 했지만 경호를 겸한 것이니 안전 차량을 타라는 덩치의 고집을 꺾을 수 없었다.

막 제대를 했다는 이십대 중반이 새 차를 몰았다. 내 경호도 담당하는 눈치였다. 무슨 운동을 했느냐고 물으니 한동안 눈만 깜빡였다.

다 합쳐서 17단인데요.

정말 광고도 찍었다. 목소리만 나오는. 얼마나 주는지 궁금해서 물었더니 천만 원 정도라는 답이 돌아왔다. 진짜냐고 다시 물었다. 그렇단 답을 또 들었다. 내 목소리가 그렇게 비싼 줄은 예전엔 정말 몰랐었다.

모든 것이 변했다.

내 주변 모든 것이 달라졌다. 달라진 환경에 적응하느라 정신이 없었다. 간간이 강 대표 전화를 받았다. 그녀는 내 모든 것을 확인하고 조정하고 관리했다. 남예준이 살짝만 손보자며 또 한번 성형을 권했다. 고개를 숙이고 아무 말 없이 5분을 버텼더니 그가 알겠다면서 한숨을 내쉬었다.

목소리로 승부하는데 왜?

신비주의로 가자고 해놓고서 왜?

웃기는 인간이었다.

현애에게 2억이 든 통장과 도장을 돌려줬다. 현애는 벌린 입을 다물지 못했다.

찰스한테 갖다 줘. 어쨌든 고맙다.

현애는 이것저것을 꼬치꼬치 물었고 난 솔직하게 다 얘기해줬다. 현애는 더 크게 벌린 입을 다물지 못했다. 현애는 겨우 한마디를 했다.

이년, 이거 정말 신데렐라가 되었네.

방송국에 다시 소문이 돌았다.

다시 만났대. 그게 아니라 헤어진 게 아니었대. 강 대표가 며느리로 인정했대. 곧 KTV 간부로 간대. 일단 먼저 20억 받았대.

고공주가 방송국 근처에서 소문은 사실이 아니라고 여기저기를 뛰어다니며 눈물겨운 분투를 했으나 탱크 같은 내 차를 한번 본 방송국 치들은 더 이상 고공주의 얘기에 귀를 기울이지 않았다.

세번째 검은 봉투가 배달되었다. 지문을 채취하겠다면서 덩치가 봉투를 가져갔다.

아빠는 경비를 그만두었다. 과로 때문이었다. 아빠에게 북경
행 비행기 티켓을 끊어주었다. 절대 가지 않겠다는 걸 거의 강제
로 비행기에 태웠다. 3박 4일 일정의 흔한 중국 여행이었지만 난
뿌듯했다. 엄마는 내 흉계로 아빠만 여행을 보냈다고 3박 4일 내
내 구렁이 같은 년 소리를 입에 달고 살았으나 더 이상 직접 내
게 욕을 해대진 못했다. 내 차를 본 이후 엄마는 내 눈치를 봤다.

태준이는 의외로 입시 과외에 적극적이었다. 참으로 다행한
일이었다.

그리고…….

찰스는 여전히 내게 연락을 하지 않았다. 주차장에서 길고 긴
키스를 나누고 찰스는 내 귀에 몇 마디를 속삭였다.

당신이 내 안에 이미 들어와 있는데, 매일 나와 함께 호흡하는
데 어떻게 헤어지잔 얘기를 해요.

변화 속에서, 소위 신데렐라의 생활 속에서 난 내내 궁금했다.
그는 왜 여전히 내 앞에 나타나지 않는 걸까? 그는 왜 여전히 내
주위를 뱅뱅 돌며 멀리서 훔쳐보기만 하는 걸까? 나는 또 왜 그
런 그에게 먼저 연락하지 않는 걸까?

염라대왕도 무서워 피한다는 그 지독한 돈의 굴레에서 너무
나 쉽게 벗어나고 이른바 방송인이 되어 커다란 차를 타고 바쁘
게 살게 되고 매달 통장에 거액이 들어오고. 모든 것이 바뀌고
모든 것이 새로웠다. 하지만 그 어떤 것도 내 고통을 걷어 가진
못했다.

난 찰스가 보고 싶었다. 그가 없는 세상은 내게 아무런 의미가 없었다.

네번째 검은 봉투가 날아왔다.

— 말귀를 못 알아듣네. 지금 끝을 보자는 거지?

덩치가 또 편지를 가져갔다. 솔직히 난 그 편지가 반가웠다. 차라리 주차장에서처럼 누가 날 덮쳤으면. 그러면 찰스가 '뿅' 하고 나타날 텐데.

23

그는 찰스와 너무 닮았다. 잘생긴 얼굴도 그랬지만 후리후리한 키에 긴 손과 발, 약간 울리는 목소리가 그랬다.

그는 찰스와 너무 달랐다. 찰스에겐 뭔가 불안한, 미세한 흔들림이 느껴지는데 그는 거대한 바위 같았다. 그의 눈은 안개처럼 희미했다.

이정환 박사. 과학계의 석학, 한국대학교 총장님, 강 대표의 남편이자 찰스의 아버지. 그를 만났다.

방송을 끝내고 새벽 4시 방송국 주차장을 걷는데 키가 꽤 큰 사내 하나가 텅 빈 주차장에 모습을 드러냈다. 합계 17단, 이십 대가 급히 차에서 튀어나와 날 엄호했다. 키 큰 사내가 명함을 건넸다. 한국대학교 소속이었다. 이정환 박사의 비서라면서 그가 전화기를 내밀었다.

— 김태희 양인가요?

— 네, 그렇습니다.

— 이정환입니다. 내게 문자를 남겼던데.

— 네, 제가 무례인 걸 알면서도 연락을 드렸습니다.

— 많이 피곤합니까? 괜찮다면 지금 잠깐 볼 수 있나요?

합계 17단인 이십대가 덩치에게 전화를 걸어 상황을 보고하는 눈치였다. 이십대가 내게 전화기를 넘겼다.

— 이 박사님께 연락했나요?

— 네.

— 왜요?

— 찰스의 아버지니까요. 만나 뵙고 싶었어요.

당돌한 행동이었다. 알고 있다. 하지만 덩치가 뭐라고 할 건 아니었다.

난 궁금했다. 아들의 연인으로 그렇게 소문이 났는데 단 한 번 연락이 없었던 것도, 찰스나 강 대표나 그에 대해 별 이야기가 없었던 것도, 한 번도 집에 부르지 않는 것도 다 궁금했다.

내 차를 타고 이 박사 차를 따랐다. 새벽길이라 뻥 뚫렸는데도 차량은 한 시간 정도를 달렸다. 강 대표 집이 아니었다. 따로 기거하는 곳이 있는 모양이었다. 경기도 국도를 달리다가 또 구불구불한 산길을 달렸다. 도대체 어디까지 가야 하는지 짜증이 일 때쯤 갑자기 시야가 환하게 밝아지면서 탁 트인 공간이 나타났다. 넓은 대지 한구석에 아담한 2층 벽돌집이 보였다.

찰스는 자기 아버지에 대해 거의 아무런 말도 하지 않았다. 그동안 둘이 꽤 많은 수다를 떨었는데 단편적인 몇 마디가 다였다.

이정환 박사에 대해 찰스가 해준 몇 마디.

말이 거의 없는 분이었어요. 아주 가끔 한마디를 했는데 그것도 참 별 의미 없는 소리였지요. 밥 먹었냐? 몸은 괜찮으냐? 뭐이런 거.

아버지는 어머니와도 별 대화 없이 지냈어요. 언제부터 그랬는지는 모르겠네요.

아버지는 내가 공직에 나가길 원했던 모양이에요. 의사 공부를 하는 걸 못마땅하게 생각했지요. 하지만 내가 내 길을 간 후에 그걸 가지고 뭐라고 한 적도 없어요.

태희 씨가 아빠라고 부르는 게 너무 부러워요. 딱 한 번이라도 좋아요. 아버지를 아빠라고 불러봤으면.

거실에 들어섰다. 열 평 남짓한 거실엔 아무런 장식도 보이지 않았다. 구닥다리 벽시계와 오랫동안 사용하지 않은 것 같은 벽난로, 회색 소파가 전부였다. 10분쯤 기다리자 그가 나왔다.

"반갑습니다."

"처음 인사드립니다. 김태희입니다."

"이른 시간에 불러서 미안해요. 시간이 지금밖에 없어서."

"괜찮습니다."

"날 찾은 이유는?"

"사과부터 드립니다. 먼저 뵙자고 청한 무례를 용서하세요."

"그런 건 아무래도 상관없어요. 철수하고 교제 중이라고?"

"그런 것 같습니다."

"무슨 문제가 있나요?"

"아닙니다."

"강 대표 때문인가요?"

뚱뚱한 아줌마가 차를 내온다. 그가 입을 다물고 차를 마신다. 나도 따라 마신다.

침묵이 이어진다. 살짝살짝 그를 살핀다. 그는 미동도 하지 않는다. 손가락을 까닥이든 입술을 씰룩이든 사람이라면 뭐든 움직이기 마련인데 이 박사는 석상처럼 전혀 움직임이 없다. 그가 가볍게 기침을 한다.

"난 집안일은 잘 몰라요. 강 대표가 다 알아서 하지요. 그냥 흐름만 대충 듣는데, 둘 사이를 강 대표가 반대하는 경우로 알고 있어요."

그건 아니다. 아닌 건 아니라고 얘기해야 한다. 내가 아니라고 했지만 이 박사는 내 답을 무시하고 자기 얘기를 한다. 부드러워 보여도 독선적이다.

"뭘 알고 싶은가요?"

"철수 씨가 따르던 도우미 아줌마가 계셨단 얘기를 들었습니다."

"그런데요?"

"철수 씨가 그분을 아직도 그리워하는 것 같습니다."

이 박사가 다시 차를 마신다. 이분은 왜 그동안 날 찾지 않았을까? 날 반대하는 걸까? 아니면 그냥 관심이 없었던 걸까? 아직 모르겠다.

"그날을 기억합니다."

무슨 날? 중요한 날인 것 같다.

내가 이 박사를 찾은 까닭은?

찰스와 나 사이에 어떤 간격이 있었다. 그걸 구체적으로 뭐라고 하긴 힘들었다. 난 그 간격을 좁히고 싶었다. 뭐라도 하고 싶었다. 꽉 막힌 곳을 뚫기 위해, 어떤 변화를 위해 난 뜬금없고 무례한 짓을 저질렀다.

이 박사가 그날 얘기를 해준단다. 어쩌면 어떤 수확이 있을지도 모른다.

두 손을 공손히 앞으로 모은다. 이 박사의 눈빛이 더 희미해진다.

"철수가 초등학교 고학년 때였어요. 몇 학년이었더라? 확실하게는 모르겠고. 계절은 한겨울 같기도 하고 초봄 같기도 하고. 아무튼 그날 나는 어떤 이론을 아주 어렵게 터득했던 것 같아요. 뭐 대단한 것은 아니었던 것 같은데. 정확히 기억나진 않지만 매우 기뻤고 즐거웠던 것은 확실해요. 그럴 땐 주로 방에서 와인 한잔을 마시는데 그날은 괜히 철수가 보고 싶었지요. 왜 그랬는지는 잘 모르겠어요. 밤 10시쯤 되었나? 아래층 거실로 갔는데 거기서 철수와 집안일을 봐주던 아줌마가 티브이를 보고 있었어요."

이 박사가 다시 차를 마신다. 나도 한 모금을 홀짝댄다.

"늦은 시간이었지만 난 아줌마나 철수를 야단치지 않았어요. 일탈은 거기서 시작한 것 같아요. 난 철수와 함께 소파에 앉아 티브이를 봤어요. 처음엔 놀라서 눈을 동그랗게 떴던 철수가 신이 난 듯 엉덩이를 들썩였지요. 그건 정확하게 기억합니다. 티브이는 평소 바보상자라고 생각해서 안 봤는데. 게다가 어떤 코미디 프로였는데. 그냥 아무 생각 없이 보니 그날은 이상하게 그게

190

재미있었지요. 그걸 보며 나도 웃었어요. 모르겠어요, 내가 왜 그랬는지. 추측해보면 난 그 당시 거의 매일 책에 파묻혀 지냈고 그러다 보니 심신이 지쳤고 본능적으로 평소와 다른 뭔가를 찾았고. 그러니까 일탈이죠. 지금은 그것을 후회합니다. 내가 둘을 꾸짖고 그때 방으로 돌아갔다면 참 많은 것이 달라질 수 있었다고 생각합니다."

그런 날이 있다. 평소와 다르고 싶은 시간들. 일탈. 불완전한 인간에겐 반드시 필요하다. 다만 조심해야 한다. 일탈은 종종 일상을 망쳐놓는다.

"철수가 웃으며 내게 몸을 기댔는데 굉장히 따뜻했던 느낌. 우린 그렇게 둘이 나란히 소파에 앉아 티브이를 보며 한참 동안 웃었어요. 가만히 보니 아줌마가 서서 티브이를 보더군요. 그게 걸렸어요. 함께 앉아서 보자고 했지요. 아줌마는 자리를 피하려고 했어요. 내가 또다시 같이 앉아서 보자고 했어요. 아무리 일탈이라고 하더라도 그 아줌마한테 어떤 흑심을 품거나 다른 생각을 한 것은 아니라고 생각해요. 그냥 갑자기 고마웠어요. 철수와 잘 놀아주는 게. 철수에게 엄마 노릇, 아빠 노릇을 다 해주는 게. 아줌마가 망설이다가 철수 옆에 앉았지요. 우린 그렇게 셋이 나란히 앉아 오랫동안 별것 없는 티브이를 보며 낄낄댔지요. 아줌마가 중간에 일어나 과일을 깎아 온 것 같아요. 한참 그렇게 웃고 있을 때 강 대표가 돌아왔지요. 그때 강 대표는 사회부 기자였는데 나중에 들으니 오랫동안 조사했던 사건이 수포로 돌아가 동료와 술 한잔을 나누고 귀가했다고 하더군요. 아무튼 강 대표가 벨을 눌렀다는데 아무도 그 소리를 듣지 못했지요. 아내는 운전기사가 사는 집을 통해 집안으로 들어왔고 현관문을 열었고 셋이 앉아 있는 걸 본 거지요. 하필 그때 난 사과를 포크에 찍어 아줌마에게 내밀었지요. 소파에 두른 내 팔은 철수를 넘어 아줌마의 어깨까지 뻗어 있었고. 진정으로 의도한 것은 아니었어요. 도대체 왜 그런 묘한 상황이 만들어졌는지. 단 한 번의 일탈이 만든 최악의 오해였지요."

강 대표도 남편이 아줌마와 무슨 일이 있었다고는 생각지 않았을 것이다. 그럼에도 불구하고 강 대표는 화가 났을 것이다. 도저히 참을 수 없었을 것이다. 딱 그럴 상황이었다.

"들었는지 모르겠지만 강 대표는 곧바로 아줌마를 쫓아내고 철수를 미국에 보냈지요. 내가 어린 시절에 유학을 해봐서 그게 얼마나 힘든 줄 알았기에 반대를 했지만 강 대표 고집을 꺾을 순 없었지요. 세월이 한참 흐른 후에 강 대표와 그날을 다시 얘기한 적이 있어요. 혹시 오해가 있다면 풀고 싶었는데. 깜짝 놀란 것은 강 대표가 그때의 분노를 그대로, 조금도 덜어내지 못하고 그대로 갖고 있다는 걸 알게 된 거지요."

그럴 수 있다. 나도 엄마가 내게 뻔뻔하게 원하는 대학을 포기하라고 했던 순간을 지금도 생생하게 기억한다. 그때의 분위기, 목소리, 심지어 날씨까지도. 그리고 그때를 떠올리면 난 조금도 누그러지지 않은 내 분노를 느낄 수 있다.

"내가 확실하게 김태희 씨에게 얘기해줄 수 있는 건 강 대표는 결코 당신을 철수의 짝으로 받아들이지 않을 거라는 겁니다.

강 대표는 철수에게 KTV를 물려주길 원합니다. 아마 강 대표가 가장 중요하게 생각하는 일이 아닐까 합니다. 그런데 철수는 회사엔 아무런 관심도 없지요. 그래서 강 대표는 철수의 짝에게 모든 것을 걸려고 하는 겁니다. 물론 김태희 씨를 KTV 후계자로 생각할 리는 절대 없겠지요."

이해할 수 없다. 그렇다면 지금까지 보인 호의는? 기획사까지 차려서 2억을 해결해주고 지금도 성심껏 밀어주는 까닭은? 이렇게까지 할 필요는 없지 않을까? 내가 강 대표라면 우리 집이 돈 때문에 궁지에 몰렸을 때 돈으로 해결하는 게 훨씬 편한 길이었을 텐데. 난 이 박사의 말을 믿을 수 없다.

이 박사가 갑자기 아주 작은 미소를 보여준다. 이분은 이게 웃음인 것 같다.

"아마 김태희 씨가 처음 강 대표를 만났을 때가 아닌가 합니다. 그때 철수가 집에 들어왔어요. 아무 말 없이 자기 방에서 무려 5일 동안 단식을 했어요. 강 대표도 아무 말이 없어서 나도 물어보지 않았지만 김태희 씨 문제로 철수가 강 대표와 싸움을 한 게 아닌가 합니다."

반쪽이 되어 나타났던 찰스. 그때가 떠오른다. 그랬었나 보다. 5일이면 120시간. 120시간 동안 음식 한 톨 넣지 않으면 어떤 고통이 올까? 모르겠다. 급체로 하루를 굶어본 게 유일한 단식 체험인 나로선 도무지 알 수 없는 고통이다.

"난 철수에게 참 나쁜 아비였습니다. 젊은 시절, 공직에 대한 꿈이 있었습니다. 충분히 자격이 된다고 생각했는데 번번이 고배를 마셨어요. 나중에야 사람들은 나같이 부족한 게 없는 부류를 불편해한다는 걸 알았지만. 아무튼 내가 실패한 후 난 철수가 내 꿈을 이뤄주길 원했습니다. 철수의 성장기에 난 아들의 생각엔 별 관심이 없었어요. 오로지 실력과 스펙만 신경을 썼죠. 철수가 의대에 진학한 뒤에도 난 내 욕심을 버리지 못했습니다. 억지로 미국에 있는 아이를 데려와 군대에 보내고 사고가 나고. 그리고 그 아이가 새하얗게 질린 얼굴로 내 앞에 섰을 때 그때 봤습니다. 초점 없는 눈에 가득한 고통을. 정말 난 나쁜 아버지였지요. 나이를 먹고 아들과 소통할 시간을 다 소비하고 나서야, 돌이키기엔 너무 늦어버린 시간이 되어서야 정신을 차렸습니다. 이미 너무 늦었지만 지금이라도 아들에게 조금이라도 도움이 되는 아비가 되길 바랍니다. 요즘 철수가 연락을 안 하지요? 사실 그것 때문에 여기도 찾아온 거지요? 철수는 병원 문을 닫았습니다. 그동안 많이 벌었을 테니까 뭐 문 닫은 건 큰일이 아닙니다만. 철수는 지금 본격적으로 제 엄마와 싸울 준비를 하고 있는 것 같습니다. 복잡한 일이니 태희 씨에게 설명하긴 그렇고. 아무튼 지금까지의 방식이던 단식이나 자해 등으론 제 엄마를 이기고 태희 씨와 사랑을 이룰 수 없다는 걸 깨닫고 행동에 나선 거지요. 철수 계획대로 일이 풀릴지는 잘 모르겠습니다만 나는 아비로서 도울 수 있는 건 도울 생각입니다."

돌아오는 길, 이 박사를 찾기 참 잘했단 생각을 했다. 정확하게 뭔지는 모르겠으나 강 대표와 찰스에 대해 굉장히 많은 것을 알게 된 느낌이었다.

한 시간의 운전 동안 두 가지를 정리했다. 하나, 강 대표를 의심하진 말자. 그리고 믿지도 말자. 둘, 이 박사를 의심하진 말자. 그리고 믿지도 말자.

이 박사의 말이 다 사실이라면 찰스는 강 대표와 싸우기 위해 어떤 준비를 하고 있는 것일까?

24

연예 특종 기사가 떴다. 톱스타 신비가 명문가 출신 성형외과 의사와 교제한다는 기사였다. 근원지는 신비 자신이었다. 신비의 기획사는 곧바로 소문을 인정했다. 하루 종일 성형외과 의사에 대한 기사가 인터넷을 달궜다.

그리고 다음 날, 전 찰스 클리닉 원장, 이철수가 기자회견을 자청했다.

— 신비와 사귄다는 소문이 사실인가요?

— 아닙니다.

— 신비 양 측에선 사실이라고 인정했는데요.

— 6개월 전쯤 열 번 정도 만났습니다. 교제라고 하기엔 그렇고. 대부분 여러 명이 함께 어울렸던 자리라서. 그게 다입니다.

— 그런데 왜 신비 양 측에서 그런 소문이 나왔을까요?

— 그건 저도 모르겠습니다. 신비 양에게 직접 물어보시고요,

오늘 제가 기자회견을 요청한 것은 저에겐 이미 결혼할 사람이 따로 있다는 걸 알려드리기 위해서입니다. 잘못된 기사로 제 연인이 상처를 받을 것 같아 오늘 이 자리에서 명확하게 밝히려고 합니다. 저, 이철수는 S라디오 밤 12시 '미술을 듣는 밤'을 진행하고 있는 성우 김태희 양을 사랑합니다. 그분과 곧 결혼할 생각입니다.

곧이어 톱스타 신비가 방송국 성우에게 밀렸다는 댓글이 인터넷을 도배했다. 신비 팬들은 격노했고 안티들은 환호했다. 그리고 네티즌들이 수군댔다.

신비를 밀어낸 성우 김태희는 누구인가?

기자들도 네티즌도 나를 찾기 위해, 내 사진을 구하기 위해 난리를 쳤다. 덩치가 당황했다. 동창들이 가지고 있거나 성우협회 등에 남아 있던 내 사진이 유포되는 것을 막기 위해 덩치는 하루 종일 뛰어다녀야 했다. 역부족을 느낀 덩치가 강 대표에게 SOS를 쳤다. 강 대표는 KTV 직원들까지 동원해 내 사진을 막았다. 난 기자들을 피해 강 대표 별장에 몸을 숨겨야 했다. 별장에서 하루를 보내며 이런저런 생각을 했다. 망설이다가 실로 오랜만에 찰스에게 전화를 건다.

— 태희 씨?

— 당신 정말 한 대 맞아야겠다. 나 오늘 방송 펑크야.

— 미안해요. 그런데 방송국에선 '미술을 듣는 밤'이 이슈가 돼서 오히려 좋아한다고 하네요. '미술을 듣는 밤'이 검색어 순위에 올랐어요.

— 도대체 왜 그랬어요?

— 사실을 얘기하는데 이유가 필요해요? 지금 어디예요?

— 당신네 양평 별장이요.

— 지금 갈까요?

— 오지 말아요.

당장 그가 달려왔으면 좋겠다. 하지만 기자들이 따라붙을 게 뻔하다. 잠잠해질 때까지 며칠은 기다려야 한다.

— 어떻게 할 작정인가요?

— 상견례를 하고 결혼식을 해야죠.

— 그동안 왜 연락을 안 했어요?

— 사정이 있었어요.

알고 있다. 병원까지 닫고 뭔가를 준비하고 있다는 것.

— 또 강 대표님 때문이라고 할 건가요?

— 그냥 사정이 있었어요. 정말 내가 안 가도 돼요?

— 기자들 줄줄 달고 올 거면서.

— 기자들 따돌리면 가도 되나요?

별장 밖에서 둔탁한 소리가 들린다.

— 잠깐만요.

전화기를 들고 창문 앞으로 가서 커튼을 들춰본다.

어둠 속임에도 몇몇 사람들이 보인다. 세 명, 아니 네 명? 그들이 합계 17단과 격투를 벌인다. 17단이 밀린다. 실제로 합계 17단은 아닌 것 같다. 하긴 30단이라고 해도 혼자서 여러 명을 제압한다는 건 쉽지 않다.

― 왜 그래요?

― 괴한들이에요. 고 사장에게 연락해주세요. 이만 끊어요.

― 태희 씨, 태희 씨.

혼자 당하게 내버려둘 순 없다. 두렵지만 그렇다고 피할 생각은 없다. 그리고 누가 이런 짓을 하는지 정말 궁금하다. 운동화끈을 조이고 허리 벨트도 조인다.

준비 끝.

현관문을 열고 튀어나간다. 처음 걸리는 사내에게 돌려차기를 날린다. 발에 사내의 턱이 걸린다. 하나. 두번째 사내의 손에 어깨를 잡힌다. 잡힌 채로 사내 쪽으로 몸을 기울이며 왼손 수도를 날린다. 또 턱이 걸린다. 둘.

갑작스러운 내 등장에 괴한들은 당황한 것 같다. 17단이 다시 기운을 낸다. 세번째 사내의 턱에 옆차기를 날리려는데 뭔가가 눈앞에서 번뜩인다. 칼이다. 날카로운 칼날이 뺨을 스친다. 검붉은 피가 희미한 조명에 번쩍인다. 뺨이 뜨겁다. 다리가 풀린다. 이들이 바라는 건 뭘까? 셋 중 하나가 나를 덮친다. 팔이 꺾인다.

설마 진짜 죽이려는 건 아니겠지?

25

"죽이려고 한 건 아닌 것 같습니다."

고동화의 목소리다.

"그러면 어떻게 하려고 한 거야?"

강 유정 대표다.

"아마도 납치를 하려던 모양입니다."

맞는 얘기다. 팔을 꺾었던 사내는 내 입에 수건을 가져다댔다. 역하고 강한 냄새가 풍겼다. 바로 그때 덩치의 고함 소리가 들렸다. 팔을 꺾었던 손이 풀렸고 둔탁한 소리가 이어졌다. 희미해지는 의식을 간신히 붙들고 주위를 살폈다. 덩치가 괴한 하나를 잡아 깔아뭉갰다. 17단이 다리에 칼을 맞았는지 쓰러져 끙끙 소리를 냈다. 나머지 괴한들이 담을 넘어 뛰는 소리가 점점 멀어져갔다. 거기까지 기억하고 의식을 잃었다.

"넌 뭐하는 인간이야? 우리 태희가 저렇게 될 때까지 뭘 하고 있었어?"

강 대표의 힐난이다. 목소리에 분노가 넘친다.

"죄송합니다. 기자회견에 자극을 받은 협박범이 혹시 습격을 할지도 모른다고 생각했습니다. 이번엔 꼭 놈을 잡으려고 일부러 별장 아래 몸을 숨기고 있었는데 제가 대응이 늦었습니다."

"지금 그걸 변명이라고 하는 거야?"

"아닙니다."

"상처는 어때?"

손길이, 매끄러운 손길이 뺨을 스친다.

"이 정도면 뭐. 상처가 아문 뒤에 간단한 수술로 가릴 수 있습니다."

남예준 박사의 손인가 보다.

"그걸 왜 형이 신경 써?"

격앙된 목소리. 찰스다. 찰스가 와 있다. 눈을 뜨기 위해 노력한다. 눈을 뜨는 게 이렇게 어렵다니. 몸을 비틀어본다. 여전히 눈앞은 캄캄하다. 누군가 내 손을 잡는다. 찰스다. 찰스의 손이 분명하다.

"억지로 깨려고 하지 마요. 강한 마취제를 맡았어요. 진정이 될 때까지 쉬어야 해요, 태희 씨."

손이면 충분하다. 마음이 편안해진다.

"닥터 남은 DH엔터테인먼트 투자자이자 부대표야. 당연히 신경 써야지."

"어느 누구도 태희 씨 몸에 손댈 수 없어요."

찰스는 여전히 화가 나 있다. 뺨이 찢어지고 기절한 날 보고 흥분한 것 같다.

난 괜찮아요. 정말 괜찮아요.

"진짜 한국대학교 아이야?"

다시 강 대표 목소리다.

"네, 확인했습니다. 체육교육과 대학원 재학 중인 학생입니다."

이건 고동화 사장이다.

"배후는?"

"입을 열지 않습니다만 한국대라면 너무 빤해서. 어떻게 할까요?"

"그냥 풀어줘. 그 학생이 무슨 잘못이 있겠어."

"경찰에 넘겨야죠. 철저하게 배후를 밝혀야죠. 왜 풀어줘요?"

찰스는 여전히 흥분 상태다.

"놈들은 흉기를 사용했어요. 상해를 입혔다고요. 절대 그냥 풀어줄 수 없어요."

"경찰에 알리면 소문이 나. 그래도 좋아?"

강 대표 목소리도 조금 올라간다.

"태희가 네 아버지를 찾아갔단다. 그 양반을 자극했다고, 태희가."

눈앞에 이 박사의 얼굴이 떠오른다. 정말 그의 짓일까? 내가 찾아간 뒤에 일이 일어났다. 잡힌 범인도 한국대학교 학생이라고 한다.

"아버지 짓이라고 믿지 않아요. 흉기까지 휘둘렀으니 경찰에 넘겨야 합니다."

"칼이야 지난번 주차장에서도 휘둘렀다면서?"

"그걸 어머니가 어떻게 알아요?"

"태희한테 직접 들었다, 왜?"

"어머니가 뭐라 하셔도 난 반드시 철저히 수사해서 배후를 잡겠습니다."

"내가 담판을 지을게. 그 양반이 도대체 왜 이런 짓을 하는지 알아보고 해결할 테니까 이 일은 나한테 맡겨라."

"난 어머니를 믿을 수 없어요."

"너만큼은 아니겠지만 나도 태희를 아끼는 사람이야. 제발 설치지 마라."

강 대표와 찰스는 목청을 높이며 싸움을 한다. 난 오히려 마음이 진정된다. 좀 웃긴다. 습격, 잠복, 체포, 납치, 린치. 나랏일도 아니고 도대체 왜?

비록 다단계, 사채, 알바, 과외 같은 허접한 단어 속에 살았지만 이런 만화나 영화 같은 일을 실제로 겪을지는 꿈에도 상상하지 못했다.

공상을 한다. 엄마가 슬기를 떼어내기 위해 슬기를 납치한다. 태준이 슬기를 구하기 위해 칼을 들고 뛰어다닌다. 슬기가 구사일생으로 탈출하고 태준과 극적으로 재회한다. 태준과 슬기는 엄마와 담판을 벌인다. 엄마는 연신 궁둥이를 흔들며 협박을 하고 태준은 5일간 목숨을 건 단식으로 맞선다. 헐. 정말 웃긴다.

아들이 목에 핏대를 세우자 더 이상 화를 참지 못한 강 대표는 비명에 가까운 고함을 지르곤 자리를 뜬다. 히스테릭한 그녀의 비명을 들으며 내가 알고 있는 그녀가 전부가 아니란 걸 깨닫는다. 한순간 그걸 알게 된다.

강 대표와 남 박사가 퇴장한다. 방 안엔 찰스와 덩치 그리고 눈을 감고 귀를 세운 내가 남는다.

"왜 늦었어?"

"놈들을 잡고 싶었어. 그래서 좀 멀리 떨어져 있었어."

"형, 내가 전화했을 때 자고 있었지."

"……미안하다. 잠깐 졸았다."

"형이 졸지만 않았어도."

"그래, 내가 깜빡 졸지만 않았어도 태희 씨가 저렇게 누워 있지 않았겠지."

"그리고 한 놈쯤 더 잡을 수 있었을 거야."

"무슨 뜻이야?"

"한 놈이 한국대 학생이라는 것만으론 배후를 단정할 수 없어."

"아직도 대표님을 의심하는 거냐?"

"아버지는 아니야."

"내가 네 형으로서 얘기하는데 이번만큼은 대표님은 아니다. 대표님은 진심으로 태희 씨를 아끼고 좋아해."

"난 그렇게 생각하지 않아."

눈을 뜬다. 눈이 떠진다.

"찰스."

찰스와 덩치가 나는 듯 침대로 뛰어온다. 찰스가 보인다. 잘생긴 얼굴. 내 남자다.

"괜찮아요?"

괜찮다고 얘기하고 싶은데 입안이 바짝 말라 목소리가 나오지 않는다. 찰스가 재빨리 물을 따라준다. 물이 들어가자 비로소 침샘이 열린다. 덩치를 바라본다. 그의 눈에도 걱정이 가득하다. 이 사람은 믿을 수 있는가?

"지난번 주차장 습격이요. 강 대표님께 따로 보고하지 않았나요?"

덩치가 고개를 갸웃거린다.

"태희 씨한테 들었다고 해서 난 따로 보고하지 않았는데요. 왜 그러지요?"

"아니에요."

26

한 달이 지나갔다.

'미술을 듣는 밤' 프로가 폐지되었다. 나쁜 일이 아니었다. 청취율 1프로의 기적을 이루고 박수 칠 때 떠난 경우였다. '미술을 듣는 밤' 피디와 황 작가, 보조작가와 함께 골든타임, 저녁 6시 '예술을 듣는다' 프로를 맡았다. 강 대표의 힘이 아니었으면 불가능한 일종의 특혜였지만 어쨌든 DH엔터테인먼트를 통한 정당한 계약이었다. 무엇보다도 찰스의 기자회견 이후 내 이름값이 크게 올랐고 순식간에 팬클럽 회원 수가 천 명을 돌파했다.

'예술을 듣는다'는 잘 알려지지 않은 국내 예술가들을 초청해 대담 형식으로 진행되었다. 대본이 워낙 훌륭해서 일은 어렵지 않았다. 프로는 처음부터 경이적인 청취율 1.3퍼센트로 시작해서 매회 신기록을 세우며 순항했다. 이렇게 오르다간 어쩌면 경쟁사 아이돌 음악방송을 능가할지도 모른다는 예측이 나돌았다. 솔직히 얘기해서 난 진행을 꽤 잘하는 편이었다. 모두가 인정했고 감탄했다.

난 방송국에서 VIP 대접을 받았다. 방송국 대표는 한 달 동안 무려 다섯 번 나를 따로 불러 방송국 간부들 앞에 세우곤 '김태희 씨는 우리 방송국의 미래입니다'를 반복해주었다. 점심, 저녁을 혼자 먹는 날이 없었다. 방송국 간부들이 이런저런 자리에 날 초대했다.

목소리만 나오는 광고를 열한 개 찍었다. 신비주의가 묘하게 먹혀서인지 광고에 대한 반응도 좋았다. 대충 1억 넘게 벌어들인 것 같았다.

회사에서 그렇게 결사적으로 막았는데 내 사진 한 장이 인터넷에 올랐다. 측면에서 찍은 희미한 사진이었는데 분명 나였지만 나답지 않게 매력 있는 모습이었다.

사실 난 그 사진을 언제 찍었는지도 몰랐다. DH의 치밀한 전략이었다. 이런 식으로 내 사진 세 장이 유포되었다. 팬들은 열광했다.

찰스의 기자회견 후 불과 한 달 만에 난 유명 인사가 되었다. 이름이 난다는 것, 유명해진다는 것은 불편함도 있었지만 꽤 신나는 일이었다.

프로 홈페이지를 도배하는 찬사들, 쏟아지는 팬레터들 그리고 각종 선물들. 그걸 혼자 읽고 뜯어보는 시간은 과거의 모멸과 수치, 억울함을 치유하고 잊기에 충분하고도 남았다.

지방 방송국에서 짧은 단발 프로를 하고 올라오는 길에 고속도로 휴게소에서 밤참을 먹었다. 옆자리 젊은 남녀가 내 얘기를 했다. 덩치가 윙크를 하며 실실 웃었다.

너무 멋진 것 같아. 난 꼭 김태희 같은 방송인이 될 거야.

태권도 공인 3단이래.

예쁘지 않아서 얼굴 없이 나온다더니 사진 보니까 매력이 철철 넘치던데?

김태희 쩔어!

맞아, 매력 있던데. 얼굴도 나왔으면 좋겠어.

덩치가 작은 목소리로 '쩔어'가 뭐냐고 물었다. 못 들은 척하고 국수를 먹었다. 내 입으로 최고라는 뜻이란 걸 얘기하기가 그랬다.

난치병을 앓는 소녀가 편지를 보냈다.

내가 방송에서 인용한 한 소설의 문구 "내일을 알 수 없는 까닭에 오늘이 이토록 눈부신 것이다"라는 말에 용기를 얻었다면서 손수 떴다는 목도리를 보내왔다.

— 언니라고 불러도 되지요? 언니 방송을 듣는 게 가장 소중한 시간이에요.

DH의 존재를 몰랐던 신흥 기획사에서 계약을 하자는 연락을 해왔다. 3년 계약에 5억을 주겠다고 했다. 덩치가 양쪽 어깨를 올리며 또 윙크를 했다.

회사에서 집을 사주었다. 한 해 내가 벌어들일 예상 수입을 10억으로 보고 미리 지출을 한다고 했지만 강 대표 선물이 분명했다.

방이 네 개나 되는, 화장실이 두 개나 달린, 조용한 동네에 자리한, 지은 지 3년밖에 안 된 아파트였다. 엄마는 매일 집 안 곳곳을 쓸고 닦았다. 덩치가 최신형 세탁기를, 남 박사가 초대형 김치냉장고를, 짠순이 현애가 정수기와 비데 렌탈을, 그리고 찰스가 잘생긴 로봇 청소기를 사주었다.

아빠는 제자 소유의 빌딩 관리소장으로 출근하게 되었고 태준은 선배와 함께 아주 작은 입시 전문 학원을 차렸다. 찰스의 도움을 받은 것 같았으나 찰스도 태준도 내겐 입을 다물었다.

겉으로 보기엔 난 깜짝 스타가 되어 순풍에 돛을 달고 행복의 바다로 나간 듯했다. 겉으로 보기엔 난 매일매일 축제의 주인공이 되어 새로운 성공 신화를 써내려가는 듯 보였다. 겉으로 보기엔 난 이제 곧 양가의 축복 속에 화려한 결혼식을 올리고 사랑과 일을 양손에 든 현대판 신데렐라로 등극할 것 같았다.

그러나 속은 달랐다. 달라도 너무 달랐다.

KTV 대표 강유정은 어떤 식으로든 협박과 납치에 관련이 있었다. 그런 인간이 어떻게 날 보며 그렇게 따뜻한 미소를 짓고 친근하게 다가올 수 있을까?

난 두려웠다. 그녀가, 그녀의 무리가 무서워서 당장 아무도 모르는 곳에 숨고 싶었다. 하지만 그러기엔 현실이 녹록지 않았다.

이미 그녀와 난 돈으로 잔뜩 얽혀 있었다. 만약 내가 잠적한다면 그녀는 어쩌면 내 가족을 건드릴지도 몰랐다. 그건 절대 참을 수 없는 일이었다.

공포에서 벗어나는 길은 찰스와 헤어지는 것뿐이었다. 아마도 그것 때문에 날 협박하고 흉기까지 동원해 납치하려 했을 테니 내가 찰스를 떠나면 그녀의 마수에서 벗어날 수 있을지도 몰랐다.

처음엔 그러려고 했다. 너무 무서워서, 피하고만 싶어서 아주 잠깐 그런 결심을 했다. 하지만 그건 참 비겁한 방법이었다. 강 대표가 처음 날 찾아왔을 때 왜 찰스가 120시간 동안 단식투쟁으로 목숨을 걸었는지 한순간 이해가 되었다. 왜 그가 유학을 마치고 돌아와서도 하얀 방에 파묻혀 아이들이나 하는 오래된 게임에 몰두하는지도 이해가 되었다. 그런 찰스를 강 대표 품 안에 두고 외면한다는 것은, 찰스를 그 공포 속에 놔두고 나만 빠져나온다는 것은 사랑을 떠나서 인간의 도리가 아니었다. 난 그렇게 생각했다. 물론 찰스와 헤어질 수 없다는, 그놈의 사랑이 제일 큰 이유이긴 했다.

그러면 어떻게 해야 하는가? 살길을 찾아야 했다. 강 대표를 계속 본다는 것은, 그녀를 보며 그녀의 손을 잡고 친밀하게 군다는 것은 정말 힘들고 등에 소름이 오돌토돌 돋는 끔찍한 일이었으나 난 그걸 견뎌내야 했다.

그녀가 하자는 대로 따르면서, 골든타임으로 가라면 가고 여기 가서 밥 먹으라면 먹고 저기 가서 인사하라면 하고 광고를 찍으라면 찍고 거금을 입금하면 '고맙습니다' 하고 심지어 집까지 감사한 마음으로 받으면서도 난 줄곧 어떻게 하면 그녀의 마수에서 벗어날 수 있을지 고민하고 또 고민했다.

고민하고 또 고민하면서 난 점점 더 그녀의 그물 안으로 들어갔다.

어떻게 하지? 어떻게 해야 벗어날 수 있지?

그런 와중에 고공주의 전화를 받았다. 박 선배, 고공주 그리고 찰스와 난 실로 오랜만에 N호텔 식당에서 저녁을 함께했다.

"정말 오랜만이네요. 언니, 닥터 리, 박 선배 모두."

"박 선배도 잘 지냈어요?"

"응. 나야 뭐 늘 똑같지. 태희, 넌 이제 완전히 스타가 되었더라."

"스타는 무슨."

"찰스의 여자가 대단하긴 대단하더군요, 언니. 하루아침에. 솔직히 참 부럽다."

"공주 씨는 요즘 뭐 해?"

"재기해야죠, 나도. 성우는 아니고요. 그동안 연기 공부했어요. 요즘은 괜찮은 기획사를 찾고 있어요, 언니."

고공주를 본다. 코가 반듯해졌다. 또 수술을 한 모양. 그 외 여러 곳에 손을 댔다. 그럼에도 불구하고 고공주는 더 이상 예쁘지 않다. 예전처럼 불쑥 가슴을 내밀어도 볼풍선을 불어도 코를 찡그려도 더 이상 남자들 관심을 끌지 못할 것 같다.

뭐가 변한 거지? 알겠다. 그녀에게 늙음이 찾아왔다. 그런데도 늙음에 대한 대비를 전혀 하지 못한 것 같다. 그녀는 그냥 진한 화장을 한 평범한 노처녀일 뿐이다.

"좋은 결과 있기를 바랄게."

"높은 자리에 있을 때 좀 밀어주세요, 언니."

"내가 뭘."

참 쓸데없는 얘기가 오고간다. 찰스는 일체 말이 없다. 찰스는 여전히 내 빈 잔에 와인을 따라주고 스테이크를 썰어준다. 박 선배 얼굴이 편안해 보여서 참 다행이란 생각을 한다.

"두 사람은 언제 좋은 소식이 있나?"

비로소 찰스가 입을 연다.

"곧 식을 올릴 겁니다. 태희 씨가 더 유명해지면 너무 바빠질 것 같아서 그 전에 하려고 계획 중입니다."

"축하해요."

박 선배는 마음을 정리한 것 같다. 박 선배를 경계하던 찰스도 미소로 답을 한다.

건배가 오간다. 고공주가 조금 많이 달린다.

찰스가 슬쩍 무릎으로 허벅지를 건드린다. 이 정도만 해도 난 짜릿하다. 요즘 찰스와 난 키스 과정을 수료하고 다음 단계에 열중하고 있다.

"무엇보다도 태희가 행복해 보여서 너무 좋다."

난 행복한가? 찰스와 있는 건 행복하다. 그리고 찰스와 함께여서 난 두렵다. 강 대표가 어떤 일을 벌일지 몰라 난 매일 무섭고 불안하다.

"아이돌 방송 청취율 곧 누르겠던데요?"

고공주는 DH에 관심이 있는 것 같다. 여기저기 쑤시고 다녔으나 별 소득이 없었을 테고 나와의 인연을 붙들고 다시 안간힘을 쓰는 게 보인다. 안쓰럽다. 그렇다고 해서 고공주를 도와주고 싶은 마음은 추호도 없다. 난 그렇게 착한 사람이 아니다. 고공주가 끝내 구차한 부탁을 한다면 내 대답은 이미 정해졌다.

네가 한 짓을 잊었나 보구나? 참 웃기는 년이네.

27

"웃겨요."

"뭐가 말이냐?"

"하루아침에 이렇게 된 게."

"불안하냐?"

"네, 아빠."

오랜만에 아빠와 포장마차를 찾았다. 방송을 끝내고 밤 9시, 아빠가 일하는 회사를 찾아가 막 일을 끝내고 퇴근하는 아빠 팔짱을 끼자 아빠가 놀란 얼굴을 풀고 환하게 웃었다. 자기도 끼겠다는 태준을 억지로 보내고 집 앞 한적한 포장마차에 들어가 홍합탕을 앞에 두고 아빠와 소주잔을 기울였다.

"결혼은?"

"곧 해야죠. 요즘은 너무 바빠서."

"난 그랬다. 바쁠 땐 늘 순서를 뒤집었어."

"네?"

"바쁘다 보니까 먼저 해야 할 일을 나중에 하곤 했다고. 바쁠 때일수록 늘 자신을 돌아보고 주변을 살펴야 한다. 앗, 이거 술자리에서 잔소리를 했네. 미안해요."

"막상 결혼을 하려고 하니까."

"하니까?"

"아니에요."

"불안하구나."

"그 사람을 다 아는 것 같기도 하고 전혀 모르는 것 같기도 하고."

"꼭 다 알아야 결혼을 하는 건 아니란다. 엄마가 능력 없는 아빠를 다 알았다면 시집을 왔겠냐?"

"그건 그래요."

"이놈이."

술잔이 오간다. 그냥 이렇게 살고 싶다. 아빠 곁에 있으면서 찰스와는 연애만 하고. 강 대표 며느리가 되는 건 정말 끔찍한 일이다. 유명세 같은 것은 아무래도 좋다. 스타가 아니라도 좋고 팬클럽이 없어도 좋다. 찰스와 가족과 일만 있다면. 하지만 찰스와 가족과 일을 지키려면 난 정신질환자에 가까운 그녀를 넘어야만 한다. 피할 수도 타협할 수도 없다. 어떤 식으로든 넘어야만 한다.

"문제가 있을 땐."

"문제는 없어요."

"혹시 문제가 있다면 말이다. 그 문제를 직시해야 답이 보인다. 문제가 잘 안 보인다면 그건 두렵거나 욕심을 낼 때가 아닐까 한다."

하나, 강 대표의 이중성을 어떻게 이해해야 할까? 추측이 맞다면 강 대표는 날 납치해서 뭘 어쩌려고 했을까?

둘, 찰스는 자신이 날 가깝게 대하면 흥분한 강 대표가 날 해칠까 봐 한동안 내 주변을 빙빙 돌았다고 했다. 이제 찰스는 당당하게 날 만난다. 내가 납치될 뻔했던 날 이후부터다. 그날 이후 그 이상한 집안에서 무엇이 달라진 걸까?

셋, 팬들이 내 얼굴을 보려고 난리인데 DH는 내 사진 석 장을 의도적으로 흘렸다. 그것도 매력적으로 보이는 사진을, 나라고 할 수 없는 사진을. 도대체 뒷감당을 어떻게 하려는 걸까?

내 방에 온갖 잡동사니가 널려 있는 기분이다. 하나, 하나 치워야 하는데 어디서부터 손을 댈지 잘 모르겠다. 분명한 것은 직시해야 한다는 것.

"제가 만약 지금의 유명세를 잃어도 괜찮을까요?"

"나도 그게 걱정이다."

"안 괜찮을까요?"

"유명세라는 건 언젠가는 사라지는 걸 텐데 그 이후가 난 늘 걱정이다."

"솔직히 저도 그게 두려워요."

"태희야, 아빠가 아는 태희는 심지가 굳은 사람이다. 그런 허상에 지면 안 된다."

"네."

찰스는 날 만나는 시간, 날 따라다니는 시간을 제외하곤 하얀 방에 파묻혀 지냈다.

왜 그러는지 물을 시간이 없었다. 우린 만나면 애무를 하느라 정신이 없었다. 내가 바쁜 탓에 늘 시간은 모자랐고 대화는 줄어들었다.

혹시 찰스도 불안한 게 아닐까?

더 이상 검은 봉투는 날아오지 않았다. 어떤 이유 때문인지는 몰라도 더 이상 괴한도 나타나지 않았다.

강 대표의 다음 카드는 무엇일까? 그걸 알아내야 한다. 반드시 알아야 한다.

아빠가 꾸벅꾸벅 존다. 남은 술을 따라 마시며 찰스에게 카톡을 넣는다.

— 아빠와 한잔 중.

금세 답이 온다.

— 지방 방송 있다면서.

— 빨리 끝났어요.

— 지금 갈까요?

— 어디예요?

— 하얀 방.

생각해보니 최근 찰스와의 카톡도 문자도 줄어들었다. 아니, 거의 하지 못했다. 그만큼 난 바빴고 찰스는 하얀 방에서 게임에 몰두했다.

— 우리 결혼해도 하얀 방에만 있을 건가요?

— 절대 그럴 리 없어요.

— 어떻게 자신해요?

— 하얀 방을 집으로 옮길 거니까.

엄마는 상견례에 매달렸다. 순풍에 돛 단 듯 달릴 때 마침표를 찍고 싶은 모양이었다. 여러 번 찰스를 불러 상견례 얘기를 꺼냈다. 찰스도 그 문제로 여러 번 강 대표와 큰소리를 냈다고 들었다.

강 대표가 날 불렀다. 그녀가 매우 진지한 표정으로 자신의 계획을 밝혔다.

아직은 아니야. 조금 더 알려진 후에. 찰스와 네 결혼식은 최고의 예식이 되어야 해. 그러기 위해선 조금 더 올라가야 한다. 태희야, 날 믿고 따라와줘.

그녀를 건드리면 안 된다. 내가 알고 있다는 걸 들켜도 안 된다. 겉으론 무조건 그녀를 믿고 따라야 한다.

도대체 언제까지?

아빠가 일어난다. 화장실로 향하는 아빠의 등이 너무 작다. 계산을 하고 자리에서 일어나는데 전화가 온다. 번호를 보니 덩치다.

— 네.

— 내일 아침 7시 방송국에서 조찬 모임입니다.

— 무슨?

— 티브이 진출 건으로 미팅이 잡혔어요.

티브이라.

신비주의를 이제 벗자는 얘긴데. 내 외모로? 헐.

아빠가 비틀대며 걸어온다.

아빠, 이젠 티브이래요.

28

"티브이 소리 좀 줄여줄래요?"

바로 뒷자리 젊은 여자, 맹장 수술 환자다. 목소리에 신경질이 잔뜩 묻어 있다. 그럴 만도 하다. 엄마는 소리를 맥시멈으로 키우고 티브이를 본다.

내가 리모콘으로 소리를 줄이자 엄마는 리모콘을 빼앗아 다시 소리를 키운다.

"시끄러워 죽겠네. 혼자 있는 줄 아나?"

다시 소리를 줄이고 리모콘을 침대 뒤편 냉장고 위에 둔다.

"리모콘 가져와."

"그만 좀 해."

"리모콘 가져와."

"왜 남들한테 폐를 끼쳐?"

"리모콘 가져와."

"나한테 화났으면 나한테만 화를 내."

"안 가져와, 이 구렁이 같은 년아?"

내가 입을 닫자 엄마는 몸을 일으킨다. 시술을 받고 몇 시간 지나지도 않았는데 엄마는 참 잘도 움직인다.

놀랍습니다. 환자가 굉장히 예민한 분 같습니다. 보통 이 정도 통증은 환자가 인지하지 못하는데. 아무튼 굉장히 일찍 발견해서 담석은 깨끗이 제거했습니다.

시술이 쉽게 끝났는데도 엄마 마음은 편치 않았다. 배가 아파 죽을 것 같다고 사방팔방에 전화를 돌렸는데 30분 안에 달려온 건 찰스뿐이었다. 내가 한 시간 뒤에 응급실로, 태준이 두 시간 뒤에 일반 병실로, 그리고 아빠는 퇴근 후에 나타난 것에 엄마는 잔뜩 부어 있었다. 찰스가 특실에 모시겠다는 걸 내가 중병 환자도 아니니 괜찮다고 우겨서 4인실에 들어온 것도 못마땅해서 엄마는 지금 내게 온갖 심술을 부리는 중이다.

엄마가 침대에 일어나 앉아 신발을 찾는다.

'엄마만 성질 있어?'

난 티브이를 꺼버린다. 엄마가 눈을 깜빡이며 날 쳐다본다.

리모콘을 뒤편 젊은 여자에게 준다. 여자는 금세 알아듣고 리모콘을 베개 밑에 넣고 고개를 돌린다.

"못된 년, 구렁이 같은 년, 바퀴벌레 같은 년. 넌 가라. 가고 이 서방 오라고 해."

헐, 무슨 서방?

찰스가 이리 뛰고 저리 뛰더니 곧바로 시술이 잡혔다. 엄마가 무섭다고 시술방에 들어가지 않으려고 해서 찰스가 같이 들어갔다. 시술방에서 엄마는 수면 상태에서도 찰스 손을 절대 놓지 않았다고 한다.

엄마를 두고 병실을 나와버린다.

"저년, 저거 또 굴뚝 때러 가네. 하늘도 무심하지. 내가 이번에 콱 죽어야 했는데 왜 살아가지고 이 꼴을 또 보는지."

병원 전체가 금연인지라 담배 한 대를 피우려고 16층에서 1층까지 내려가 한참을 걸어 병원을 벗어난다. 길 한 귀퉁이에 흡연자들이 몰려 있다. 여성도 몇 명 눈에 띈다. 다행이다. 무리에 끼어 담배를 문다.

담배 끊을 수 없어요?

찰스도 여자가 담배 피우는 거 싫어요?

아니요, 멋있어요. 하지만 태희 씨 건강이 걱정되어 그래요.

난 담배를 끊을 수 있을까?

휴대전화가 울린다. 엄마다. 망설이다 받는다.

— 오줌 마렵다.

리모콘 필요할 땐 잘도 일어나면서.

— 빨리 와라, 쌀 것 같다.

늦으면 또 심술을 부릴 것이다. 담배를 비벼 끈다.

다시 한참을 걸어 1층에서 엘리베이터를 타고 16층에 오른다. 엄마는 벌써 화장실에 다녀왔단다.

아, 진짜.

"리모콘 가져와."

"그냥 자."

"8시 드라마 꼭 봐야 해. 리모콘 가져와."

"엄마, 다들 조용히 있잖아."

"난 전화기 잡고 노는 거 안 하잖아. 리모콘 가져와."

"제발."

"리모콘 가져와."

뒤편 젊은 여자가 포기한 듯 티브이를 틀어준다.

"소리 좀 키워줘요."

여자가 소리도 키워준다.

엄마가 만족한 미소를 짓는다. 난 카톡과 문자를 살핀다. 내일 스케줄이 걱정이다. 다행스럽게도 덩치가 잘 조정해놓았다. 내일까진 여유가 있다. 엄마가 코를 곤다. 엄마는 꼭 티브이를 틀어놓고 잔다. 지금 끄면 금세 눈을 뜨고 보고 있었다고 우긴다. 잠시 후에 꺼야 한다. 사정을 모르는 젊은 여자가 티브이를 끈다. 아직 아닌데.

엄마가 눈을 뜬다.

"왜 보고 있는데 꺼요?"

젊은 여자가 고개를 저으며 내게 리모콘을 가져가라고 한다. 창피하고 미안하고.

다시 티브이를 켠다. 엄마는 곧 다시 코를 곤다. 엄마 자는 모습을 들여다본다. 오랜만에 엄마 얼굴을 본다. 참 밉지만 왜 그러는지는 다 안다. 잠깐 얼굴만 비추고 가버린 아빠 때문이다. 그 사랑이 아쉬워서, 그게 허전해서 아무 데나 시비를 거는 것이다. 밤에 태준이 온다는 걸 오지 말라고 했다. 오랜만에 엄마 얼굴을 실컷 들여다보고 싶다.

지난 36년, 참 여러 가지 방법으로 날 괴롭힌 엄마지만 그래도 난 엄마가 내 엄마인 것이 고맙다. 적어도 납치 같은 건 생각도 못하는 평범한 사람이지 않은가. 가끔 머리끄덩이를 잡고 길바닥을 뒹굴어도 누굴 흉기로 찌를 생각은 엄두도 내지 못하는 착한 사람이지 않은가.

강 대표의 굴레에서 벗어날 방법을 궁리하다가 그 여자는 왜 정신질환자가 되었을까 생각해봤다. 명문가 사람들은 다 그런가? 큰 회사를 경영하면 다 그런가? 정략결혼을 하면 다 그런가? 아들과 가깝지 않으면 다 그런가? 모르겠다. 도저히 그녀의 이중성을 이해할 길이 없다. 다만, 그런 인간이 사회지도층 인물이며 선망의 대상인 것에 소름이 돋는다. 만약 그쪽 사람들이 대부분 그렇다면 우리나라는 참 불행한 나라가 아닌가. 뭐 나라 걱정까지 할 만큼 오지랖이 넓진 못하다.

잠시 경찰에 도움을 청할까 생각해봤다. 쓸데없는 일인 것 같아 포기했다. 검찰이나 경찰, 심지어 언론까지, 그들이 나 같은 일반 시민과 얼마나 멀고 사회지도층 인사들과 얼마나 가까운지 잠깐 잊은 것이다. 아무런 물증 없이 심증만 가지고 고발했을 때 그들이 '얼마나 놀랐어요. 걱정 말아요. 우리 민중의 지팡이가 강유정 대표를 철저하게 조사해서 김태희 씨를 지켜드리겠습니다' 할 리는 내가 진짜 '천하일색 김태희'로 거듭날 확률보다 낮다.

엄마가 갑자기 눈을 뜬다.

"이 서방은 안 와?"

엄마 시술 후 태준에게 병실을 맡기고 밖으로 나와 담배를 물었는데 찰스가 커피를 들고 나타났다.

고마워요.

놀랐죠? 다행히 초기에 발견해서. 내일 퇴원하실 수 있어요.

커피도 고마워요.

아침에 어머니 만났어요?

네.

어머니가 뭐라고 해요?

나중에.

저기.

왜요?

찰스가 귀에 대고 속삭였다.

키스하고 싶어요.

찰스에게 다 털어놓을까? 내가 얼마나 두려운지 다 얘기를 해버릴까? 그럴 순 없다. 이미 눈치를 채고 있을 텐데 무거운 어깨를 더 무겁게 할 수는 없다. 다만 궁금하다. 찰스는 강 대표의 마수에서 어떻게 벗어나려는 걸까? 찰스와 키스하고 싶다. 더 깊게, 더 뜨겁게 그를 안아주고 싶다.

29

"너 찰스랑 잤지?"

"성형할 때 많이 아픈가?"

"드디어 똥꼬집 김태희가 성형의 유혹을 받는구나. 하긴 언제까지 그 말도 안 되는 신비주의로 버틸 순 없겠지. 할 때는 몰라. 마취하니까. 하고 나서 졸라 아프지. 그냥 아픈 게 아니라 진짜 더럽게 아파. 너 잤지?"

"하고 나서 주변에서 몰라보거나 한 적은 없어? 사람들 반응은 어때?"

"주변에서 몰라보길 바라는데 늘 알아보지. 아주 오묘한 표정을 지어. 그러면 기분 조오깠지. 반응은 다양해. 잘되었다는 둥, 안 되었다는 둥, 돈값 했다는 둥, 돈 버렸다는 둥. 이년아, 찰스랑 쿵짝 쿵짝 꿍짜자 쿵짝했냐고?"

"감촉은 어때? 내 살 같고, 내 뼈 같고 그래?"

"보조물을 집어넣으면 다 느껴지지. 가슴에 물통 찬 것 같아. 그런데 이것이 어물쩍 넘어가려고 하네. 잤어, 안 잤어?"

"안 잤다. 내가 너냐?"

"제발 얘기해줘. 몇 분이나 해? 전희는 잘해? 막 죽겠어?"

"안 잤다고 아직."

"미친년. 어머닌 퇴원하셨어?"

현애는 별 도움이 되지 않는다. 현애와 헤어지고 곧바로 고공주에게 전화를 건다. 고공주가 한껏 고무된 표정으로 20분 만에 나타난다.

"언니, 어쩐 일로 저한테 연락했어요?"

"잘 지내지?"

"열심히 연기 공부하고 있지요. 오디션 통하려니까 경쟁이 너무 세고. 솔직히 오디션 통하는 게 정말 최선인가 고민도 되고. 거의 다 미리 정해놓고 들러리 세우는 거라는 소문이 있어요."

"열심히 사는구나."

"누가 조금만 도와주면. 길만 열어주면 저는 정말 자신 있어요."

"물어볼 게 있는데."

"뭐든지 물어보세요."

"자기, 성형했을 때 있잖아."

공주가 인상을 쓴다.

"누가 그래요?"

"응?"

"내가 성형했다고 누가 그래요?"

"아니, 그냥 그런 것 같아서."

"저 순수 자연산이에요."

"아, 그래?"

"그런 건 외모에 자신 없는 애들이 하는 거잖아요. 언니, 저 공주예요, 고공주. 참, 어머니는 퇴원하셨어요?"

고공주와는 아예 대화를 할 수 없다. 그녀와 헤어지고 거리를 걷는다. 이런저런 생각이 머리를 스친다. 난 도무지 마음을 잡을 수 없다. 퇴근 시간, 그다지 내키지 않았지만 황 작가와 술자리를 가진다.

"황 작가, 성형에 대해 어떻게 생각해?"

"자본주의가 낳은 가장 더러운 괴물이라고 생각해요."

"그렇게까지 얘기할 필요가 있을까?"

"언니가 방송에서 그랬잖아요. 세상엔 각양각색의 꽃이 피고 그 향은 다 다르다고. 기억나지요? 난 감동 먹었는데."

"응. 기억나."

"홍장미 있잖아요. 휴가 때마다 한 군데씩 고친대요. 조금씩 고치니까 사람들이 잘 모르잖아요. 그런데 입사 때 사진하고 비교해보면 기절한대요. 완전히 다른 인간이라서. 난 못생겼지만 이대로 살 거예요. 사람 인생 모르는 거잖아요. 언니도 명문가 연하 미남을 만나고. 언니가 내 꿈이에요. 참, 어머니는 퇴원하셨어요?"

혹시나 했는데 역시나.

DH의 조찬 미팅은 예상된 수순으로 흘렀다. 더 이상 신비주의를 유지할 수 없다. 벌써부터 인터넷에 사진이 돌고 있다. 사진이 다 깔리고 뒷북을 치느니 이제 외모를 공개하며 선공을 해야만 한다. 유감스럽지만 다른 선택은 없다.

이왕 얼굴을 공개한다면 더 이상 라디오에 머물 필요가 없다. 과감하게 티브이로 진출하자. KTV 주말에 '김태희가 만난 사람' 프로를 신설하자. 예술가를 만나는 자리로, 막장 드라마와 애들 키우는 얘기, 연예인 신변잡담에 빠진 예능이 판치는 시간에 낯설게 하기로 승부를 걸자.

그러기 위해서 무엇이 필요한가? 무엇이 필요한지 이전에 무엇이 걸림돌인가를 생각해보자. 바로 비호감인 외모가 문제다. 사람들 취향이 아무리 다양하다고 한들 불행히도 우리 김태희는 연인인 찰스 리만 빼고는 누가 봐도 비호감이다. 비호감인 외모로 그냥 밀어붙이려면 다른 필살기가 있어야 한다. 김범수에겐 누구에게도 뒤지지 않는 가창력이 있었고 김준현에겐 누구도 따라올 수 없는 자신만의 개그가 있었다. 그러면 우리 김태희에겐 무엇이 있는가? 불행히도 필살기를 찾기 어렵다. 진행을 잘한다, 목소리가 좋다, 호감이 간다, 정도이지 비호감인 외모를 능가할 필살기는 없다. 어쨌든 비호감인 외모로 필살기도 없이 밀어붙인다면? 홍보로 밀어주고 스토리도 만들어주고 최대한 지원을 한다면? 그 어떤 지원으로도 하락은 피할 수 없을 것이다. 비난이라도 받는다면 이슈가 돼서 반전이라도 노릴 텐데 김태희의 상태는 그저 관심이 사라지는, 도저히 회생할 수 없는 최악의 시나리오로 흐를 것이다. 그렇다면 비호감인 외모를 호감으로 바꿔야만 한다. 성형수술. 그 길만이 김태희가 살고 DH가 살아남을 수 있는 유일한 길이다.

회의는 일사천리로 여기까지 흘러갔다. 강 대표, KTV 예능국장, 보도국장, 고동화 대표, 남예준 박사, 기자 출신 사십대 전문가가 일제히 나를 쳐다봤다.

이것이었나?

날 기획사에 끌어들이고 지원을 하고 띄우고 밀어붙인 이유가 이것이었나?

성형수술.

스타로 살아남기 위해선, 아니 더 큰 진정한 스타가 되기 위해선 성형수술을 피할 수 없다. 하지만 찰스는 성형수술한 김태희를 받아들일 수 있을까?

강 대표를 쳐다봤다. 강 대표 입술에 미소 비슷한 움직임이 있었다.

날 납치해서 성형수술을 하려고 했나?

칼을 들이댄 게 얼굴에 상처를 내고 수술을 하려고 했던 걸까?

모르겠다. 정말 모르겠다.

시간을 주세요.

그래야겠는데 시간이 별로 없습니다. 성형수술 회복기를 포함하면 지금도 늦었습니다. 결심을 해주세요.

사실 방송인에게 성형은 너무나 일반적인 일이라서 이게 왜 이슈가 되는지, 우리가 왜 김태희 씨 결정을 기다려야 하는지 이해하기 힘들군요.

불쑥 화가 솟았다.

내 얼굴 문제인데 내 결정을 기다리는 게 이해하기 힘들어? 내가 상품이야?

상품인 것 같았다. 그들에게 난 2억이란 거금을 주고 산 상품이었다.

포장을 아직 뜯지 않은 상품. 뜯기 전에 이미 대중의 관심을 모은 상품. 그런데 디자인이 별로인 상품. 제품 출시 전에 반드시 다시 손봐야 하는 상품.

일주일만 주세요.

사흘 이상 기다릴 수 없습니다.

그렇게 얻은 사흘 중 하루, 어머니 담석 시술로 아무 생각 없이 보내버렸다. 둘째 날, 현애를 만났고 고공주를 만났고 황 작가와 술을 마셨다.

하루 남았다.

이른 아침 덩치가 찾아왔다. 집 앞 빵집에서 그를 만났다. 기획사를 차린 후 부쩍 바빠진 덩치는 살이 좀 빠진 듯했다. 아무리 살이 빠져도 근육은 여전했다. 거대한 손으로 이마의 땀을 닦으며 덩치는 비좁은 빵집 의자에 큰 엉덩이를 걸친다.

"어머니는 괜찮아요?"

"네. 이른 아침에 무슨 일로? 스케줄은 내일까지 비웠는데."

그가 또 이마의 땀을 닦는다. 뭔가 일이 터졌다. 분명하다.

"철수가 끝내 사고를 칠 모양입니다."

이 박사의 얘기. 단식이나 자해 같은 소극적 저항이 아닌, 강 대표를 이기기 위한 무엇인가를 준비한다는 얘기.

"철수를 말려야 합니다. 이런 식으로 나오면 모두가 다칩니다."

"전 무슨 말씀을 하시는지."

"정말 몰라요?"

그가 눈을 번뜩인다. 무서운 눈이다. 그가 동네 대형 유리창을 이마로 깰 때가 떠오른다. 막연하게 그가 철수 편이라고 생각했다. 아닌 것 같다. 그는 처음부터 지금까지 늘 강 대표 사람이다.

"이렇게 나온다면 태희 씨도 다쳐요. 철수와 태희 씨를 위해서 찾아온 겁니다."

차근차근 설명해달라고 한다. 뭔지 알아야 도움을 주든지 할 것 아닌가.

그가 중간중간 불끈불끈 화를 내며 길게 상황을 얘기한다. 화를 내는 모습이 딱 강 대표 표정이다. 지금 그녀 얼굴이 이럴 것 같다.

덩치에 따르면 내일 KTV 2대 주주인 외국계 펀드가 공식적인 임시 주주 총회를 요청한다. 내용은 대표 교체. 그 배후에 찰스가 있다. 찰스는 아마도 강 대표의 아킬레스건을 찾아내어 그것을 공격하기로 한 모양이다.

"주총은 없습니다. 아예 열리지 않을 겁니다. 철수만 다칩니다. 막아야 합니다."

거짓말이다. 주총은 열릴 것이고 강 대표는 위험에 빠질 것이다. 그래서 다급하게 나한테까지 달려온 것이다. 찰스는 하얀 방에 숨어서 이런 카드를 준비했다. 오랜 시간, 날 구하기 위해 얼

231

마나 치열하게 달렸을지. 그의 땀을 느낄 수 있다.

"내가 뭘 어떻게 할 일이 아니라고 생각해요. 저는 그럼 이만."

덩치가 팔을 잡는다. 강한 힘이 느껴진다. 불안하다.

"당신의 앞날은? 그게 다 수포로 돌아가도 좋아요?"

그런 건 어떻게 돼도 상관없다.

"다 물어낼 수 있어?"

덩치의 목소리가 차다. 눈앞이 하얗다. 뭘 얼마나 물어내야 하는가?

"찰스가 회사 가지고 장난을 치면 강 대표는 어떻게 나올 것 같아? 철수의 약점은 뭘까? 바로 당신이야. 당신이 무사할 것 같아?"

이런 협박이라니.

그의 팔을 뿌리친다.

"당신 깡패야? 난 가겠어."

빵집을 나선다. 뒷목에 소름이 돋는다. 몸을 수그리며 뒤를 돌아본다. 덩치가 날 덮친다. 몸을 돌리며 명치에 주먹을 날린다. 덜컥, 걸린다. 걸렸는데도 그가 날 덮친다. 그는 바위 같다. 그에게 헤드록을 당한다. 눈앞이 깜깜해지고 숨이 멈춘다. 몸에서 힘이 빠져나간다. 그가 날 질질 끌고 간다. 주변엔 인적이 없다. 난 납치될 것 같다. 날 잡고 찰스를 협박하면? 어떻게든 빠져나가야 하는데 괴력을 이길 힘이 없다. 태권도 말고 레슬링을 할걸.

"태희야?"

엄마의 목소리. 엄마는 안 된다. 덩치가 밀기만 해도 수술 부위가 터질 것 같다.

"이 돼지 새끼, 너 뭐하는 거야?"

엄마가 덩치에게 덤빈다. 덩치가 엄마를 밀친다. 엄마가 쓰러진다. 배를 잡고 쓰러져 일어나지 못한다. 상황이 최악으로 달린다.

"동네 사람들, 동네 사람들."

엄마의 악다구니가, 배가 당겨 쉽지 않을 텐데도 엄마의 고성이 온 동네를 울린다. 사람들이 얼굴을 내민다.

"119, 119, 아니, 아니 112에 전화해줘요. 저놈은 기획사 사장인데 우리 태희를. 동네 사람들, 경찰, 이 나라엔 법도 없나. 이 구렁이 같은 새끼야, 이 바퀴벌레 같은 놈아."

엄마의 고성에 사람들이 나와 휴대전화로 사진을 찍는다. 몇몇은 덩치와 날 찍는다. 덩치가 당황한다. 덩치 팔에 힘이 약간 빠진 틈을 놓치지 않고 그의 급소에 주먹을 날린다. 바위 같던 그의 팔이 풀린다. 엄마에게 달려간다. 수술 부위가 터진 듯 엄마가 거품을 문다.

"119, 119를 불러주세요."

뒤를 돌아보니 덩치의 차량이 쏜살같이 사라진다. 엄마가 내 팔을 잡는다. 덩치의 팔뚝보다 더 센 아귀힘이다. 엄마가 날 노려본다.

"괜찮은 거지, 응?"

눈물이 난다.

30

"리모콘 가져와."

아무 말 없이 리모콘을 내민다. 엄마는 티브이를 틀고 열심히 드라마를 본다. 충격으로 인해 수술 부위가 부었지만 다행히 터지지는 않았단다.

병원에 오면서 찰스에게 전화를 했다. 상황은 알아야 할 것 같았다. 찰스는 곧바로 병원으로 달려왔다. 그가 한국대 체육복을 입은 청년 셋을 데려왔다. 엄마가 괜찮다는 얘길 듣고는 찰스는 병원 복도에 주저앉았다.

미안해요. 정말 미안해요.

괜찮아요.

3일만, 딱 3일만 참아줘요. 그러면 다 끝나요.

알았어요.

그때까진 병원에서 꼼짝하지 말아요. 귀찮겠지만 이 친구들과 함께요.

하긴 상류층의 주식 다툼인데 경찰 도움을 받을 순 없을 것 같았다. 뭐든 그가 시키는 대로 하는 게 옳았다. 떠나기 전 그가 날 꽉 껴안았다. 병원 사람들이 기웃거렸지만 그도 나도 신경 쓰지 않았다.

이제 다 왔어요.

알아요. 기다릴게요.

찰스는 엄마가 특실에 들어가는 걸 확인하곤 자리를 떴다. 제 엄마와 싸우는 거라 좀 우스웠지만 그럼에도 불구하고 내겐 그의 뒷모습이 너무 멋졌다. 참, 내 눈에도 이미 콩깍지가 쓰였나 보다.

"전화기 좀 줘봐."

"아빠하고 태준이한테는 전화했어."

"전화기 달라고."

"오지 말라고 했어. 내가 있을게."

"빨리 달라고, 이년아."

엄마가 고함을 지르자 문이 열리고 간호사가 얼굴을 내민다. 그 뒤로 한국대 학생의 얼굴도 보인다. 창피하고 또 창피하고. 웃으며 별일 아니라고 하자 간호사가 고개를 갸웃거리며 문을 닫는다.

"내 전화기는 왜?"

"달라면 그냥 줘."

찰스와 통화하고 싶으냐고 물으니 그렇다면서 엄마는 입술을 실룩댄다. 진작 얘기하면 될걸, 아무튼.

전화기를 건네자 엄마는 한참 동안 여기저기를 만진다. 내가 걸어주겠다고 하자 엄마는 아예 등을 돌린다. 전화를 건 엄마가 고개를 빳빳이 세운다. 나지막한 목소리. 불길하다.

"안녕하세요? 태희가 아니라 태희 에밉니다."

도대체 어디에?

"잘 들으세요. 한 번만 더 내 새끼 건드리면 당신이 아무리 높은 양반이라고 해도 그땐 정말 너 죽고 나 죽는 겁니다. 알아들었지요? 끊습니다."

맙소사.

"오해? 내가 다 봤는데 개뿔. 지랄하고 자빠졌네."

전화기를 내게 던지곤 엄마는 다시 티브이를 본다. 난 엄마의 등을 본다. 기가 막힐 일인데, 창피한 일인데 그런데 아랫배가 따듯해진다.

"소리 좀 줄여."

빽 소리를 지르곤 방을 나선다.

31

나는 하얀 침대에 누워 있다. 보이는 건 밝은 불빛뿐이다. 춥다. 등이 시리다.

아침 7시, 수술까진 30분 남았다. 대기실엔 엄마와 나뿐이다.

DH의 제안을 받아들였다. 강 대표가 진심으로 기뻐했다. 내 수술을 두고 강 대표를 대신한 남 박사와 날 대신한 엄마가 격론을 벌였다.

눈만 살짝 해선 아무 변화도 없습니다.

이게 무슨 귀신 씨나락 까먹는 소리야? 내 딸은 눈만 바꾸면 바로 진짜 김태희야.

어머님, 비호감을 호감으로 바꾸는 대공사입니다.

말도 안 되는 소리. 눈만 살짝 건드리는 겁니다. 그 이상은 안 돼요.

남 박사는 광대도 코도 입술도 건드려야 한다고 주장했으나 눈만 살짝 고치는 것 외엔 절대 받아들일 수 없다는 엄마의 고집을 꺾을 수 없었다.

의외로 강 대표가 엄마 손을 들어주었다.

무서운 분 말씀이니 들어. 들어야지. 남 박, 눈만 만져서 어떻게 해봐요.

궁금했다. 무슨 꿍꿍이인지.

눈만 살짝 손대려고 그동안 칼을 든 괴한을 동원해 납치를 기획한 것은 아닐 텐데. 겨우 그 정도를 하려고 다섯 번의 협박 편지를 보내고 사람까지 동원한 것은 아닐 텐데.

상대의 의중을 모르니 불안했다. 불안했지만 그렇다고 수술을 미룰 수는 없었다.

덩치가 들어온다. 엄마가 내 손을 꼭 잡고 덩치를 노려본다.

"당신이 왜 들어와?"

"제가 기획사 대표입니다, 어머님. 이제 수술실 들어갈 시간입니다."

"나도 따라 들어갈 거야."

덩치가 빙긋 웃는다. 검은 양복 둘이 따라 들어온다. 그들이 엄마를 가볍게 든다. 엄마가 고래고래 고함을 지른다. 그들은 아랑곳하지 않고 엄마를 데리고 나간다. 엄마가 고개를 돌려 날 쳐다본다. 핏발 선 눈에 눈물이 가득하다. 검은 양복들이 순식간에 엄마를 데리고 나간다. 아마도 대대적인 수술을 하려나 보다. 하긴. 강 대표가 약속을 지킬 것이라 생각한 게 잘못이다. 간호사가 둘이나 들어온다. 그들이 침대에 벨트를 채운다. 고공주처럼 생긴 간호사가 친절한 미소를 보여준다.

"긴장하지 마세요. 원래 절차가 그래요."

아닐 것이다. 아니라도 이젠 상관없다. 난 강 대표가 원하는 대로 수술을 받을 것이다. 설마 죽이진 않겠지?

엄마와 함께 병원에 숨어든 다음 날 인터넷에 찰스 리가 긴급 구속되었다는 속보가 떴다. 찰스 성형외과를 운영하면서 상습 적으로 탈세를 했다는 증거가 나왔다는 소식이었다. 몇몇은 이 사건을 KTV 주총과 연결하는 댓글을 달았으나 상류층의 탈세 라면 우선 욕부터 날리는 네티즌들의 댓글 홍수에 묻혀버렸다.

그가 탈세를 했을 리가 없었다. 난 찰스를 믿었다. 그를 구해 야 했다. 하지만 난 아무런 힘이 없었다. 기껏해야 아버지 제자 라는 평검사와 박 선배에게 전화를 넣었을 뿐이다. 둘 다 사건의 진실을 알아내지 못했다.

오후엔 강 대표 측과 외국계 펀드가 극적인 합의를 이루어 주 총을 열지 않기로 했다는 기사가 떴다. 네티즌들은 외국 자산으 로부터 우리나라 회사를 지켜내 다행이란 댓글을 달았다. 엄마 와 함께 병원을 나와 집으로 돌아왔다. 찰스를 만나고 싶었지만 방법이 없었다.

다음 날 아침, 강 대표의 전화를 받았다.

— 너희 엄마 세더라.

— 죄송합니다.

— 소식은 다 들었지?

— 찰스가 탈세를 했다고 믿지 않아요.

— 너 하기에 달렸어. 어쩔 거야?

어쩌긴 뭐. 패자는 당연히 대가를 치르는 법. 아무 생각도 들지 않았다. 오직 하나, 찰스를 구해야 한다는 것뿐.

수술실 앞에 선다. 누군가 내 손을 잡는다. 쳐다보니 강 대표다. 그녀가 웃으며 내 손을 꼭 잡고 상체를 숙인다. 귓가에 그녀의 숨결이 느껴진다. 그녀가 아주 작은 목소리로 속삭인다.

"걱정하지 마. 천하일색으로 만들어줄게. 궁금해 미치겠어. 찰스가 변한 너를 보고 어떤 생각을 할지."

난 눈만 깜빡인다.

"태희야, 난 정말 널 키울 거야. 날 믿어."

강 대표의 미소를 쳐다본다. 궁금하다. 이 여자에게 난 뭘까?

32

게르니카.

1930년대 스페인 내전이 일어났다. 선거에서 좌익연합이 승리하자 프랑코 장군이 군사 쿠데타를 일으켰다. 시민들은 무장을 하고 쿠데타에 맞섰다. 내전이 장기화되면서 비극은 점점 더 확대되었다. 외세가 내전에 끼어들었다. 나치스는 프랑코 편을 들었다. 1937년 이른 봄 나치스 폭격기가 스페인 바스크 지방 게르니카를 불바다로 만들었다. 군인들뿐 아니라 민간인들이, 2천 명에 가까운 민간인들이 죽거나 불구가 되었다.

파리 세계 박람회에 작품 출품을 의뢰받았던 스페인 출신 피카소는 게르니카의 비극에 격분했다. 피카소는 가로 776.6센티미터, 세로 349.3센티미터의 대작, 〈게르니카〉를 그려 박람회에 출품했다. 그림으로 그는 독재자 프랑코와 나치스의 학살을 전 세계에 고발하고 저항했다.

피카소는 말했다.

"그림은 단지 집 안을 장식하는 것을 넘어 전쟁과 폭력에 저항하는 무기가 될 수도 있다."

불이 난 집, 죽은 아이의 시체를 안고 절규하는 여인, 멍한 표정의 황소 머리, 부러진 칼을 쥐고 쓰러진 병사, 광기에 울부짖는 말, 상처 입은 말, 램프를 든 여인, 여자들의 절규 그리고 분해된 시신.

흑과 백, 황토색으로 그려진 장엄한 비극.

스페인 여행을 갔을 때 그곳 미술인들은 〈게르니카〉를 관람하면 마드리드를 다 본 것이라고 했다.

프라도 미술관을 먼저 보고 레이나 소피아를 찾아 이 대작을 만났다.

그림이 어떻게 구성되었는지, 색채가 어떻게 배치되었는지 따위는 결코 중요하지 않았다. 그림에 전쟁의 상징을 어떻게 사용했는지 따위도 정말 배부른 소리였다.

피카소가 〈게르니카〉를 그린 이유는 단순했다.

그 어떤 이유로도 인간은 폭력에 의해 쓰레기 취급을 받아선 안 된다.

인간은 그 자체로 존엄하며 폭력으로부터 보호받을 권리가 있다.

마취약이 투여되고 환상에 들면서 난 아주 잠깐 봤던 〈게르니카〉 그림 속으로 들어갔다. 그림 속에서 뛰어오르는 말과 울부짖는 여인들, 수많은 시체와 부서진 병장기들과 어울려 황소를 피해 달리고 또 달렸다.

엄마가 날 보며 울부짖었다.

이년아, 빨리 일어나. 황소가 널 잡아먹으려고 하잖아.

아빠는 관절염으로 불편한 다리를 끌며 눈물을 흘렸다.

태준은 말이 되어 황소를 피해 달렸다.

난 찰스를 찾았다. 찰스는 어디에도 보이지 않았다.

환상 속에서도 강 대표의 목소리가 들렸다.

궁금해 미치겠어. 찰스가 변한 너를 보고 어떤 생각을 할지.

찰스는 최선을 다했을 것이다. 강 대표 몰래 주주들을 만나 설득하고 주식을 모으며 치열하게 싸움을 했을 것이다. 그는 날 위해 할 수 있는 건 다했다. 그래서 괜찮다. 단지 진 것뿐이다. 나도 찰스를 구하기 위해 내 얼굴을 던졌다. 그뿐이다. 그래서 괜찮다. 정말? 정말 괜찮아? 궁금했다. 난 어떻게 될까?

수술이 실패했단 핑계로 팔, 다리라도 잘라놓는 건 아닐까?

설마. 그렇게까지 무리한 짓은 하지 않겠지.

그러면? 여러 가지 경우가 있겠지만 어떤 경우일지 상상도 할 수 없다.

분명한 것은 그것이 어떤 결과이든 이젠 찰스를 만나긴 힘들 것이라는 것. 그야 새로운 얼굴의 날 받아들이려 노력하겠지만 내 입장에서 그러면 안 된다는 것.

꽤 오랜 시간이 흐른 것 같은데, 환상 속이라서 잘 가늠할 순 없으나 아무튼 굉장히 오랜 시간이 지난 것 같은데 마취는 쉽게 풀리지 않는다.

찰스는 풀려났을까?

33

수술 후 한 달이 지났다.

난 여전히 온몸에 붕대를 감고 있다. 눈앞은 여전히 깜깜하다.

지난 한 달, 난 태어나 처음 겪는 고통 속에서 시간을 보내야 했다.

침샘이 말라붙었다. 혀는 거북의 등처럼 거칠어졌다. 갈증이 일었으나 물은 한 모금도 마실 수 없었다. 배는 부풀어 올라 터질 듯했다. 가스가 차서 규칙적으로 입으로 가스를 빼야 했다. 속이 울렁였지만 구역질이 일어도 구역질을 할 수 없었다. 가는 관을 타고 끊임없이 진통제가 투여되었다. 마약 성분이 농후한 진통제가 투여되는 중인데도 고통이, 상상조차 해보지 못한 엄청난 고통이 단 1초도 멈추지 않고 내 온몸을 괴롭혔다. 아프지 않은 곳이 없었다. 소변과 대변은 관을 끼워 흘려보냈다. 아주 가끔 통증이 완화될 때는 온몸이 근지러웠다. 참을 수 없는 근질

거림이었지만 내 어떤 호소에도 간호사들은 '참아야 해요' 소리만 반복했다.

비명을 지르고 쌍욕을 하고 온몸을 비틀어 다 때려 부수고 싶은 순간이 연이어 찾아왔지만 난 손가락 하나 까닥할 힘이 없었다. 내 목소리는 개미가 기어가는 소리만큼 작았고 그나마 그 소리를 내려고 입술을 움직이면 왕왕 울리는 고통이, 입술이 찢어지고 터지는 고통이 따라왔다.

다른 이들도 이 고통을 참으며 성형수술을 하는지.

가장 힘들었던 것은 찰스와 가족을 만날 수 없다는 것. 그리고 가끔 강 대표가 찾아오는 것.

강 대표는 간호사까지 다 내보낸 후에야 내 귀에 대고 진심을 속삭였다.

첫날, 강 대표는 내 귀에 대고 콧노래를 흥얼댔다.

수술은 성공했어. 걱정하지 마. 넌 이제 다른 인간이야.

일주일 후 그녀가 다시 나를 찾았다.

네까짓 게 감히 우리 철수를. 내가 가지지 못하는 건 아무도 가질 수 없어.

그리고 사흘 후에 강 대표가 또 병실에 들렀다.

찰스에게 네 사진을 보여줬다. 뭐 붕대를 칭칭 감은 모습이라서 볼 것도 없었지만. 찰스가 울부짖더라. 난리도 아니었어. 태희야, 이제 넌 우리 찰스와 완전히 끝났어. 알겠지?

2주일째 그녀가 덩치와 함께 날 찾았다. 덩치가 수술은 성공적이라는 것, 수술 전에 내가 어떤 결과에도 동의한다는 사인을 이미 했기 때문에 다른 생각은 하지 않는 게 좋을 것이라는, 일종의 협박을 했다. 덩치가 나가고 강 대표가 또 다가와 속삭였다.

나한테 복수하고 싶을 거야. 복수해. 괜찮아. 그러려면 지금보다 훨씬 더 강해져야 해. 이제 난 너에 대한 증오를 다 풀었다. 약속대로 확실하게 밀어줄 테니까 훨훨 날아봐. 복수만 생각하며 이를 악물고 올라와봐. 네가 어디까지 올라올지 정말 궁금해.

한 달째, 강 대표가 또 나를 찾았다.

요리조리 빠져나갈 때 너무 약 올라서 어디라도 확 불구로 만들어놓을까 했다. 앙큼하게 이 박사를 찾아갔을 땐 정말 요절을 내고 싶었어. 하지만 나도 참았단다, 태희야. S대 여신, 김태희만큼 만들어놨으니까 그걸로 만족해. 우리 찰스만 안 건드리면 너하고 난 계속 잘 지낼 수 있어. 아직도 두 달은 더 있어야 된다니까 곰곰이 잘 생각해봐.

34

석 달이 흘렀다.

가공할 통증은 진작 사라졌고 거대한 풍선처럼 부풀어 올랐던 온몸도 원래의 크기로 가라앉았다. 진통제 후유증이 꽤 오래 갔지만 석 달이 흐르자 참을 만했다.

붕대를 풀었다.

처음 시야에 들어온 건 남예준이었다. 그가 만족한 미소를 지었다.

뷰러플. 예상보다 더 잘 나왔네요. 축하합니다.

가족들 반응은 제각각이었다.

내 모습을 본 아빠는 내 딸이 아니라고 병원에서 약간의 난동을 부렸다. 태준이 흥분한 아빠를 간신히 진정시켰다.

엄마는 눈물을 흘렸다.

이년아, 세상에서 제일 예쁘다.

태준도 벌린 입을 다물지 못했다.

누나 맞아? 누나가 진짜 김태희보다 더 예뻐.

오랜 망설임 끝에 거울을 봤다.

한 여자가 보였다. 처음엔 마네킹인 줄 알았다. 진짜 마네킹 같았다. 깊은 쌍꺼풀, 서양인처럼 높은 코, 도톰한 분홍빛 입술, 노루처럼 긴 목, 날씬한 허리, 가느다란 다리. 그리고 새하얀 피부. 사람이라면 저럴 수 없다는 생각을 할 때 여자의 눈에서 눈물이 떨어졌다. 난 결국 구렁이 같은 년이 아니라 구렁이가 되어버렸다.

덩치를 따라 강 대표 별장을 찾았다. 거기서 스무 벌 이상의 옷을 갈아입으며 사진작가 셋과 하루 종일 사진을 찍고 동영상을 찍었다.

인터넷에 내 사진과 동영상이 풀렸다.

'김태희가 만난 사람' 프로 첫방이 아직 일주일 남았는데 네티즌들은 벌써부터 난리가 났다. 석 달의 부재는 미국 어학연수로 포장되어 있었다. 팬클럽 회원 수가 순식간에 만 명을 돌파했다. 다른 팬클럽도 우후죽순처럼 탄생했다. 팬클럽 시삽들이 한자리에 모여 난상토론을 벌인 끝에 모든 팬클럽을 하나로 통일하기로 뜻을 모았다. 티브이 프로 첫방 5일 전, 2만 회원을 자랑하는 통합 팬클럽 '천하일색 김태희'가 출범했단 소식이 인터넷 검색어 1위를 기록했다. 그들이 처음 벌인 일은 '신비쩌러' 팬들과의 사이버 전쟁이었다. 이른바 키보드 워리어들이 꼬박 이틀 동안 쉬지 않고 비방전을 벌였다.

— 김태희 칙오.

— 웃기네. 신비 칙오.

— 신비는 밀렸는데?

— 밀리긴 누가 밀려?

— 뉴스도 안 보시나? 동영상 올려줘?

— 김태희는 성형빨이야.

— 헐, 성형원조 신비빠들이 할 말은 아닌 것 같은데.

전쟁은 치열했고 '천하일색 김태희'의 전사들은 끝내 승리를 거두었다.

석 달의 시간 동안 참 많은 생각을 했다.

물론 복수를 해야 했다. 당연한 얘기였다. 하지만 그건 당장의 문제가 아니었다.

가장 절실한 문제는 과연 '이 김태희가 나 자신인가?'였다.

석 달 만에 난 수많은 고공주 중 하나가 되어 있었다. 아빠는 여전히 내 딸이 사라졌다고 탄식을 뱉었고 수술이 잘되었다면서 긍정적 반응을 보이던 엄마마저도 가끔 날 보며 깜짝깜짝 놀랐다. 태준도 축하한다면서도 날 과거처럼 대하진 못했다.

현애가 찾아왔다. 퇴원 이틀 전, 첫방 사흘 전이었다.

"살다 살다 내가 이런 꼴까지 보는구나."

"그렇게 이상해?"

"넌 어디 간 거냐?"

"난 여기 있지."

"닥터 남이 대단하긴 대단하구나. 아예 새로운 인물을 창조했어. 팔뚝도 장딴지도 허벅지도 다 손봤네."

"아직도 아파."

"그러겠지, 이년아. 완전히 새사람이 되었는데 안 아프면 정상이 아니지."

"어떻게 해야 할까? 정말 모르겠다."

"뭘 몰라? 지금 너 때문에 남자 새끼들 난리가 났는데."

"이게 정말 나일까?"

"아니라니까. 새로 태어났다니까."

"그럼 과거의 나는?"

"구린 과거에 왜 연연해? 아무튼 세상은 불공평해. 어떤 년은 평생 성형에 매달려도 구린 얼굴만 나오고 어떤 년은 한 방에 새롭게 태어나고. 안 되겠다. 닥터 남한테 연결 좀 시켜줘. 네 빽이면 나도 해줄 거 아니야."

"어떻게 해야 할까?"

"뭘 자꾸만 어떻게 해? 이제 쭉쭉 나가는 거지 뭐."

"현애야. 난 정말 모르겠어."

"찰스 때문이야?"

찰스 말만 들었는데 눈물이 흐른다. 보고 싶다. 보고 싶은데 이 얼굴론 절대 볼 수 없다. 어떻게 이 얼굴과 몸으로 그를 만난단 말인가.

"그런 외국소설이 있었잖아. 전에 네가 얘기해줬어. 멋진 남자가 어떤 추녀를 사랑했는데 그 추녀가 남자를 위해 성형수술을 해. 그런데 남자가 추녀의 원래 모습을 사랑했다면서 떠나버리는 비극."

있다. 제목은 생각나지 않지만 단편 명작 중 하나다.

"네가 그 소설 얘기할 때 난 그놈을 미친놈이라고 생각했다. 왜 추녀의 마음을 배려하지 못하는 건지. 찰스도 이 섹시한 모습이 싫다면 할 수 없는 거지 뭐. 이제 잊어. 너한테는 새로운 세상이 열린 거야. 수많은 훈남들이 밀려들 거야."

현애와 난 원래 다른 종류니 더 이상 말을 섞을 필요는 없다.

찰스는 새롭게 태어난 날 찾지 않았다. 그는 어디론가 사라졌다. 하얀 방도 굳게 닫혀 있다고 한다. 덩치도 남 박사도 찰스에 대해선 입을 굳게 닫았다. 이제 나에 대한 볼일은 끝났다는 듯 강 대표도 더 이상 나를 찾지 않았다.

그는 도대체 어디에 있는 걸까? 하긴 그를 감옥에서 꺼내는 조건으로 내가 괴물이 되었다는 걸 알았다면 내 앞에 쉽게 나타날 사람이 아니었다.

나도 마찬가지였다. 이 모습으로 그를 만날 순 없었다. 하지만 그가 어디서 무엇을 하고 지내는지는 꼭 알고 싶다. 밥은 먹고 다닐까? 숨은 제대로 쉬고 다닐까?

어떻게 할까?

전혀 길이 보이지 않는다.

35

프로 첫방을 하루 앞두고 이 박사를 만났다. 내 차에 아무래도 위치 추적 장치가 달린 것 같아 차를 집에 대놓고 택시를 타고 이 박사의 별장을 찾았다. 택시 기사가 날 알아봐서 사인을 해주고 사진도 같이 찍어주었다. 내 행선지는 절대 공개하지 않는다는 조건으로 악수까지 해주었다.

기억이 가물가물해서 여러 번 길을 놓친 끝에 무려 네 시간 만에 겨우 2층 벽돌집을 찾았다.

택시를 대기 시켜놓고 현관을 두드렸다. 무작정 찾아왔기에 이 박사를 만날 확률보다 못 만날 확률이 더 컸다.

문을 두드리고 한 5분쯤 지나서 한번 봤던 뚱뚱한 아줌마가 샛문을 열었다.

이 박사를 찾아왔다고 하자 뚱뚱한 아줌마는 선약이 없으면 안 만나주신다면서 문을 닫으려 했다. 간신히 샛문을 잡고 김태희라고, 김태희가 찾아왔다고 통사정을 했다. 여자가 사라진 후 한참이 지나도 답이 없었다. 포기하고 돌아서려는데 다시 문이 열렸다.

이 박사와 마주 앉았다.

"수술을 아주 크게 했군요."

"아시는지 모르겠지만 어쩔 수 없는 상황이었습니다."

"다 들었습니다. 내 아내지만 나도 강 대표가 무섭습니다."

"철수 씨가 어디에 있는지, 괜찮은지 알고 싶어서 무작정 찾아왔습니다."

이 박사는 한동안 침묵했다. 예의 움직임 전혀 없는 모습으로 이 박사는 아주 오랫동안 뭔가를 고민하는 듯했다.

그가 고민을 하는 동안 난 몇 가지 결정을 했다.

더 이상 어떻게 할지 모르겠단 소리는 그만하자.

난 이제 이 모습이다. 그게 나다.

복수를 하자. 반드시 복수를 하자.

얼마나 시간이 흘렀을까?

매우 오랜 시간, 깊은 생각에 잠겼던 이 박사가 입을 열었다.

"철수도 지금 간신히 버티고 있습니다. 당신도 그런 것 같군요. 지금 그 모습으로 철수를 만나는 건 현명한 생각이 아니라고 봅니다."

"간신히 버티고는 있군요. 그것이면 충분합니다."

"어떻게 할 건가요?"

"복수할 겁니다."

"강 대표에게요?"

"네."

"어떤 방식으로 말입니까? 당신 힘으로 그녀를 상대할 수 없을 텐데."

"강 대표가 원하는 방식으로 가지 않는 것. 그게 제 복수입니다."

"궁금하군요. 지켜볼게요."

"찾아갈 수 있을 때 갈 겁니다. 찰스가 있는 곳만 알려주세요."

"그 아이가 어디 가겠습니까? 하얀 방에 있습니다."

내 추측이 맞았다. 자리에서 일어나는데 이 박사가 내 손을 잡았다.

"당신과 철수를 위한 무기를 주지요. 필요하면 사용해도 됩니다."

36

이 박사 별장에서 돌아와 보니 뜻밖에도 슬기가 집 앞에서 날 기다리고 있었다. 태준일 찾느냐 했더니 아니란다. 대기업 직원과 약혼이 깨졌단 것은 소문으로 들었다. 태준과의 과거 때문이란 얘기에 약간 미안한 마음이었다. 그게 다였는데.

슬기와 동네 빵집에 마주 앉았다.

슬기도 모습이 많이 변했다. 귀엽고 밝은 얼굴에 어둠이 깔렸다. 살이 너무 많이 빠져서 광대가 드러났다.

"언니, 정말 못 알아보겠어요."

"나도 그래. 그런데 무슨 일이지?"

"그냥 축하한단 얘기를 하고 싶어서."

이 아이와 내가 그런 것을 주고받아야 하는지 참.

"그래, 고마워."

"주변에서 온통 언니 얘기뿐이에요."

"그래."

"남자들이 난리가 났어요. 어딜 가도 천하일색 김태희 팬들이에요."

"그래. 고맙다. 그런데 무슨 일?"

"아는 사람들이 거의 없던데요?"

무슨 소리를 하는지?

"언니 원래 모습이요."

무슨 소리를 하는지?

"저도 팬클럽에 가입했거든요. 수없이 많은 사진과 동영상이 올라왔는데 정작 언니 원래 사진은 없던데요?"

난 아직도 슬기가 무슨 소리를 하는지 알지 못한다. 그래서 뭐?

"태준이 때문에 저 약혼 깨진 것 알지요?"

그래서 뭐?

"저도 살아야죠. 태준이 때문에 한 번뿐인 인생 망칠 수는 없잖아요."

그래서 뭐?

"카페를 해보려고 해요. 한 5천 정도 드는데."

지금 그걸 나보고 해달라는 건 아닐 것이다. 설마.

"큰 것은 바라지 않아요. 태준이와 과거 옛정을 생각해서."

정리를 해본다. 이 아이는 내 과거 사진을 푼다고 지금 날 협박하는 것 같다. 그 조건으로 돈 5천을 달라는 소리다.

이제야 감이 온다. 내 사진을 열심히 모았겠지. 등신 같은 동생은 컴퓨터 아이디도 비번도 안 바꿨을 테니 마음대로 들어와 가족들 사진을 카피해 갔겠지.

만약 강 대표라면, 엄마나 내가 아니라 강 대표라면 어떻게 할까? 당장 납치해서 팔이나 다리 하나쯤은 불구로 만들어버릴 것이다.

슬기를 찬찬히 본다. 이 아이는 왜 이렇게 되었을까?

"저 내일 첫방에 방청객으로 나가요. 방청석 경쟁이 너무 치열해서 간신히 표를 얻었어요. 만약 그때까지 입금이 안 되면 저도 어쩔 수 없어요. 이해해주세요. 계좌번호는 문자로 이미 보냈어요. 언니 다시 한 번 축하드려요."

37

"엄마."

"왜?"

"나 또 사고 치려고 생각 중이야."

"……."

"앞으로 내가 정말 잘나갈지도 모르고, 돈 걱정도 안 하고……
그런데 그게 다 깨질지도 몰라."

"……."

"하지만 난 그냥 이렇게 넘어갈 수가 없어."

"복수는 안 돼. 그쪽은 우리 같은 사람들이 상대할 종자가 아
니야. 아주 구렁이 같은 것들이야."

"그런 거 아니야."

"그럼?"

"찰스를 포기할 수 없어."

"……알았다."

"응?"

"알았다고, 이년아."

"다 잃을 수 있는데도?"

"이년아, 세상에서 제일 우쩔이 바로 자기 짝 찾는 거야. 너같이 못된 것, 우리 이 서방 아니면 누가 쳐다나 보겠어?"

"엄마……."

"네년이 무슨 지랄을 하든 엄마는 네 편이야."

38

핀 조명이 들어온다. 카메라가 일제히 나를 바라본다. '김태희가 만난 사람' 첫방 녹화다. 리허설 때 초대 손님인 화가, 풍전이 대본에 없는 답을 하며 일탈을 했다. 풍전은 각본대로 할 수 없다면서 고집을 부렸다. 난 그냥 풍전을 바라보기만 했다. 한국화의 이단아, 풍전은 겉으로는 기인이며 잘 알려지지 않은 천재였으나 속으론 돈밖에 모르는 속물이다.

그가 각본대로 하지 않겠다는 것도 내가 보기엔 다 쇼였다. 그걸 알기에 난 그를 바라만 봤고 대신 피디가 나서서 열심히 그를 설득했다. 피디가 고개를 흔들자 덩치가 풍전과 함께 대기실로 들어갔다. 한 10분 뒤 덩치가 풍전 어깨를 감싸 안고 나오면서 피디에게 엄지를 치켜세웠다.

빤했다. 돈을 먹였을 것이고 협박도 했겠지.

이제 풍전은 얌전하게 각본대로 방송을 할 것이다.

방청석은 그야말로 북새통을 이뤘다. 2백 석 좌석 외에도 계단과 홀 뒤편 작은 공간에 백 명 이상의 무리가 들끓었다. 그들 중 절반 이상이 '천하일색 김태희' 회원들이라고 한다.

리허설을 끝내고 잠시 쉬는 동안 열심히 슬기를 찾아봤다. 그 애는 방청석 중간쯤에 자리했다. 내가 슬기를 보자 그 애는 밝게 웃으며 손을 흔들었다. 슬기가 큰 가방을 들고 있다. 가방 안에 내 과거 사진이 잔뜩 들어 있나 보다.

해결은 간단하다. 덩치에게 사정을 얘기하고 슬기를 지목하면 덩치는 조용히 슬기를 끌어내 쥐도 새도 모르게 처리를 할 것이다. 그동안 전력으로 보면 그런 건 덩치에게 일도 아니다.

그렇게 할까?

난 그렇게 하지 않는다. 그냥 슬기를 보고 웃어준다.

덩치가 다가온다.

"광고가 또 들어왔어요. 영화 찍자고도 하고. 아무튼 대박 중 대박인데 강 대표님은 고급으로만 가자고 하네요. 할 수 없지요."

광고가 스무 개 들어왔다. 이젠 천짜리가 아니다. 억 단위다. 프로 제의도 줄을 잇는다. 마음만 먹으면 10억은 쉽게 벌 수 있다.

이런 식으로 한 2년 열심히 프로를 하고 광고를 찍고, 기획사 얘기대로 해외 진출도 하고 자서전도 내고 하면 어쩌면 정말 백억도 벌 수 있을 것 같다.

백억은 얼마나 많은 돈일까? 상상할 수도 없다.

이제 그 행군을 시작한다. 5분 남았다.

난 〈게르니카〉를 생각한다. 수술 후에도 한동안 〈게르니카〉의

환상에서 떠나지 못했다. 그 그림은 왜 내게 그렇게 오랫동안 남아 있었을까?

생각해본다.

피카소가 아무리 명작으로 폭력을 전 세계 만방에 고발했다 해도 게르니카에서 희생된 생명이 다시 부활할 순 없다. 그들의 희생은 희생으로 끝났다.

그렇다면 〈게르니카〉 그림은 희생된 인물들에게 어떤 의미일까?

새끼 검독수리가 떠난 후 남은 흰 천 조각? 그 이상 의미가 있을까?

그렇다면 천재 화가 피카소는 그 흰 천 조각 하나에 왜 그런 열정을 퍼부었을까? 사람들은 왜 그 천 조각 하나에 그토록 열광했을까?

이제야 비로소 답을 알겠다.

꺾이지 않았기 때문이다. 새끼 검독수리가 그 자리에 있었다는, 어미 검독수리가 혼신을 다해 새끼를 키웠다는 표적이 거기 남아 있는 것이다.

아무리 폭력이 새털보다 가벼운 운명을 누르고 생명을 가져간다 해도 결코 그것에 복종하지는 않는다는 명예이며 자존심이었던 것이다.

이제 강 대표가 그린 그림이 무대에 오른다.

그녀는 여러 번 계획을 수정하면서, 며칠 밤을 새고 또 새면서 오늘을 위해 최선을 다했을 것이다.

그 노력으로 인해 찰스는 겨우 목숨만 이어가며 하얀 방에 칩거했고 난 전혀 새로운 인물로 다시 태어나 그녀의 꼭두각시가 되었다.

처음 그를 만난 날이 떠오른다.

KTV 창업주인 찰스 외할아버지가 그를 불렀다. 동그라미가 네 개 달린 그의 차가 전기 이상으로 고장이 나버렸다. 그는 그래서 만원 전철에 올랐다. 혼잡한 전철 경험이 없는 그로선 참으로 견디기 힘들었을 것이다. 소음과 냄새.

그런데 거기서 그가 날 봤다.

귓가에 라라의 테마가 울리는 것 같다. 그도 그때 그것을 들었을 것이다.

아마도 평생 낼 모든 용기를 내서 나를 따라 전철에서 내렸을 것이다. 그리고 떨리는 목소리로 날 잡았을 것이다. 그걸 알아줄 걸. 그땐 왜 그렇게 매몰차게 그를 대했는지.

피디가 사인을 준다. 녹화 시작이다.

음악이 울린다. 쇼스타코비치 왈츠다. 내가 우겼다, 이걸로 가자고.

방청석은 벌써부터 난리다. 천. 하. 일. 색. 김. 태. 희를 외치며 남자들이 흥분한다.

쇼스타코비치 왈츠엔 뽕끼가 묻어 있다. 확실하다.

여러 방송에 얼굴을 비추는 남자 아나운서가 분위기를 잡는다. 그가 외친다.

"원해요?"

거대한 함성의 파도가 밀려온다.

"네."

"정말 원해요?"

"네."

"그럼 다 함께 불러봅니다. 최근 우리들의 가슴을 가장 애절하게 태웠던 스타입니다. 오랫동안 기다렸던 우리의 그녀입니다. 여러분?"

방청석이 일제히 또 천하일색 김태희를 외친다.

내가 나설 차례다.

조명이 나를 비춘다. 모든 카메라가 나에게 집중된다. 나는 천천히 무대 중앙으로 나선다. 함성이, 거대한 함성이 홀을 울린다.

피식 웃음이 새나온다. 어쩌다 내가 여기까지 왔는지.

내가 웃자 방청석은 더 열광한다.

남자 아나운서 목소리가 함성에 묻힌다. 조연출 둘이 방청석 앞에 서서 제지하지만 함성은 줄어들지 않는다. 피디가 두 팔로 엑스자를 만든다.

나는 다시 무대 뒤로 숨는다.

조연출들이 방청석에 으름장을 놓는다. 신호에 협조하지 않으면 퇴장시키겠다는 위협도 한다. 그런데도 방청석은 그저 즐거울 뿐이다. 아무래도 첫 등장 한 장면을 몇 차례 찍어야 할 분위기다.

이어폰에 잡음이 들린다. 주조정실에 누군가 들어온 듯. 강 대표다. 그녀 목소리가 들린다.

"태희야, 힘내. 이제 시작이야."

"네."

"다른 생각은 다 잊어. 스타 김태희만 생각해."

만약 협조하지 않는다면?

강 대표는 또 내가 상상도 못 하는 방식으로 날 응징할 것이다.

다시 사인이 들어온다.

남자 아나운서가 날 소개한다. 방청석은 다시 흥분한다. 천천히 무대 중앙으로 나선다. 불빛이, 환한 불빛이 요란하다. 또 웃음이 새나온다. 방청석이 곧바로 반응한다. 통제 불능이다. 피디가 다시 엑스자를 긋는다.

"김태희 씨, 웃지 마세요."

"네."

다시 대기를 하며 찰스를 생각한다.

정말 소중한 사람은

종종 꿈에 나타나 나를 저리게 하고

꿈에 나타난 날엔 반드시 내게 전화를 한다

그러면 나는 그 소중함의 치열함에 놀라

하루 종일 아무것도 하지 못하다가

밤이 되어서야 그것을 잔에 따라 마신다

찰스는 아마도 밤마다 추억을 따라 마실 것이다. 나랑 똑같을 것이다. 마지막으로 날 돌아본다.

정말 자신 있어?

자신은 없지만 해볼 거야.

또 무대로 나선다.

갈등은 길었다. 가족을 생각하고 돈을 생각해서 안전을 택하고 싶었다. 스타라는 새로운 영역에서 갈 때까지 가보고도 싶었다. 무엇보다도 난 강 대표가 두려웠다. 그녀가 원하는 대로 해야 할 것 같았다.

하지만 그렇다면 찰스는?

난 아무래도 괜찮았다. 난 돈 많은 스타로 살면 되는 일이었다. 그러나 찰스는?

찰스에게 구원은 단 하나, 그만의 천하일색 김태희였다.

다행히 방청석이 이번엔 흥분을 자제한다. 정말 퇴장시키겠단 위협이 먹힌 모양이다. 간신히 등장을 한다. 무대 앞에 대사가 뜬다. 미소를 머금고, 세상에서 제일 행복하다는 표정을 짓고 천천히 대사를 읽는다.

방청석이 또 난리가 난다. 조연출이 그들을 진정시키느라 애를 먹는다.

자리에 앉는다. 내 옆에 자리한 풍전이 한쪽 다리를 흔든다.

풍전을 소개한다. 풍전을 소개하는데 방청석에서 또 천하일색 김태희를 외친다. 녹화가 또 중단된다.

풍전이 인상을 쓰더니 쉬자면서 갑자기 자리를 이탈한다. 뭘했다고 참.

기분이 나쁜 것이다. 자기가 스포트라이트를 받아야 하는데 온통 김태희 타령이니 그게 못마땅한 것이다. 이런 인간을 재야에 묻힌 진정한 예술인으로 소개해야 하다니. 하지만 세상은 그렇다. 재야에 묻힌 진정한 예술인이 쉽게 방송에 모습을 드러낼 리가 없다. 이런 사이비들을 모아 매주 거짓말의 향연을 여는 것이다. 마치 내 모습처럼.

녹화는 여러 번 끊기면서 오랜 시간 계속된다. 풍전은 이런저런 시비를 걸며 끝까지 자신이 방송의 중심에 서기 위해 안간힘을 쓴다.

'별짓을 다 해봐라. 얘들은 날 보러 온 거야. 네가 풍전이든 풍림이든 아무 관심 없어, 이 사이비야.'

어렵게, 어렵게 녹화가 지속된다. 겨우 풍전과의 대담이 끝난다. 이제 내 멘트다.

남자 아나운서가 다시 나와 첫방 소감을 묻는다. 방청석이 마음껏 함성을 지른다.

오래 기다렸다.

내 멘트가 뜬다.

— 라디오만 하다가 티브이에 나오니 모든 게 참 낯설고 새롭네요. 열심히 하느라고 했는데 실수가 많았던 것 같아요.

내가 이 멘트를 하면 방청객이 입을 모아 '아니에요'를 외치도록 약속되어 있다.

하지만 그럴 일은 없을 것이다.

방청석 앞에 기자들이 나란히 앉아 있다. 난 저들이 필요하다.

"라디오만 하다가 티브이에 나오니 모든 게 참 낯설고 새롭네요."

방청석 중 몇몇이 벌써 '아니에요'를 외친다. 웃음이 터진다. 피디는 계속 가자는 사인을 한다.

"아무래도 티브이는 적성이 아닌가 봐요. 첫방이 종방이 되어 버렸네요."

피디가 눈을 동그랗게 뜬다. 그가 팔로 엑스자를 긋는다. 난 개의치 않는다.

"저는 더 이상 이 프로를 진행할 수 없습니다. 그만하겠습니다."

이어폰에 피디 목소리가 울린다.

— 태희 씨, 왜 그래? 피곤해서 그래?

무대 중앙에 똑바로 선다. 〈게르니카〉만 생각하자. 흰 천 한 조각은 똑바로 매야 한다. 난 김태희다. 너희들의 천하일색 말고 찰스의 천하일색, 바로 그 김태희다.

"오늘부로 저는 예전 방송국 성우로 돌아가려 합니다. 그게 어렵다면 그냥 은퇴하겠습니다. DH엔터테인먼트와 맺은 계약 도 오늘로 끝내겠습니다."

마이크가 꺼진다. 방청석이 난리다. 기자들이 뛰어나와 카메라 플래시를 터뜨린다.

연출부와 기획사 사람들이 뛰어온다. 그러나 차마 무대에 올라 날 제지하진 못한다. 기자들 카메라가 날 지켜준다.

피디가 미친 듯이 컷을 외친다.

이어폰에서 강 대표의 날카로운 목소리가 울린다.

— 너 지금 뭐하는 거야? 네까짓 게 감히.

이어폰을 빼버린다. 목청을 높인다.

"그리고 방청객 여러분, 저 이거 다 성형한 겁니다. 저는 정말 못생긴 여자였습니다. 기획사에서 제 허락 없이 저를 이렇게 만들었어요. 저는 아무것도 모르고 사인을 했지만 사실입니다. 그렇다고 기획사를 고발하거나 하진 않을 겁니다. 여러분, 제 사진이 궁금해요? 저기 가운데 앉은 여성분이 가방에 한가득 가지고 있어요. 천하일색? 그런 거 개나 줘버려요."

기자들 시선이, 방청석 시선이 중간에 앉은 슬기를 향한다. 슬기 얼굴이 새빨갛다. 그 애가 어쩔 줄 모른다. 큰 가방을 가슴에 꼭 안고 금세 울음을 터뜨릴 기세다.

마지막으로 방청석을 향해 외친다.

"여러분."

잠시 광분이 가라앉는다. 난 찬찬히 방청석 남자들을 살핀다.

오로지 미모만 쫓아다니는 바보들. 미모면 다 된다고 믿는 쓰레기들.

"사랑해요."

난 얼굴에 함박웃음을 담고 천천히 가운뎃손가락을 올린다. 카메라가 정신없이 터진다. 다 끝났다. 시원하다.

천천히 무대에서 내려온다. 덩치가 달려와 멱살을 잡는다. 상관없다. 어쩔 거야?

39

강 대표 별장 거실. 벌써 밤이다. 에어컨 바람에 기침이 터진다. 일어나 창을 활짝 연다. 아직은 서늘한 바람이 분다. 시원하다. 별장 마당에 검은 양복을 입은 경호원이 가득하다. 정문 앞의 불빛. 기자들 차량이다.

암만해도 내가 사고를 크게 친 것 같았다.

전화기를 켠다. 수백 통 전화가 걸려왔다. 그중 열한 통이 엄마다. 엄마에게 전화를 건다. 신호가 가자마자 엄마가 전화를 받는다.

― 이년아, 이 미친년아, 구렁이 같은 년아.

기분이 훨씬 좋아진다.

― 주먹감자도 먹여주지. 아무튼 자알 했다.

― 저녁은 먹었어? 어디야?

― 이년아, 지금 밥이 문제야? 집이지 어디겠어? 집 앞에 기자

들이 진을 치고 있다. 집으로 오지 마.

— 배고파, 엄마.

— 미친년, 이 구렁이 같은 년. 뭐 먹고 싶은데?

아빠가 전화기를 뺏는다.

— 태희야, 지금 어디냐?

— 안전한 곳이 있어요, 아빠. 아무 걱정 마세요.

— 정말 괜찮겠냐?

— 아빠, 저를 되찾으려고 하는 거예요. 아빠 딸, 믿지요?

— 믿는다.

아빠가 울먹인다. 태준이 목소리도 들린다. 다행이다. 가족들은 모두 집에 모여 있다. 강 대표는 아직 가족들을 건드릴 생각은 못 한 것 같다.

전화를 끊고 카톡과 문자를 살핀다. 대부분 지인과 기자들 소식이다.

수백 통의 전화 중 반가운 번호가 있다. 전화를 걸려다가 참는다. 아직은 아니다.

전화기가 울린다. 기자다. 수신 거부를 한다.

또 전화기가 울린다. 또 기자다. 또 수신 거부를 한다.

세번째 전화는 현애다. 전화를 받는다.

— 와, 김태희. 대박으로 사고 쳤네.

— 벌써 기사가 나왔어?

— 너 가운뎃손가락 올리고 활짝 웃는 사진이 지금 인터넷에 쫙 깔렸어.

— 손가락이 나왔어?

— 거기는 모자이크했지. 하지만 다 보여.

— 그랬구나.

— 도대체 왜 그랬냐? 너 제정신이 아니지?

밖에서 인기척이 들린다.

— 현애야, 다시 연락할게.

전화를 끊고 바로 동영상 기능을 틀어놓는다.

문이 열린다. 덩치가 들어온다. 덩치가 눈을 부라린다. 전에 집 앞에서 대형 유리를 이마로 깰 때, 그 눈이다.

"이런 쌍년, 철수가 좋아하는 계집애라서 그동안 꾹 참았더니 이게 아주 사람을 가지고 놀아?"

빤히 그를 쳐다본다. 이런 게 상대방을 약 오르게 한다는 걸 알고 하는 짓이다.

"이 씨발년이 뭘 꼬나봐?"

덩치의 손이 올라간다.

한 대는 맞을 준비를 한다.

"그만해."

강 대표의 목소리. 덩치의 손이 멈춘다. 아깝다, 다 잡았는데.

강 대표가 들어와 소파에 앉으며 내게 자리를 권한다. 천천히 걸어가 그녀 앞에 앉는다. 이번엔 그녀를 빤히 쳐다본다. 강 대표가 피식 웃는다. 나도 따라 웃는다.

"이제 동영상 좀 끄지."

역시 노련하다. 동영상을 끈다.

강 대표가 덩치에게 나가 있으라고 이른다. 덩치가 씩씩대며
방을 나선다.

드디어 끝이다. 조심해야 한다. 그리고 냉정해야 한다.

강 대표 휴대전화 진동이 울린다. 그녀가 전화기를 꺼내 전원
을 끈다.

"왜 그랬냐?"

"복수하고 싶어서요."

"생각보다 훨씬 미련하구나. 그게 복수가 된다고 생각해?"

"이제 시작이에요."

강 대표가 또 웃는다. 비웃음이다. 난 계속 그녀를 빤히 쳐다
본다.

"네가 또 뭘 할 수 있는데?"

"기다리세요. 다 보여드릴게요."

"네가 뭘 하든 상관없어. 넌 어떤 경우에도 찰스에게 돌아갈
수 없어."

"기다리세요."

강 대표가 담배를 꺼내 문다. 그녀가 담배를 피우는 걸 처음
본다. 그녀가 내게도 한 대를 내민다. 받아서 불을 붙인다. 연기
가 들어가자 비로소 긴장이 풀린다.

"내일 사과 방송을 하자."

"싫어요."

"계약을 깨겠단 거야?"

"네."

"위약금이 얼마인지는 다 계산해봤지? 계약금의 네 배야. 손해배상도 해야 해. 광고와 방송 프로. 너한테 투자한 비용까지. 너희 집을 포함해서 말이야."

"다 할게요."

강 대표가 다시 웃는다.

"로또라도 맞았니?"

그녀가 신경질적으로 탁자에 담배를 비벼 끈다.

"비슷한 거요."

강 대표가 잠시 동작을 멈춘다.

'아직 멀었어. 이제 시작이야.'

그녀 웃음이 전과 다르다. 약간 초조한 것 같다. 이제야 슬슬 재미있어진다.

가방을 열고 반으로 접은 서류 뭉치를 꺼낸다.

그녀가 서류를 살핀다. 그녀 손이 떨린다.

서류는 주식 양도 서류 사본이다. 이 박사가 가지고 있던 KTV 주식이다. 7.3퍼센트.

이 박사는 주식을 찰스에게 양도했다.

"이걸 내다 팔면 그 정도는 다 갚을 수 있지 않을까요?"

강 대표 얼굴색이 점점 변해간다. 처음에는 하얗게 변하더니 차츰 새파래진다.

"너, 정말 죽고 싶니?"

"이젠 그런 얘기 하지 말아야죠. 찰스가 이 주식을 제게 넘길 것 같아요, 아닐 것 같아요?"

"난 너를 정말 죽일 수도 있어."

"그 전에 이 주식을 경쟁사에 다 넘겨야죠. 이왕 죽을 바엔."

그녀가 손가락으로 탁자를 두드린다. 그녀가 내 눈을 피한다.

"담배 한 대만 더 줄래요?"

강 대표가 이를 악문다. 그녀가 천천히 담배를 넘겨준다.

담배 연기를 올리며 콧노래를 부른다.

"이 주식이 내게 들어오면 내가 무슨 짓을 할지 한번 상상해 봐요."

주식을 건네주며 이 박사가 충고를 했다.

절대 이걸로 공격하면 안 됩니다. 그러다간 정말 살인이 벌어질지도 몰라요. 이건 순전히 태희 씨를 지키는 보험용입니다. 명심해요.

솔직히 이걸 찰스에게 다시 양도받아서 야금야금 경쟁사에 넘기며 강유정의 피를 말리고 싶다. 하지만 이 박사 충고대로 그랬다간 정말 큰일을 당할 수도 있다. 그만큼 KTV 주식은 강유정의 아킬레스건이다.

"어떻게 하면 좋겠니?"

강 대표 이마에 핏줄이 빳빳하게 섰다.

억지로 참고 있는 중인 것이다. 통쾌함이, 약간의 복수에 성공했다는 기쁨이, 그 희열이 서서히 등을 타고 내린다.

"DH와 내 계약을 파기해줘요. 어떤 손해배상도 소송도 걸지 말아줘요. 그냥 이대로 모든 것을 끝내요."

강유정 고개가 옆으로 기운다.

"도대체 왜?"

"이 주식 양도 서류는 내가 보관하고 있을 겁니다. 언제든지 날 공격하면 이걸 경쟁사에 넘길 겁니다."

"그런다고 네가 찰스에게 돌아갈 수 있는 게 아니잖아?"

"더 이상 당신의 꼭두각시 노릇을 하지 않는 게 내 목표입니다."

"그게 다야?"

"난 당신이 벌레보다 더 싫어요. 솔직히 두렵기도 하고요. 당신과 내 인연을 끊는 게 내겐 복수랍니다."

물론 그게 다는 아니었으나 그렇게 풀어가야 한다. 강유정은 정신병자다. 그런 여자에게 거짓말을 한다고 해서 양심의 가책을 느낄 필요는 없다.

"진심이야?"

"당신이 믿든지 말든지 상관없어요. 계약을 파기하고 어떤 소송도 하지 않겠다는 각서를 쓰고 공증을 받아줘요. 차는 반납할게요. 집은 한 달 내에 비울게요."

"라디오로 돌아갈 생각이야?"

"이 사고를 쳐놓고 그게 가능하겠어요?"

"그러면?"

"그건 당신이 알 필요 없어요."

"솔직히 뜻밖이구나. 그런 무기를 손에 넣었다면 돈을 더 요구해도 내가 들어줄 텐데. 그냥 나와 헤어지는 게 목적이라면 나도 좋다. 방송인이야 뭐 또 키우면 되는 거고. 이사는 하지 마라. 집은 그냥 가져. 이것만 알아줬으면 한다, 김태희. 내가 널 키우려던 것은 진심이었다."

"강유정 대표님."

"……"

그냥 웃어준다. 그녀는 내게 아직도 하나의 패가 남아 있다는 걸 모른다. 눈치도 채지 못한다. 그녀에게 하고 싶은 말은 많지만 말을 아낀다.

'넌 이제 끝났어. 이 사투르누스 같은 인간아.'

40

하얀 방 앞에 섰다.

문을 두드려봤자 안 열어줄 게 빤하다. 어떻게 할까?

방문에 등을 대고 바닥에 앉아 궁리를 한다.

찰스는 그가 보기에 내가 추녀가 되었다고 날 피하는 건 아닐 것이다.

그는 자책하고 있는 것이다.

자기 때문에 내가 괴물이 되었다고, 자기만 아니었으면 내가 이런 불행을 겪지 않았을 것이라고 자신에게 책임을 묻고 있는 것이다.

전 같으면 또 단식을 하거나 칼로 손목을 그었을 텐데 그는 목숨은 연명하고 있다고 한다. 그것도 이해한다. 내가 염려되어, 날 두고 다른 세상으로 떠날 수 없어서 억지로 모래 같은 밥을 먹고 하루 종일 게임을 하고 있는 것이다.

다 안다. 다 알기에 난 문을 열어야 한다.

전화기를 꺼내 들고 문자를 보낸다.

카톡은 읽는 걸 상대가 알 수 있으니 절대 보지 않을 것이다.

— 나 지금 하얀 방 앞에 있어요.

— 문을 열어주면 좋겠는데. 괴물이 된 나를 보는 건 어렵겠지요?

— 이 박사님께서 KTV 주식을 당신에게 양도했어요. 그걸 무기로 당신 어머니와 담판을 지었어요. 아마 더 이상 날 괴롭히진 못할 겁니다. 그러니 안심해요.

— 찰스, 누군가 계단 위에 있어요. 숨어서 날 보고 있어요. 무서워요.

문이 열린다. 벌컥 열린 문 사이로 찰스의 얼굴이 나타난다. 단식 때보다 더 야윈 모습이다. 난 찰스를 밀며 냉큼 안으로 들어간다.

"누군가가 계단 위에 있다고?"

"아무도 없어요. 내가 거짓말을 했어요."

오락기기가 가득 찬 다섯 평 남짓한 하얀 방에서 찰스와 마주한다.

그는 당황한 것 같다. 내 얼굴을 보지 못한다. 충분히 이해한다.

"게임할래요?"

찰스는 어쩔 줄 모른다.

그를 그냥 놔두고 월드컵 게임 앞에 앉는다.

"내기해요. 소원 들어주기."

그가 머리를 긁적인다.

"이러지 말아요."

난 그를 무시하고 게임을 시작한다.

"어느 팀 할래요? 난 언제나 브라질."

찰스가 얼떨결에 옆에 앉는다. 아직도 정신을 못 차리는 것 같다.

이럴 때 몰아붙여야 한다.

"당신은 또 독일?"

게임을 시작한다. 일방적인 게임이다. 찰스는 이러지도 저러지도 못한다.

그사이 난 연이은 득점에 성공한다.

차츰 찰스가 게임에 참여한다. 하지만 이미 대세는 기울었다.

게임이 끝난다. 나의 대승이다.

"이제 소원을 들어줘야 해요."

찰스의 겐조 향이 코끝을 스친다. 얼마나 그리워했던 향인지.

찰스가 고개를 들어 천장을 본다.

"제발 이러지 말아요. 난 죄인입니다."

"그런 소리 하지 말아요."

"내 처지를 알고 당신에게 다가가지 말아야 했어요. 내가 괴물의 아들인 것을 알면서, 당신이 이런 몹쓸 짓을 당할지도 모른다는 걸 알면서도 내 욕심 때문에 당신을 이 불행으로 끌어들였어요. 내 잘못입니다. 전적으로 내 책임이에요."

"맞아요."

찰스는 더 이상 말이 없다.

이젠 내 차례다.

"당신 말이 맞아요. 그래서 날 사랑하던 찰스는 나도 만나고 싶지 않아요. 오늘 내가 찾아온 것은 그 찰스가 아니에요."

찰스가 고개를 갸웃거린다. 그가 슬쩍 나를 본다. 이번엔 내가 얼굴을 돌린다.

얼마나 보기 싫겠는가. 매일 뜯고 꿰매고 덮던 얼굴. 구역질 나는 일본 인형 얼굴.

"오늘 나는 전 찰스 클리닉 원장 찰스 리를 만나러 왔어요."

찰스는 여전히 말이 없다. 그는 내가 무슨 말을 하려는지 전혀 감을 잡지 못한다.

"내 소원을 얘기할게요. 성형수술을 해줘요."

찰스가 나를 똑바로 본다. 그의 눈이 커다랗다.

"본래의 내 모습으로."

그가 매우 묘한 표정을 짓는다.

"당신은 최고의 성형외과 의사니까 충분히 가능하겠지요?"

"아직 지난 성형이 다 아물지 않아서 위험하고."

"괜찮아요. 난 당신을 믿어요."

"고통이 지난번보다 더 클 겁니다."

"그 어떤 고통도 나를 되찾는 일과 비교할 수 없어요."

내가 먼저 그의 손을 잡는다. 그의 손은 여전히 부드럽고 따뜻하다. 키스를 하고 싶지만, 그를 뜨겁게 안고 싶지만 이 몰골로는 불가능한 일이다. 그건 참아야 한다.

"부작용이 생길 수도 있어요."

"다시 얘기하지만 난 당신을 믿어요. 당신은 최고잖아요. 난 이제 아무것도 겁나지 않아요."

그의 얼굴이 차츰 붉어진다. 그가 손을 들어 내 뺨을 만진다. 괴물의 뺨을 만지며 그가 눈물을 흘린다.

난 울지 않는다. 붕대를 감고 있는 동안 하도 울어서 더 이상 눈물은 남아 있지 않다. 앞으론 절대 울지 않을 것이다.

"그리고 참, 이 가슴의 물통도 제발 빼줘요. 답답해 미치겠어요."

찰스가 빙긋 웃는다.

"그건 있는 게 더 나을 것 같아요."

작가의 말

『천하일색 김태희』는 작은 소설입니다. 가볍게 쓰려고 노력한 책입니다. 왜 가벼운 글을 쓰려고 애를 썼는가? 물론 제가 깊고 아름다운 글을 쓰기엔 필력이 턱없이 모자란 탓이 제일 크지만 또 다른 이유는, 사실 가장 중요한 까닭은 바로 한 분이라도 더 많은 독자를 만나고 싶다는 마음에서였습니다. 우정 때문에 제 소설을 구매하면서도 읽지는 않는 제 오랜 친구들에게 왜 안 읽는가 물었더니 열이면 아홉은 한국소설은 재미가 없어서라고 답을 했습니다. 그래서 이번엔 작심하고 재미에 공을 좀 들여봤습니다. 부디 이 책을 읽고 재미를 느끼시길.

그러나 제게 『천하일색 김태희』는 결코 쉬운 이야기는 아니었습니다. 이 글을 쓰기로 작정하고 무려 한 해 동안 저는 전전긍긍하고 노심초사했으며 또한 궁리에 궁리를 하며 수많은 밤을 뜬눈으로 보냈습니다.

세상이 아무리 개혁으로 나아가도 폭력은 조금도 그 크기를 줄이지 않았습니다. 폭력은 교묘한 성형으로 그 외모만 바꿀 뿐 여전히 인간을 괴롭히고 사회 위에 군림합니다. 그 위풍당당함에 작은 돌 하나라도 던지기 위해 오랜 산고 끝에 마침내 이 글을 세상에 내보내며 저는 괜히 저 혼자 울컥합니다.

우둔한 제자의 조악한 초고에도 얼굴 한번 찡그리지 않으시고 가르침에 또 가르침을 주셨던 스승 조동선 선생님, 늘 감사하고 사랑합니다.

사랑하는 가족, 친지, 친구들, 늘 제 글을 응원해주시는 모든 분들께 감사합니다. 특별히 작년 큰 병을 이겨내신, 세상에서 가장 존경하는 제 아버지께 사랑한다는 말을 전하고 싶습니다.

『천하일색 김태희』는 경기도 의정부 남양동 소재 카페 '다소니'에서 태어난 소설입니다. 커피 한잔 시켜놓고 하루 종일 자리를 차지하고 앉아 있는데도 늘 친절한 미소를 보여주신 '다소니' 가족 여러분께도 꼭 감사의 말씀을 드리고 싶습니다.

2016년 8월
김범

천하일색 김태희

© 김범, 2016

초판 1쇄 인쇄일 2016년 8월 23일
초판 1쇄 발행일 2016년 8월 31일

지은이   김범
펴낸이   정은영
책임편집   김정은

펴낸곳   (주)자음과모음
출판등록   2001년 11월 28일 제2001-000259호
주소   04083 서울시 마포구 성지길 54
전화   편집부 (02)324-2347, 경영지원부 (02)325-6047
팩스   편집부 (02)324-2348, 경영지원부 (02)2648-1311
이메일   munhak@jamobook.com

ISBN 978-89-544-3646-5 (03810)

이 도서의 국립중앙도서관 출판시도서목록(CIP)은 서지정보유통지원시스템 홈페이지
(http://seoji.nl.go.kr)와 국가자료공동목록시스템(http://www.nl.go.kr/kolisnet)에서
이용하실 수 있습니다.(CIP제어번호: CIP2016019102)